Pasaje al amor

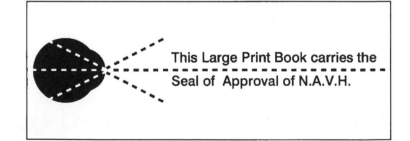

This Large Print Book carries the
Seal of Approval of N.A.V.H.

Pasaje al amor

Amanda Stevens

Thorndike Press • Waterville, Maine

Published in 2006 by arrangement with Harlequin Books S.A.
Publicado en 2006 en cooperación con Harlequin Books S.A.

Thorndike Press® Large Print Spanish.
Thorndike Press® La Impresión grande española.

The tree indicium is a trademark of Thorndike Press.
El símbolo del árbol es una marca registrada de Thorndike Press.

The text of this Large Print edition is unabridged.
El texto de ésta edición de La Impresión Grande está inabreviado.

Other aspects of the book may vary from the original edition.
Otros aspectros de éste libro podrían variar de la edición original.

Set in 16 pt. Plantin.
Impreso en 16 pt. Plantin.

Printed in the United States on permanent paper.
Impreso en los Estados Unidos en papel permanente.

Library of Congress Cataloging-in-Publication Data

Stevens, Amanda.
    [Secret passage. Spanish]
    Pasaje al amor / by Amanda Stevens.
        p. cm. — (Thorndike Press large print Spanish = Thorndike Press la impresión grande española)
    Translation of: Secret passage.
    ISBN 0-7862-8609-1 (lg. print : hc : alk. paper)
    I. Title.   II. Thorndike Press large print Spanish series.
PS3619.T4788S4318 2006
    813'.6—dc22   2006005622

Pasaje al amor

Personajes

Camille Somersby: Hará cualquier cosa con tal de proteger a su abuelo y al futuro aunque implique engañar al único hombre que ha amado nunca.

Zac Riley: Un supersoldado que está dispuesto a llegar a extremos insospechados para cumplir con su misión.

Doctor Von Meter: Un maniaco egocéntrico que lleva más de sesenta años destruyendo vidas.

Doctor Kessler: El único que se interpone en el camino de Von Meter.

Roth Vogel: Un supersoldado con intereses propios.

Alice Nichols: Una mujer que sabe cómo conseguir lo que quiere.

Agente especial Talbott: ¿Este agente del FBI es un peón en un juego mortífero o un hombre dispuesto a traicionar a su país?

Betty Wilson: Una enfermera que siente algo más que un interés profesional por Zac.

Daniel Clutter: Un viudo muy sensible a los encantos de Nichols.

Adam: ¿El recuerdo de su hijo de cinco años podrá salvar a Zac?

Prólogo

La Ciudad Secreta, 1943

SU tapadera había sido descubierta. Por supuesto, no tenía pruebas, sólo la sospecha de que la estaban vigilando.

Camille Somersby introdujo la mano en el bolso y la funda del Colt 45 le dio valor mientras corría hacia su coche. Subió, cerró la puerta con fuerza, encendió el motor y se peleó un momento con las marchas antes de conseguir sacar el Studebaker de la zona cenagosa del aparcamiento.

Cuando llegó a la primera esquina, miró por el espejo retrovisor. No vio que la siguieran, pero no podía estar segura. En época de guerra había espías por todas partes; sobre todo allí, en un lugar que sus habitantes llamaban la Ciudad Secreta.

La ciudad, situada en un valle pintoresco del este de Tennessee rodeado de colinas cubiertas de árboles, quedaba aislada del mundo exterior a pesar de la cercanía de Knoxville.

La comunidad, que tenía tiendas, escuelas, una iglesia, un hospital, un periódico y casas individuales y adosadas, había sido construida de la noche a la mañana por el Cuerpo de Ingenieros del Ejército para albergar a los miles de científicos, ingenieros y personal de planta empleados en las tres instalaciones de alto secreto conocidas sólo por sus nombres en clave: X-10, Y-12 y K-25.

La seguridad en torno al perímetro de la ciudad era muy estricta. Los límites se patrullaban constantemente y nadie podía entrar ni salir sin un pase. Se escuchaban las llamadas de teléfono y se censuraba el correo. En un entorno así, era normal que cundieran el miedo y el recelo.

Camille pensó que aquella sensación de ser observada podía ser simplemente eso, una paranoia suya. La carga de sus secretos atacando sus nervios.

Ostensiblemente era una de los centenares de mujeres jóvenes que habían llegado a la zona buscando empleo en la reserva del Gobierno. Pero en realidad había sido enviada para observar una entidad más pequeña y aún más secreta conocida como Proyecto Arco Iris. La unidad la dirigía el doctor Nicholas Kessler, un científico mundialmente famoso cuya investigación en campos electromagnéticos había llamado la atención de los militares al comienzo de la guerra.

El doctor Kessler no lo sabía todavía, pero

su futuro estaba irrevocablemente unido al de Camille. La habían enviado allí a protegerlo, pero si habían descubierto su tapadera, toda la misión podía estar en peligro. No le sería fácil proteger al doctor Kessler si terminaba muerta en algún callejón.

Al aproximarse a la verja, miró de nuevo por encima del hombro. Enseñó su pase al guarda, esperó a que éste levantara la barrera y le sonrió y agitó la mano al cruzarla.

Fuera de la valla de alambre de espino, se relajó un poco y enfiló hacia el norte, en dirección a Ashton, una comunidad pequeña situada a ocho kilómetros de allí donde había tenido la suerte de encontrar una casita de alquiler. El flujo masivo de trabajadores a la zona se había tragado rápidamente todas las casas del Gobierno, de modo que los últimos en llegar se veían obligados a buscar techo fuera de la reserva, donde además de tener que lidiar con el resentimiento de los habitantes de la zona, tenían que sufrir también los racionamientos de gasolina y los atascos para entrar y salir del proyecto.

A Camille le preocupaba al principio que vivir fuera de la ciudad pudiera impedirle cumplir con su misión, pero hasta el momento eso parecía haber jugado en su favor. Ashton era una comunidad pequeña y sabía que, si aparecía alguien por allí haciendo preguntas raras, se enteraría enseguida.

También había aprendido a apreciar rápidamente la tranquilidad de la casita. Estaba situada cerca de un lago y la brisa que llegaba por la noche procedente del agua le recordaba tiempos más felices. Cuando Adam aún vivía.

Después del tiempo transcurrido, todavía se le llenaban los ojos de lágrimas al pensar en su hijo. Hacía más de un año de su muerte, pero el dolor seguía siendo tan profundo e intenso como el primer día. Lo único que había cambiado era su furia, que parecía crecer cada día. Furia contra la persona responsable de su muerte.

Y furia contra el único hombre que habría podido impedirla.

Una imagen de ese hombre se abrió paso entre los muros que Camille había construido en torno a su corazón y por un momento recordó demasiado. Ojos oscuros y una voz profunda. Manos fuertes y caricias expertas.

Su modo de abrazarla en la oscuridad. Su modo de besarla, acariciarla, conmoverla como ningún hombre la había conmovido nunca.

Él había sido el amor de su vida.

Y ahora no se acordaba de ella.

Pensó con amargura que tenía que quedar algo de sus sentimientos por ella. Algún resto enterrado que pudiera aprovechar en beneficio propio cuando se presentara allí.

Porque él iría. Eso lo sabía sin lugar a dudas. Después de todo, era la razón por la que la habían enviado allí. Para que descubriera lo que se proponía y, de ser necesario, lo detuviera a cualquier precio.

A cualquier precio.

Agarró el volante con fuerza y pensó en lo que eso podía entrañar. Engaños. Asesinato.

Camille empezó a temblar. Acabar con una vida, aunque fuera en época de guerra, no era algo que ella contemplara a la ligera. Matar al hombre al que en otro tiempo había amado tanto seguramente la haría ganarse un lugar muy especial en el infierno.

Pero no podía hacer otra cosa. Él era ahora el enemigo.

Y que Dios los ayudara a todos si ella olvidaba ese hecho aunque fuera por un momento.

Capítulo uno

Filadelfia. Época actual

ERA la cuarta noche consecutiva que el viejo iba al Blue Monday. Zac Riley suponía que debía agradecer que el club tuviera un cliente nuevo. En los últimos meses había pocos, ni viejos ni jóvenes, y si aquello no se animaba, pronto se quedaría sin trabajo. Otra vez.

Aun así, un hombre que parecía tener un pie en la tumba no era precisamente el cliente buscado por un club de blues cerca del río. Y en aquel hombre había algo, aparte de la edad, que le ponía carne de gallina a Zac. No sabía por qué exactamente, pero suponía que tenía que ver con el sueño. La recurrencia de la pesadilla había coincidido con la primera aparición del viejo en el club. Y desde ese día, Zac había tenido la misma pesadilla todas las noches.

Los detalles no variaban nunca. Siempre estaba atrapado en un lugar oscuro, sin ventanas y sin salida. Podía oír el tintineo del metal, el goteo del agua y gritos en la distancia.

Pero lo que más recordaba al despertar del sueño era su miedo. Un terror paralizante como no había conocido jamás.

Después permanecía despierto durante horas, sin atreverse a volver a dormirse. Pero a veces se adormilaba a su pesar y entonces aparecía ella. Una mujer envuelta en la niebla. Una mujer seductora que lo llamaba y buscaba pero siempre permanecía fuera de su alcance.

Zac no sabía si ella era real o no. Quizá era alguien a quien había conocido mucho tiempo atrás, una vida atrás, antes del accidente que le había borrado una buena parte de la memoria. O quizá era sólo una fantasía, una amante de ensueño invocada por el miedo y la desesperación.

Fuera lo que fuera, llevaba años atormentando su sueño.

Y ahora Zac tenía la impresión de que el viejo y ella estaban relacionados de algún modo.

Un escalofrío le subió por la columna y miró al anciano acercarse al extremo de la barra, donde subió, con bastante esfuerzo, a un taburete y se sentó con los brazos cruzados y la cabeza baja... esperando.

¿Qué hacía un hombre así en un club como aquél? El alcohol estaba aguado, la atmósfera era lúgubre, y estaba emplazado en la parte oscura y sórdida de detrás de la parte elegante de South Street. Había cientos de bares esparcidos por toda la Ciudad del Amor Fraterno. ¿Qué lo había llevado a aquél?

Zac no creía que el viejo fuera un vagabundo sin hogar, ya que dejaba buenas propinas, pero tenía el aspecto de un hombre olvidado por el tiempo. Su pesado abrigo de lana se deshilachaba en algunos lugares, pero Zac sospechaba que había sido elegante en otro tiempo, quizá hecho a medida para aquel cuerpo alto y delgado.

Esperó un momento y se acercó al extremo de la barra. Limpió la superficie de madera y preguntó animoso.

—¿Qué va a ser esta noche?

—Whisky —murmuró el viejo sin levantar la cabeza.

Su voz rasposa producía en Zac el mismo efecto que unas uñas arañando una pizarra. Le sirvió el whisky. Los dedos esqueléticos del viejo se cerraron alrededor del vaso y levantó la vista. Sus ojos eran del color de la noche. Oscuros, fríos, tétricos.

Zac, desconcertado por su mirada, empezó a volverse, pero se detuvo.

—¿Nos conocemos? ¿Nos hemos visto antes?

El viejo levantó el whisky.

—¿Usted cree que nos hemos visto antes?

Zac intentó reír para ocultar su incomodidad.

—Ahora habla como un psiquiatra.

El viejo bajó su vaso vacío.

—No soy psiquiatra, soy científico.

—Científico, ¿eh? Por aquí no vienen muchos —Zac limpió un círculo invisible en la barra—. ¿Qué trae a un hombre educado como usted por un antro como éste?

—Tú, Zac.

Éste sintió que se le ponían de punta los pelos de la nuca.

—¿Cómo sabe mi nombre?

Los ojos oscuros del viejo brillaron en la luz apagada.

—Sé muchas cosas de ti. Seguramente más que tú mismo.

—¿De verdad? —Zac empezaba a enfadarse a pesar del miedo—. ¿Y cómo sabe usted tanto?

—Porque yo soy el hombre que te creó.

Zac sintió una opresión en el corazón. Como un puño que intentara arrancarle la vida.

—¿Qué demonios significa eso? —preguntó, muy incómodo.

El viejo sacó una tarjeta del bolsillo del abrigo con una sonrisa y la dejó sobre la barra. Zac la miró a su pesar. *Doctor Joseph von Meter.* La dirección estaba en la zona de Chestnut Hill, un barrio histórico muy alejado del estilo del Blue Monday.

Zac levantó la vista.

—Está usted muy lejos de casa.

—Y tú también, Zac. Y tú también.

Volvió a la noche siguiente. Y también las dos después de ésa. El fin de semana era fácil evitarlo. La música en directo del Blue Monday atraía una multitud ruidosa, compuesta en su mayoría de viejos hippies y gente de las afueras que acudía al centro a beber y divertirse. Zac mantuvo la distancia y dejó que el barman nuevo sirviera a aquel anciano extraño.

Pero el lunes por la noche el lugar volvía a estar vacío y Zac estaba solo detrás de la barra cuando llegó Von Meter, a las nueve en punto, igual que las otras noches.

Aburrido y ansioso por cerrar, Zac estaba mirando por la ventana cuando la limusina se paró delante del club y un chófer uniformado salió a abrirle la puerta al viejo. Definitivamente, no era ningún vagabundo.

El chófer esperó a que el viejo llegara a la puerta a través de la nieve, volvió a subir a coche y se alejó.

Una ráfaga de aire frío siguió a Von Meter

al interior del club. El viejo llevaba el mismo abrigo deshilachado con el mismo sombreo calado en los ojos. Se acercó al extremo de la barra y al mismo taburete de siempre, cruzó los brazos sobre el mostrador, bajó la cabeza y esperó.

Zac lo miró con aprensión y se maldijo interiormente por no haber cerrado ya. No había tenido un cliente en toda la noche. La nevada había mantenido a la gente en su casa, que era donde debería estar él. ¿O había esperado inconscientemente la llegada de Von Meter?

«Soy el hombre que te creó».

Se acercó despacio al lugar del viejo.

—¿Qué va a ser esta noche?

—Whisky —contestó la voz rasposa de Von Meter.

Zac sirvió la copa y se la pasó. Cuando los dedos delgados se cerraron en torno a ella, tuvo una sensación de *déjà vu*. Habían representado ya muchas veces esa escena.

—¿Cuánto tiempo piensa seguir así? —preguntó con brusquedad.

El anciano dejó la copa vacía en el mostrador y levantó la vista. Sus ojos eran más oscuros de lo que Zac recordaba. Oscuros, fríos e… intemporales.

—Hasta que hagas la pregunta correcta.

Zac enarcó las cejas.

—¿Y por qué no nos ahorra a los dos muchas molestias y me dice cuál es esa pregunta?

El viejo se lamió los labios como si saboreara el whisky.

—Tú no recuerdas mucho de tu pasado, ¿verdad?

—A usted no lo recuerdo —repuso Zac—. Pero tengo la impresión de que cree que nos conocemos. ¿Qué fue lo que dijo? Ah, sí, que era el hombre que me había creado. Ahora me va a decir que es mi padre o algo así.

Los ojos oscuros le sostuvieron la mirada.

—No soy tu padre, pero estamos relacionados.

—¿Cómo?

Von Meter no contestó inmediatamente, sino que alargó el vaso para que volviera a llenárselo.

—¿Debo hablarte de la mujer? —preguntó luego con expresión enigmática.

A Zac se le heló la sangre y por un momento fue incapaz de hablar.

—¿Qué mujer? —preguntó con rabia—. ¿De qué demonios está hablando?

—De la mujer con la que sueñas. Es encantadora, ¿verdad? Etérea, fantasmal... demasiado hermosa para ser real.

Zac empezaba a asustarse en serio.

—¿Cómo sabe usted eso?

El viejo se inclinó a través de la barra.

—Yo la creé. La puse en tu cabeza. Fue un regalo que te hice.

—Usted la creó a ella, me creó a mí. ¿Quién es usted, Dios?

Von Meter sonrió y sacó otra tarjeta del bolsillo. La dejó en la barra y bajó con esfuerzo del taburete.

—Los recuerdos son algo curioso, Zac. En las manos adecuadas, se pueden manipular, borrar, plantar. ¿Cómo puedes saber lo que es real? ¿Y de verdad quieres saberlo?

—Mire —contestó Zac con rabia—. No sé qué juego se trae entre manos, pero yo no quiero tener nada que ver en él. Si vuelve por aquí, lo echaré a la calle. ¿Ha entendido?

—Yo lo entiendo todo. Y tú también lo entenderás pronto.

Y sin más, el viejo cruzó la estancia y abrió la puerta. A través de la nieve, Zac vio que la limusina doblaba la esquina, como si el conductor hubiera sido llamado por telepatía. Un momento después habían desaparecido.

Durante el resto de la velada, Zac intentó ignorar las campanas de advertencia que resonaban en su cabeza, la sensación apremiante del estómago que le decía que se avecinaba un desastre. Mientras se preparaba para cerrar intentaba convencerse de que Von Meter no era más que un viejo raro que disfrutaba confundiéndolo.

Pero a medida que avanzaba la noche, también lo hacía su malestar.

Cuando cerró, tomó su abrigo y, de camino a la puerta se detuvo a mirar una vez más la tarjeta, que seguía en la barra. Pensó tirarla como había hecho con la primera, pero tras un momento de vacilación, la tomó y la guardó en el bolsillo de la chaqueta.

Cuando salió a la calle, nevaba aún con más fuerza. Zac se estremeció y se paró a mirar delante del salón de tatuajes, situado al lado. A pesar de luz amarillenta de las farolas, los copos resultaban hermosos. Blancos, cristalinos, como un sueño. Su belleza delicada le recordaba algo… a alguien.

«Yo la creé. Yo la puse en tu cabeza. Fue un regalo que te hice».

Zac intentó invocar la imagen de la mujer, pero le resultó imposible.

«Los recuerdos son algo curioso, Zac. En las manos adecuadas, pueden ser manipulados, suprimidos, plantados. ¿Cómo puedes saber lo que es real? ¿Y de verdad quieres saberlo?».

Zac bajó la cabeza para protegerse del frío y corrió calle abajo. El viento que soplaba desde el río Delaware era brutal, pero, por suerte, no tenía que ir lejos. Su apartamento alquilado estaba al final de la calle.

Estaba a mitad de camino, perdido en sus pensamientos, cuando un taxi se detuvo a su lado. Zac pasó delante y vio que el taxista iba solo. Estaba sentado con los brazos cruzados, como si esperara a un cliente.

Pero la calle estaba vacía.

Excepto por él.

Tenía las manos en los bolsillos y tocó la tarjeta que había metido antes allí. La sacó y leyó el nombre y la dirección a la luz de la farola.

Retrocedió por la acera y llamó con los nudillos en la ventanilla del conductor.

—¡Eh! ¿Espera a alguien?

El taxista bajó el cristal.

—A usted, amigo. ¿Adónde quiere ir?

—Chestnut Hill —Zac le dio la dirección y preguntó cuánto le costaría. Soltó un silbido al oír la cifra y contó mentalmente el dinero que llevaba en la cartera. Aquello le costaría la mitad del dinero que tenía, ¿pero qué más daba? Tampoco era tan necesario comer.

Subió al asiento de atrás, apoyó la cabeza en el respaldo del asiento y disfrutó de la calefacción. Debió adormilarse, porque cuando lo despertó el taxista tenía la sensación de que sólo había pasado un instante.

—¡Eh, amigo! ¿Está despierto?

Zac se incorporó y se frotó los ojos.

—Sí, estoy despierto —pero tenía la sensación desconcertante de que lo habían transportado a un mundo nuevo y extraño. El barrio era uno de esos lugares de tarjeta de Navidad al que la nieve volvía aún más surrealista.

Zac pagó al taxista, salió y miró un momento a su alrededor. La casa de Von Meter era un edificio de tres plantas separado de la calle por una elaborada verja de hierro. La puerta de la verja estaba entreabierta, como si anticiparan su llegada.

Entró en el jardín congelado, con trozos de hielo colgando de una fuente y una estatua de piedra cubierta de nieve y corrió por el camino de piedra hasta tocar el timbre de la puerta.

Una doncella uniformada acudió enseguida a abrir.

—¿Sí?

—Mi nombre es Zac Riley. Quiero ver al doctor Von Meter.

La joven sonrió y le hizo una pequeña reverencia.

—Por favor, entre, señor Riley. El doctor Von Meter lo está esperando.

—¿Me espera?

—Claro que sí. ¿Me permite su chaquetón?

—No, creo que me lo dejaré puesto si no le importa —decidió Zac, por si tenía que salir precipitadamente.

El vestíbulo era largo y espacioso, con suelo de madera, una escalinata magnífica y una cúpula con claraboya por la que se podían ver las nubes de día y las estrellas de noche. Esa noche, sin embargo, el cristal estaba cubierto de nieve, lo que le producía claustrofobia a Zac.

La doncella lo condujo por un pasillo en penumbra hasta unas puertas de madera que abrió después de llamar discretamente con los nudillos. La habitación de dentro estaba lujosamente amueblada con muebles de cuero, tapices y unas estanterías que cubrían una pared entera y estaban llenas de libros. Olía a humo de puro y a secretos viejos.

Von Meter estaba de pie mirando por la ventana.

—Ha llegado el señor Riley —anunció la doncella.

El viejo no dijo nada, pero asintió brevemente con la cabeza. La doncella hizo señas a Zac de que entrara y salió de la estancia. Von Meter sólo se volvió del todo cuando oyó cerrarse las puertas.

Esa noche parecía distinto. Su pelo era tan blanco como la nieve y su rostro parecía

25

aún más delgado de lo que Zac recordaba.

—Una casa estupenda —comentó éste.

El viejo sonrió débilmente.

—Es vieja y tiene corrientes, pero responde a mis necesidades.

Zac se encogió de hombros.

—Es mejor que el antro donde vivo yo ahora —dijo.

—Quizá —el viejo se acercó a su escritorio, se sentó y le hizo señas de que se acomodara enfrente—. Pero tu apartamento tiene sus puntos buenos, ¿no? Me refiero a la joven del 3C, por supuesto.

A Zac se le encogió el estómago.

—¿Cómo sabe eso?

—Los dos os habéis hecho muy amigos en las últimas semanas. Me temo que eso tiene que acabar. No puedes permitirte esas distracciones.

Zac se puso en pie, súbitamente furioso.

—¿Qué es esto? ¿Cómo sabe tanto de mi vida personal?

Von Meter permaneció aparentemente imperturbable.

—Por favor, procura calmarte. Pronto te lo aclararemos todo.

Apretó un botón de su mesa y la doncella abrió la puerta un momento después.

—¿Sí?

—¿Roth está todavía aquí?

—Creo que está en el invernadero, señor.

—¿Quiere pedirle que venga?

—Por supuesto.

Poco después se abría de nuevo la puerta y entraba un hombre alto, bien vestido, de constitución delgada y musculosa. Su pelo, de un color plateado, contrastaba con el jersey de cuello alto que llevaba, pero lo más llamativo de su aspecto era el color de sus ojos, uno azul, uno verde y lo dos tan fríos como el hielo.

Cuando sus miradas se encontraron, Zac sintió un escalofrío. No era una persona que se dejara llevar por las apariencias, pero sintió una aversión inmediata hacia aquel hombre. A pesar de la ropa cara y del corte bueno de pelo, había algo... impropio en su aspecto. Como si su naturaleza siniestra acechara bajo la superficie, esperando tragarse al desprevenido.

El hombre sonrió, como si le leyera el pensamiento.

—Vaya, vaya, vaya —dijo con una voz que podía haber pertenecido al mismo diablo. Una voz suave, untuosa, decadente—. El famoso Zac Riley.

—¿Me conoce? —preguntó éste con el ceño fruncido. Si se había cruzado antes con él, se alegraba de que el recuerdo no hubiera sobrevivido.

—Quizá deba dejarle las explicaciones al doctor Von Meter —sugirió el hombre.

—Sí, quizá sí —asintió el aludido. Miró a Zac—. Éste es Roth Vogel. Está aquí para ayudar con tu formación, pero antes tienes que instalarte. Te hemos preparado una habitación arriba. Enviaré a buscar tus cosas...

—De eso nada —Zac se puso en pie—. No sé qué se trae entre manos, viejo, pero no quiero tener nada que ver con ello.

Se volvió, pero antes de que pudiera llegar a la puerta, ésta se cerró, como por voluntad propia. Zac se volvió y se encontró con una pistola apuntándole al pecho. Miró a Vogel a los ojos y vio que brillaban de anticipación. Zac conocía esa mirada, la había visto antes, en un hombre que había intentado cortarle el cuello una noche en un callejón oscuro por los veinte dólares que llevaba en la cartera.

—¿Qué narices es esto? —preguntó entre dientes—. ¿Un atraco? Siento decepcionarlos, pero sólo llevo unos diez pavos en el bolsillo. Si crees que puedes cogerlos, adelante —retó a Vogel.

—Guarda eso —gritó Von Meter—. No hay necesidad de violencia —miró a Zac—. Te pido disculpas. No estás prisionero aquí; eres libre de marcharte cuando quieras.

—En ese caso, hasta la vista —hizo un saludo rápido.

Salió por la puerta y bajó hasta el vestíbulo, medio esperando oír en cualquier momento pasos que lo perseguían. Pero nadie lo siguió ni intentó detenerlo.

Una vez en la calle, paró un taxi y subió al asiento de atrás, pero se bajó de nuevo antes de que se pusiera en marcha. Sin hacer caso de la maldición indignada del taxista, volvió a la casa y llamó al timbre. Abrió la misma doncella y esa vez Zac le tendió el chaquetón. Von Meter estaba de nuevo solo en el estudio.

—Permíteme disculparme de nuevo por el comportamiento de Roth —le dijo. Le hizo señas de que se sentara.

—¿A qué ha venido eso? —quiso saber Zac.

Una expresión de disgusto cruzó el rostro de Von Meter.

—¿Te refieres a la pistola?

—Y a la puerta cerrada. ¿Cómo ha hecho ese truco?

—No era un truco. Roth domina la telequinesia.

—telequinesia, ¿eh? ¡Y yo que pensaba que era simplemente un idiota!

—Es temperamental, eso es cierto. Impulsivo, insubordinado, ambicioso —suspiró Von Meter—. Pero tiene su utilidad.

—Olvídese de Vogel —dijo Zac cortante—. ¿Qué quiere de mí?

—Quiero ayudarte —contestó Von Meter—. Tú quieres saber del pasado y yo puedo darte los detalles que te faltan, pero antes necesito saber lo que recuerdas.

—¿Por qué?

—Porque sin eso no sabría por dónde empezar.

Zac suponía que la explicación era bastante lógica, pero seguía sin fiarse del viejo.

—No recuerdo mucho —admitió de mala gana—. Mis padres murieron cuando era sólo un niño. Estuve en distintas casas hasta los dieciocho. Después vagabundeé un poco y acabé por entrar en la Marina. Al final terminé trabajando en la comunidad de inteligencia antes de que me reclutaran para un programa especial con el nombre clave de Fénix.

Se detuvo y Von Meter asintió con la cabeza para alentarlo a seguir.

—Continúa, por favor.

—Nos entrenábamos en una serie de búnkeres en la base Montauk de la Fuerza Aérea en Long Island. Recuerdo muy poco del tiempo que pase allí o de las misiones que llevamos a cabo, pero me recuerdo a bordo de un submarino en algún momento. Hubo un accidente. Algún tipo de explosión y caímos al fondo del Atlántico Norte, donde estuvimos días atrapados. Murió la mayor parte de la tripulación, más de cien hombres. Creo que hubo otros supervivientes aparte de mí, pero no los vi nunca. Paseé semanas en el hospital, donde me sometieron a largos periodos de aislamiento y fuertes sesiones de interrogatorios. Perdí la noción del tiempo y los detalles del accidente empezaron a borrarse. Algunos días me costaba mucho recordar mi nombre.

Hizo una pausa al verse de nuevo invadido por la sensación de soledad y confusión de otro tiempo. Se encogió de hombros.

—Eso es todo. Luego me licenciaron de la Marina.

—Dijeron que estabas mentalmente incapacitado para el servicio.

Zac se levantó y se acercó a mirar la nieve por la ventana. Aquello seguía doliéndole después de cinco años.

—Has mencionado el proyecto Fénix —dijo Von Meter detrás de él—. Era, y sigue siendo, una operación muy amplia.

Zac se volvió a mirarlo.

—¿En qué sentido?

—El proyecto Fénix es una organización encubierta creada con fondos privados y formada por científicos, militares y líderes de los negocios y la tecnología, algunas de las mentes más preclaras del mundo. Los avances que hemos hecho en estudios psicotrónicos, telequinéticos y fases interdimensionales, por nombrar sólo unos pocos, son mucho más vastos de lo que pueda empezar a imaginar la mayoría de la gente.

Zac se preguntó si estaría lidiando con una mente lúcida. Las cosas de las que hablaba el viejo eran imposibles. Y sin embargo... algo en su interior lo advertía de que Von Meter decía la verdad. Y esa verdad estaba directamente relacionada con él. Por eso estaba allí.

Observó un momento al viejo, intentando calibrar su cordura.

—Aunque lo que dice sea cierto, ¿qué tiene que ver eso conmigo?

—El objetivo del Proyecto Fénix era crear un ejército de guerreros secretos, supersoldados con habilidades paranormales. Cuando habían completado una misión, se borraban sus recuerdos y se enviaban de regreso a la sociedad hasta que se les necesitara de nuevo. Por eso estás aquí, Zac. Tienes que volver al servicio.

—Un momento —a Zac se le aceleró el pulso a su pesar—. ¿Está diciendo que yo soy uno de esos supersoldados?

El viejo asintió y Zac se echó a reír, pero la risa le sonó a hueca incluso a él.

—Es evidente que se equivoca de hombre, doctor. Si yo tuviera habilidades especiales, paranormales o de otro tipo, no trabajaría en un antro como el Blue Monday. Y desde luego, no estaría aquí ahora.

—Pero sí tienes una habilidad especial —le aseguró Von Meter—. Una que te cualifica para la misión en la que estás a punto de embarcarte.

—¿Misión? Ah, no, me parece que no. Lo siento, viejo. Yo no acepto órdenes ni de usted ni de nadie más. Y aunque aceptara, no ha dicho nada que me convenza de que esto no es un engaño. El único sitio al que pienso ir yo es a mi casa.

Hizo ademán de levantarse, pero la voz gruñona de Von Meter lo interrumpió.

—Espera. Escúchame sólo un momento más. Si cuando termine todavía quieres marcharte, puedes irte con mi bendición.

A Zac le daba igual contar o no con su bendición, pero volvió a sentarse. Después de todo, fuera hacía frío y la farsa de Von Meter podía ser interesante.

—¿Has oído hablar del Experimento Filadelfia?

Zac asintió.

—Sí. Es un bar en South Street.

El anciano agitó una mano en el aire con impaciencia.

—Yo no me refiero a un bar, sino a un suceso. La desaparición de un buque de guerra estadounidense en 1943.

Zac lo miró con escepticismo.

—Sé a lo que se refiere, pero el Experimento Filadelfia es un mito. Una leyenda urbana basada en los experimentos de la Marina con campos electromagnéticos durante la guerra. Los científicos querían buscar el modo de hacer los barcos invisibles para el enemigo desmagnetizando los cascos, pero, según la leyenda, lo que consiguieron fue un ocultamiento visual, invisibilidad óptica o como quiera llamarlo. ¿Es así?

Von Meter asintió con la cabeza.

—Sí, exactamente. ¿Pero y si te dijera que el Experimento Filadelfia es algo más que una leyenda? —se inclinó hacia delante con ojos brillantes—. ¿Y si te dijera que los poderosos campos magnéticos creados por los generadores especialmente diseñados instalados en ese barco abrieron de algún modo un agujero en la unidad espacio-tiempo? ¿Y si te dijera que el barco no se hizo invisible sino que entró en otra dimensión? Viajó hacia delante en el tiempo y, cuando volvió, dejó algo tras de sí.

Zac sintió un cosquilleo en la columna.

—¿De qué está hablando?

—Estoy hablando de un pasadizo secreto. Un túnel del tiempo, si lo prefieres. Un pasadizo que une el presente con el pasado.

Con 1943, para ser exactos —el viejo sonrió—. Lo hemos encontrado. Conocemos la posición de ese túnel y tenemos la intención de enviar a alguien a través de él. Alguien que está especialmente cualificado para esa misión. Ese alguien… eres tú.

Capítulo dos

SOÑÓ que Adam seguía vivo. La visión parecía muy real, era como si aquel día en el parque no hubiera ocurrido nunca.

Pero incluso en el sueño, Camille sabía que no era real. Adam estaba muerto y nada iba a traerlo de vuelta.

Pero su voz… todavía podía oír su voz en el sueño:

—Mamá, ¿de verdad me vas a enseñar a jugar al béisbol? —le preguntaba.

En el sueño, Camille le sonreía con el corazón henchido de amor.

—Claro que sí. Te enseñaré igual que mi madre me enseñó a mí.

—¿Por qué no te enseñó tu padre?

—Porque mi padre murió cuando era pequeña. Pero eso ya lo sabes, Adam. Ya lo hemos hablado.

—¿Mi padre también murió? —preguntó el niño con solemnidad—. ¿Por eso no está aquí para jugar al béisbol conmigo?

¿Cómo responder a aquella pregunta cuando ella todavía no había podido aceptar la verdad? El padre de Adam no estaba muerto. Simplemente... no se acordaba de ellos.

Por suerte, el niño entonces pareció distraerse con algo y dejó el tema.

—Mamá, ¿por qué nos mira ese hombre?

Ella levantó la vista, sobresaltada.

—¿Qué hombre?

—Aquel hombre —Adam le apretó la mano como si percibiera algún peligro.

Camille siguió la mirada de su hijo. A unos diez metros del camino había un hombre de pie a la sombra de un olmo. Unas gafas de sol oscurecían sus ojos, pero se notaba que los miraba.

Un escalofrío recorrió su espalda. Había algo... incómodo en el modo en que los miraba. Como si... los conociera.

Camille estaba segura de no haberlo visto nunca porque tenía un aspecto extraño que no era fácil olvidar. Vestía todo de negro y era alto y delgado, con el pelo rubio plateado peinado hacia atrás desde la cara.

Se estremeció de nuevo. Adam y ella se habían alejado adrede de la zona más concurrida del parque para tener espacio para jugar sin preocuparse de que pudieran dar con la pelota a algún niño pequeño.

—Adam, quizá deberíamos volver... —sugirió Camille.

—No, mamá, por favor —insistió el

niño—. Prometiste que me enseñarías hoy. ¿No podemos quedarnos un poco más? ¿Por favor?

No era propio de su hijo ser tan obstinado. Si se iban, olvidaría pronto su decepción. Era un niño tranquilo, cariñoso y afectivo aunque, al igual que su padre, tenía una luz pícara en los ojos oscuros y tristes, ojos que podían derretirle el corazón con una sola mirada. Y cuando la miraba así… como en aquel momento… ella no tenía ninguna posibilidad.

—Vale, sólo unos cuantos lanzamientos —cedió. Después de todo, si gritaba los oirían en la zona de juegos y resultaban visibles desde la calle. Era de día, hacía una tarde soleada y hermosa. ¿Qué podía ocurrir?

Pasó unos minutos enseñando a Adam a sostener la pelota.

—Tus manos ahora son muy pequeñas para sujetarla bien, pero de momento intenta sostenerla con las yemas de los dedos. ¿Ves? Así —le mostró la técnica—. Y deja la muñeca suelta y hacia atrás. Así puedes usarla para lanzar mejor.

Después de unos minutos de instrucciones, retrocedió y le lanzó la pelota.

—Y ahora lánzamela tú a mí como te he enseñado.

Tras varios intentos, él logró lanzarle la

pelota con cierta eficacia y atraparla cuando ella se la devolvió.

—¡Ya lo tengo, mamá! ¿Me has visto? —Adam saltó de entusiasmo.

—Muy bien. Sabía que aprenderías muy deprisa.

Era cierto. Había heredado la fortaleza atlética de su padre, además de su belleza morena y su carisma innato. Algún día sería un rompecorazones. Igual que su padre.

Jugaron varios minutos más. Camille estaba a punto de sugerirle que volvieran al coche cuando a Adam se le escapó una pelota y echó a correr tras ella riendo. Camille también se reía al principio, pero de pronto se le aceleró la respiración con alarma.

Allí sucedía algo.

La hierba debería haber frenado el impulso de la pelota, pero, en vez de eso, ésta rodaba y rodaba, siempre fuera del alcance de Adam. Camille lo oyó reír de nuevo mientras intentaba darle caza.

—¡Espera! ¡Voy yo por la pelota! ¡Adam!

De pronto vio de nuevo al desconocido por el rabillo del ojo. Se había cambiado al sol y ahora podía verlo con más claridad. Mientras lo observaba, él levantó la mano despacio y se quitó las gafas oscuras. Camille dio un respingo. Había algo raro en sus ojos...

Un puño de terror le oprimió el corazón. Quería hacerles daño. Lo sabía sin el menor asomo de duda. Tenía que llegar hasta Adam, tenía que protegerlo...

Pero cuanto más intentaba alcanzarlo, más lejos parecía estar.

Ya estaba casi en la calle y seguía detrás de la pelota. Y por mucho que ella lo intentara, no podía alcanzarlo.

—¡Adam! —gritó, pero un golpe de viento repentino ahogó su voz—. ¡Adam!

La pelota rodaba hasta el centro de la calle y se paraba. Adam corría tras ella sin vacilar. Estaba tan pendiente de la pelota que no vio el coche azul que se acercaba a él...

Camille despertó con el nombre de su hijo muerto en los labios y el rostro mojado de lágrimas. Al principio creyó que el golpeteo en su cabeza era el eco de los latidos de su corazón, pero no tardó en darse cuenta de que alguien llamaba con fuerza a la puerta.

Levantó la cabeza y miró el reloj. Eran poco después de la siete. ¿Se había quedado dormida?

Miró la ventana, por donde podía ver el sol deslizándose por detrás de una cumbre lejana. Respiró aliviada. Era por la tarde, no por la mañana. Se había quedado dormida mientras oía las noticias. La radio seguía puesta. Tendió una mano y la apagó.

Los golpes sonaron de nuevo, esa vez más desesperados, y una voz gritó su nombre. Se llevó una mano a los ojos e intentó despertarse del todo mientras bajaba las piernas al suelo. Se pasó los dedos por el pelo revuelto, se levantó y corrió a la puerta.

El sueño seguía tan vívido en su cabeza que, cuando vio al niño pequeño de pie en el porche, su primer instinto fue abrir la puerta y tomarlo en sus brazos, aunque casi inmediatamente lo reconoció como uno de los niños de los Clutter, que vivían un poco más abajo. Ni siquiera se parecía a Adam. Él era moreno y Billy era pelirrojo con pecas.

Camille hizo una mueca.

—¿Billy? ¿A qué viene tanto jaleo? ¿Pasa algo?

Él le agarró la mano y tiró de ella.

—Tiene que venir, señorita Camille. Davy dice que tiene que venir ahora mismo.

—Espera, un momento, un momento. ¿Ir adónde? —preguntó Camille.

—Tiene que venir a la mina —el niño levantó la voz, agitado—. Davy dice...

—¿A la mina? ¿Te refieres a la mina desierta de carbón que hay encima de la colina? Vosotros no vais allí, ¿verdad? Ese sitio es peligroso —Camille se dejó caer de rodillas

41

y apretó los hombros del niño—. Dime qué ha pasado. ¿Hay alguien herido? —el niño asintió y a ella se le encogió el estómago—. ¿Quién está herido? ¿Uno de los mellizos? ¿Donny?

Billy negó con la cabeza.

—No, Donny no. Y Davy tampoco. Es un hombre. Lo hemos encontrado en la mina. Está muerto y Davy dice que seguramente es un espía alemán.

Camille intentó hablar con calma y no dejar traslucir su miedo. Soltó a Billy con un esfuerzo.

—¿Seguro que está muerto?

El niño asintió con la cabeza.

—Sí, señora, está bien muerto. Davy me ha dicho que venga a buscarla porque papá no está en casa y usted sabrá lo que hay que hacer.

Camille no estaba tan segura de eso.

—¿Dónde está tu padre?

—En el trabajo. Y seguramente no llegará a casa hasta muy tarde.

Daniel Clutter, un hombre viudo, trabajaba de ingeniero en una de las instalaciones secretas de la ciudad y su trabajo lo obligaba a pasar muchas horas en la reserva. Hacía poco que había contratado a una mujer para que cuidara de los niños en su ausencia, pero la mujer tenía más de sesenta años y podía hacer poco con un niño precoz de siete años y menos aún con sus hermanos mellizos de doce, que casi siempre estaban ideando alguna travesura. Davy, jefe del grupo por designación propia, era listo, inteligente y temerario. Una combinación peligrosa, en opinión de Camille.

Y ahora parecía que había llevado a sus hermanos al interior de una mina abandonada, sin tener ni idea de los peligros que podían encontrar allí. Un espía alemán muerto era el menor de ellos.

¿Y qué podía hacer ella? La casita no tenía teléfono y el camino hasta la mina estaba lleno de maleza e intransitable para el coche. Tendría que ir a pie.

—Escúchame bien —le puso una mano a Billy debajo de la barbilla—. Quiero que vayas a casa y le digas a la señora Fowler que yo he subido a la colina a buscar a los mellizos. Los llevaré a tu casa en cuanto los encuentre. ¿Me has entendido?

El niño tragó saliva.

—Sí, señora, pero Davy ha dicho que no se lo puedo decir a nadie excepto a usted. Ha dicho…

—No importa lo que haya dicho tu hermano —Camille bajó la voz pero habló con firmeza—. Haz lo que te digo y quizá, sólo quizá, pueda conseguir que los mellizos no se metan en líos.

Lo volvió hacia la calle y le dio una palmadita en el trasero.

—Date prisa. Dile a la señora Fowler que los dos tenéis que quedaros en casa hasta que tengáis noticias mías.

El niño echó a correr y Camille entró en la casa, sacó el botiquín del cuarto de baño y lo metió en una bolsa junto con una linterna y su Colt del 45. Dos minutos después se ponía en marcha.

El camino de detrás de la casita llevaba hacia el bosque, pero el sendero terminaba después de un kilómetro y el terreno se volvía difícil y lleno de maleza. Caía la oscuridad, pero Camille no encendió la linterna. No era fácil encontrar pilas y había aprendido a racionarlas en lo posible; pero poco después caerían los últimos rayos del sol y la topografía se volvería más traicionera.

Por lo menos conocía la zona. Había procurado familiarizarse con cada metro cuadrado del terreno que la rodeaba. Había encontrado todos los posibles escondites y los senderos que llevaban a la ciudad. Desde uno de los puntos altos había memorizado el cambio de los guardias y los puntos débiles en las defensas de la ciudad y sabía mejor que nadie lo fácilmente que podía colarse un espía o un asesino sin ser descubierto.

Salió jadeando a un claro en la parte de arriba del precipicio e inmediatamente vio a uno de los mellizos paseando delante de la boca de la vieja mina. La entrada había estado clavada con tablas en cierto momento, pero algunas se habían soltado y las demás estaban rotas. El astillado reciente de la madera sugería que alguien había entrado y salido hacía poco.

Camille corrió hasta el chico y vio la cicatriz que tenía encima de la ceja derecha y que indicaba que se trataba de Donny, el más dócil de los mellizos.

—¿Dónde está Davy? —preguntó con ansiedad.

Donny señaló la entrada de la mina con la cabeza.

—Ahí dentro —tomó una linterna colgada de un clavo al lado de la entrada—. Venga. Se lo enseñaré.

—No, iré yo sola —repuso Camille—. Tú espera aquí.

—Pero Davy ha dicho…

—Me importa un bledo lo que diga Davy —Camille sabía que su voz sonaba dura, pero no le importaba. Tenía que hacer comprender a los chicos lo peligrosa que era la mina. Tenía que asegurarse de que no volvieran por allí.

—¿Sabes lo estúpido que ha sido venir

aquí, por no hablar de arrastrar al pobre Billy con vosotros? Podía ser uno de vosotros el que estuviera muerto ahora.

Señaló la entrada de la mina.

—Este sitio lleva años abandonado. Las vigas están podridas. ¿Y si se hunde? ¿Y si os llegáis a quedar atrapados dentro? Nadie habría sabido dónde buscaros. Podríais haberos quedado enterrados vivos y nadie habría sabido lo que os había pasado.

Donny abrió mucho los ojos mientras la escuchaba. Mejor así. Quizá si se asustaba lo suficiente no dejaría que sus hermanos volvieran por allí.

Camille sacó su linterna de la bolsa.

—Ahora voy a entrar ahí a buscar a tu hermano y quiero que los dos vayáis directamente a casa y no volváis nunca por aquí. ¿Me has entendido?

Donny tragó saliva y asintió con la cabeza.

—Sí, señora.

—Bien.

Ella entró en la mina, encendió la linterna y enfocó a su alrededor.

La tarde era caliente, pero dentro de la mina la temperatura caía por lo menos diez grados. Camille se estremeció y miró por encima del hombro. Donny la observaba ansiosamente desde la entrada. Cuando vio que lo miraba, retrocedió un poco.

—¿Por dónde? —preguntó ella.

Él se acercó de nuevo a la entrada.

—¿Ve ese túnel de allí? Cuando se bifurca, siga a la derecha. Davy está allí.

La serie de túneles se prolongaban horizontalmente hacia el interior de la colina. El que siguió Camille era estrecho y muy oscuro. Ella siguió los raíles de metal que se habían usado en otro tiempo para transportar el carbón de la mina. Al acercarse a la bifurcación empezó a oír agua que caía en algún lugar cercano y el ruido más ominoso de los crujidos de los troncos viejos de madera bajo su peso.

—¿Davy?

—Aquí —dijo una voz suave.

La apertura estaba a su derecha y, cuando Camille pasó por allí, dio un respingo.

El hombre muerto estaba tumbado en el suelo sucio, con el rostro y la ropa cubiertos de sangre y suciedad. El hedor a carne sucia impregnaba el aire y Camille tuvo que apretarse la boca con la mano para no vomitar.

Davy Clutter, al que al parecer no afectaban ni el olor ni la vista de tanta sangre, estaba acuclillado al lado del cadáver. Había colgado un farol cerca y su luz vacilante lanzaba sombras por las paredes y daba al cuerpo una apariencia extraña y demoníaca.

Tenía un palo en una mano y había estado dibujando con él en el suelo mientras esperaba a Camille. Cuando oyó su respingo, levantó la vista.

—¿Davy? ¿Estás bien?

—Sí, señorita —se puso en pie—. Pero él no. Lo han matado.

—¿Cómo lo sabes?

—Tiene un golpe en la cabeza.

—A lo mejor se cayó y se dio con una piedra —Camille miró de mala gana la figura inmóvil en el suelo—. ¿Seguro que está muerto?

Davy empujó el cuerpo con el palo. Al no obtener respuesta, se encogió de hombros y levantó la vista.

—¿Ve?

Camille intentó no mostrar ninguna reacción a la actitud imperturbable del chico. En época de guerra, la muerte no era extraña para nadie, ni siquiera para los niños. Era evidente que Davy lidiaba con la situación lo mejor que sabía. Se había convencido de que el hombre muerto era un espía enemigo y, por lo tanto, indigno de compasión.

Camille decidió que debía tomarle el pulso al hombre, pero cuando se acercaba al cuerpo, una avalancha de tierra y piedras pequeñas cayó al túnel detrás de ella.

—Tenemos que salir de aquí —dijo a

Davy—. Este sitio no es seguro.

Un estruendo procedente de un lugar cercano hizo que los dos dieran un salto. Por primera vez, Camille vio el miedo en el rostro del chico, que avanzó hacia ella.

—¿Qué es eso?

—Creo que ha habido un hundimiento en la parte de atrás de la mina —a Camille le latía con fuerza el corazón; tomó la mano del niño—. Vamos. Hay que salir de aquí.

Davy miró el cadáver.

—¿Qué hacemos con él?

—Tendremos que dejarlo aquí por el momento. De todos modos no podemos hacer nada por él. Vamos. Hay que darse prisa.

Empujó a Davy hacia el túnel y se disponía a seguirlo cuando un movimiento le llamó la atención y miró de nuevo al cadáver.

Tenía los ojos abiertos. Antes no había sido así.

Camille se llevó una mano a la boca. ¡Estaba vivo!

Otra lluvia de tierra y piedras cayó en el túnel y Davy tiró de su mano.

—¡Vamos!

Pero ella no podía moverse. No podía apartar la mirada de aquellos ojos. Unos ojos oscuros, brillantes, seductores.

Los ojos del hombre al que la habían enviado a matar.

Capítulo tres

—¿**P**UEDO continuar ya? —preguntó Von Meter.

—¿Para qué molestarse? He oído bastantes cuentos de hadas por una noche —Zac se levantó y se acercó a la ventana a mirar la nieve.

La voz de Von Meter se volvió impaciente.

—Tú lo llamas cuento de hadas, pero sólo te he dicho la verdad. ¿Por qué dudas de mí?

Zac trazó con el dedo el contorno de un copo de nieve en el cristal congelado.

—Considéreme un escéptico si quiere, pero tengo tendencia a creer sólo lo que veo con mis ojos. Y sé que nunca he visto a nadie... ¿cómo ha dicho usted?... pasando a otra dimensión. Enséñeme a alguien que pueda atravesar una pared y hablaremos.

—Pero tú has visto lo que puede hacer Roth. Has visto con tus propios ojos sus habilidades telequinéticas.

—Cerrar una puerta es algo muy fácil de amañar. Además, usted mismo lo dijo. Esta casa es vieja —Zac miró a su alrededor—. Seguramente las puertas se cierran solas a menudo. Tendrá que idear algo mejor para convencerme de que está cuerdo.

—Te muestras deliberadamente obtuso —lo acusó Von Meter con exasperación—. Tú has visto todas las cosas que te he descrito. Has presenciado fenómenos extraordinarios que no se pueden ni imaginar, y mucho menos explicar, en el mundo corriente.

—Y qué conveniente resulta que no recuerde nada —repuso Zac con sequedad.

Von Meter suspiró con cansancio, como si él, un hombre de ciencia, no estuviera acostumbrado a lidiar con una mente tan cínica.

—Es cierto que se borraron tus recuerdos después de la explosión, pero eso ya te lo he explicado. Era una precaución necesaria. El secreto era, y sigue siendo, de la máxima importancia para el Proyecto Fénix. No podemos permitir que las mentes estrechas de los entrometidos del mundo destruyan lo que tanto esfuerzo nos ha costado lograr —respiró hondo—. En cuanto a tus recuerdos… regresarán con el tiempo. Por lo menos algunos. Los que necesitas para llevar a cabo tu misión.

—Ya estamos otra vez —contestó Zac—. No sé cómo puedo ser más claro. Yo ya no estoy de servicio, así que no tengo que aceptar órdenes de nadie. Dejé todo eso atrás. Estoy mentalmente incapacitado para el servicio, ¿recuerda? Así que, sea cual sea la misión de la que no deja de hablar, más vale que se busque a otro. A mí no me interesa.

—Pero estás aquí —observó Von Meter.

Sí, estaba allí, pero Zac no sabía por qué. Era evidente que el viejo estaba loco. Fases interdimensionales, poderes telequinéticos, viaje en el tiempo. Al parecer, todo era posible en el universo demente del viejo.

¿Y la mujer que atormentaba sus sueños? ¿Residía también en el universo de Von Meter? ¿O había existido de verdad?

—Yo la creé. Yo la puse en tu cabeza. Fue un regalo que te hice.

Bien, aquello respondía a la pregunta, ¿no? Suponiendo que pudiera creer algo de lo que le había dicho Von Meter. Y eso era suponer mucho.

—Hay mucho más que necesitas saber y se nos acaba el tiempo. Por favor, déjame terminar —le pidió Von Meter.

Zac se encogió de hombros.

—Puede hablar todo lo que quiera, pero ya he tomado una decisión. No me interesa nada de lo que tenga que proponer.

—Creo que eso tendremos que verlo, ¿no te parece?

Von Meter sacó un puro de una caja que había sobre el escritorio. Pero en vez de encenderlo, se limitó a pasarlo por debajo de la nariz, inhaló profundamente y lo devolvió a la caja.

—La tecnología de la que he hablado, las fases interdimensionales, telequinesia, psicotrónica, la raíz de toda esa tecnología se puede encontrar en el experimento que se llevó a cabo con ese barco hace más de sesenta años.

—El Experimento Filadelfia.

—Sí. En la II Guerra Mundial, el Gobierno creó muchos programas secretos, el más famoso de los cuales fue, por supuesto, el Programa Manhattan. El desarrollo de la bomba atómica se concentró básicamente en tres lugares secretos: Hanford, en Washington; Los Álamos, en Nuevo México; y Oak Ridge, en Tennessee. Enterrado en los confines de Oak Ridge había otro programa conocido como Proyecto Arco Iris, que lo dirigía un hombre llamado Nicholas Kessler...

Zac lo miró.

—¿Kessler?

—¿Ese nombre te dice algo? —preguntó Von Meter.

Zac estudió los rasgos del viejo.

—No estoy seguro. ¿Debería?

—Quizá lo conoces por su reputación —contestó Von Meter, pero su tono le resultó evasivo a Zac, como si intentara ocultar información deliberadamente—. Kessler era un físico de fama mundial que había trabajado con gente como Albert Einstein y Max Born antes de la guerra. Poseía una de las mentes más brillantes de la época, pero, desgraciadamente, su genio se veía mermado por su falta de coraje y de visión. Empezó a tener serias dudas sobre el trabajo que hacía para el Gobierno e hizo lo posible por que cerraran el proyecto. Pero era demasiado tarde. Los militares habían visto las posibilidades que podía ofrecer una tecnología así. La guerra se podía ganar, no en años ni en meses, sino en días.

Zac lo miró de hito en hito.

—Habla como si creyera lo que dice.

—Por supuesto que lo creo. Y tú también lo creerás pronto.

—Eso es lo que usted dice —murmuró Zac.

—Se preparó un experimento con un buque de guerra para el 15 de agosto de 1943, a pesar de las repetidas advertencias de Kessler sobre la seguridad de la tripulación. Los militares ignoraron sus objeciones. En su opinión, el sacrificio de la tripulación de un barco no era un precio muy alto teniendo en cuenta los millones de vidas que se podían salvar.

—El bien de muchos sobrepasa a la necesidades de unos pocos —dijo Zac.

—Exactamente. Pero la víspera del experimento, el doctor Kessler subió a bordo del barco e intentó sabotear los generadores usados para producir los campos magnéticos. Fue aprehendido antes de que pudiera destruirlos y el experimento tuvo lugar al día siguiente como estaba previsto. Cuando se dispararon los generadores, un brillo verde extraño envolvió la cubierta. El barco empezó a borrarse hasta que sólo quedó una débil silueta. Después desapareció del todo y reapareció cinco horas más tarde en otra niebla verde. Debió ser el espectáculo más asombroso que habría podido presenciar nadie —dijo Von Meter con reverencia.

—¿Y la tripulación?

El viejo vaciló.

—Tal y como el doctor Kessler había predicho, hubo problemas.

—¿Qué clase de problemas?

—Varios hombres estaban muy enfermos. Los demás habían muerto o padecían confusión y demencia. Y al menos uno faltaba. Los que sobrevivieron fueron declarados mentalmente incapacitados para servir en el Ejército —el viejo miró a Zac—. Sí. Igual que tú casi sesenta años más tarde.

—¿Está insinuando que hay algún tipo de relación? —preguntó Zac dudoso.

—Sólo sugiero que en este mundo no hay coincidencias —el viejo se pasó una mano por los ojos como si él también se empezara a cansar de la conversación—. Después del experimento, Kessler quedó tan afectado por el estado de la tripulación que redobló sus esfuerzos por lograr que cerraran el proyecto. Consiguió convencer a un Comité del Congreso de que la nueva tecnología no sólo tenía el poder de cambiar el mundo que conocemos, sino que podía alterar la misma esencia del ser humano.

—¿Tenía razón?

—Sí. Pero Kessler se negaba a considerar la posibilidad de que el resultado final de esa tecnología increíble fuera un ser humano mejor —Von Meter se movió incómodo en su silla—. Los políticos nunca han sido famosos por su visión de futuro y aquel grupo no fue una excepción. Se mostraron de acuerdo con Kessler y retiraron los fondos para el proyecto. Kessler incluso quemó sus notas con la esperanza de que jamás se repitiera el experimento, pero, por suerte, algunas se salvaron y se convirtieron en la base del Proyecto Fénix.

—Es una historia fantástica —comentó Zac—. ¿Pero no se olvida de una cosa? No ha explicado el túnel en el tiempo.

—Ah, sí, el túnel —Von Meter se tocó la

barbilla con la mano—. Mira, un túnel en el tiempo es una entidad inherentemente inestable. Cuando el barco volvió a materializarse, el túnel a través del cual había viajado debería haberse derrumbado una vez que había sido cortada su fuente de energía. Pero Kessler hizo algo a los generadores aquella noche. Los dañó de un modo que impedía que al menos uno de ellos se apagara debidamente. Y el resultado fue que el túnel del tiempo pudo reunir energía negativa suficiente, materia exótica la llamamos, para superar el tirón gravitacional y estabilizarse.

—A mí eso me parecen tonterías —dijo Zac.

—No veo por qué. La física cuántica lleva décadas teorizando sobre la existencia de túneles en el tiempo y la existencia de éste túnel en concreto la conocemos desde hace años. Hasta hace poco, sin embargo, éramos incapaces de localizar la entrada a pesar de registros exhaustivos. Y todo el tiempo estaba justo delante de nuestras narices

—Y ahora que lo han encontrado, quieren enviarme a mí por él —comentó Zac—. ¿Con qué propósito?

—Destruirlo.

Zac enarcó las cejas.

—A ver si lo entiendo. ¿Llevan años buscando esa cosa y ahora que la han encontrado quieren que la destruya? ¿Por qué?

—Porque es el único modo —contestó Von Meter—. Piensa en las consecuencias de un túnel así. Alguien del presente podría viajar de regreso a 1943 y cambiar el curso de la historia usando la tecnología moderna. Cambiar el resultado de la guerra, quizá. Imagina un mundo en el que los aliados hubieran sido derrotados.

Zac hizo una mueca.

—¿Entiendes ahora por qué hay que destruirlo? —preguntó Von Meter.

—Lo entiendo, pero asumiendo que todo esto fuera verdad, ¿por qué no buscar un modo de cerrar la apertura? O de esconderla…

—Aunque eso fuera posible, siempre existiría el riesgo de que antes o después la descubriera alguien, algunas generaciones futuras. No podemos correr ese riesgo.

—Pero si yo vuelvo atrás en el tiempo, ¿mi mera presencia no cambiará la historia? —insistió Zac.

La expresión de Von Meter se volvió sombría.

—Por eso debes tener mucho cuidado. Te vamos a enviar de vuelta a un lugar muy peligroso. Algunos intentarán meterte en las intrigas de entonces, pero tú no debes participar. Habrá tentaciones, pero tendrás que resistirte a cualquier precio. La más pequeña interferencia podría ser desastrosa. Tu misión es sencilla. Tienes que impedir que el doctor Kessler sabotee los generadores para que cuando el barco se materialice, se puedan cerrar bien. El túnel del tiempo se derrumbará, pero todo lo demás permanecerá igual. ¿Has comprendido?

Zac se acercó a la mesa del viejo y se sentó.

—Sólo por curiosidad. Vamos a asumir que todo lo que ha dicho es cierto y digamos que yo consiento en volver y logro que esos generadores se desconecten del todo... ¿Qué pasa cuando se derrumbe el túnel?

Los ojos de Von Meter se oscurecieron.

—Es muy posible que quedes atrapado en 1943.

Zac soltó una risita.

—Ahora entiendo por qué no hay una cola de voluntarios en su puerta.

—Para regresar a tu época, tienes que volver a entrar en el túnel antes de que el barco se materialice de nuevo. Según la logística de la misión, eso será muy difícil a menos que...

—¿A menos que...?

—A menos que puedas reclutar a alguien del pasado que te crea y te ayude.

—¿Y tiene a alguien en mente?

La mirada del viejo se ensombreció un instante.

—Nicholas Kessler.

—¿Y por qué cree que estaría dispuesto a ayudarme? —quiso saber Zac—. ¿O a escucharme siquiera? Y ahora que lo pienso, ¿por qué le escucho yo a usted? Por lo que sé, puede ser un demente escapado de un psiquiátrico cercano.

Von Meter abrió un cajón de su mesa y sacó una cadena de oro de la que colgaba un medallón. Se la tendió y Zac la tomó de mala gana.

—¿Qué es esto?

Se la dio a Kessler una joven a la que conoció antes de salir de Alemania. Más tarde murió en un campo de concentración. La hicieron especialmente para él en la joyería de su padre en Berlín. Es única.

—¿Y cómo la tiene usted? —preguntó Zac con recelo.

Levantó la cadena y el oro brilló a la luz, produciéndole una sensación de *déjà vu*. Había visto antes esa medalla. La había tenido en sus manos.

Un escalofrío le subió por la columna. Miró a Von Meter.

—¿De dónde la ha sacado? —preguntó.

—Da igual cómo llegara a mi posesión —repuso el viejo—. Lo único que importa es que te resulte útil.

—¿A qué se refiere?

—Ese medallón convencerá a Nicholas Kessler de que debe ayudarte.

—¿Cómo?

—Tienes que confiar en mí en ese punto.

Zac cerró el puño con la cadena dentro.

—¿Por qué voy a confiar en usted?

—Porque no tienes elección.

—¿No tengo elección? —Zac se puso en pie—. Siempre hay elección, viejo.

Se volvió a la puerta.

—Puedes irte —dijo Von Meter con suavidad a sus espaldas—. Pero te sentirás impulsado a volver como te has visto impulsado a venir aquí y como te has visto impulsado a volver antes. ¿Y sabes por qué? Porque en el fondo ya sabes que digo la verdad. Tú eres un supersoldado, Zac. Un guerrero Fénix entrenado y programado para llegar a extremos insospechados con tal de cumplir una misión. No tienes elección porque eso es lo que eres.

Zac lo miró con desprecio. Pero aunque la furia crecía lentamente en su interior, sentía también algo más. Excitación. Adrenalina. La emoción de la caza.

Y más profundo todavía, el despertar de sentidos que no sabía que poseía.

El sueño se borró. Von Meter desapareció y Zac se quedó solo en la oscuridad. Tenía la vaga sensación de estar herido, de que lo cuidaban. Sentía unas manos gentiles en el cuerpo de vez en cuando, pero no podía despertar. Parecía estar atrapado en un mundo en sombras donde los sueños se mezclaban con la realidad.

Ella estaba allí. La mujer que había atormentado tanto tiempo sus sueños.

La conocía ya íntimamente. Sus manos, sus labios. La sensación de su piel pálida y sedosa bajo los dedos de él.

Su voz era como un canto de sirena. Su tono consolador tenía el poder de sacarlo de la oscuridad... o de meterlo más profundamente en ella.

Ahora podía oír esa voz suave y lírica.

—Sabía que vendrías —decía ella—. Sólo era cuestión de tiempo.

Se echó a reír, con una risa dura y seca que pareció atravesar el alma de Zac.

—Pero el tiempo es un concepto muy relativo, ¿verdad?

Guardó silencio un momento y, cuando habló de nuevo, la amargura había desaparecido.

—¿Qué te ha pasado? ¿Quién te ha hecho esto? ¿Quién puede querer matarte... aparte de mí?

Otro silencio.

—Creo que no puedo seguir con esto —susurró ella—. Sé lo mucho que hay en juego y sin embargo, cuando te he visto allí tumbado... cuando he creído que estabas muerto...

Por un segundo, Zac habría podido jurar que sentía la mano de ella en la cara, el roce de sus labios en los de él. Era casi suficiente para hacerle dejar atrás la oscuridad.

Casi... pero no del todo. Todavía no.

Ella respiró fuerte, como si intentara reprimir las lágrimas.

—¿Por qué has venido? ¿Por qué tenía que acertar el abuelo? ¿Por qué tenías que ser tú?

Guardó silencio de nuevo y Zac creyó oír el latido del corazón de ella. ¿O era el suyo propio?

—Pero no puedo dejar que nada de eso importe, ¿verdad? —dijo ella con dureza—. Tengo un trabajo que hacer. Tengo que descubrir por qué estás aquí, así que por el momento te necesito con vida. No puedes morirte ahora, Zac. ¿Me oyes? No puedes morirte... sin saber lo dc Adam.

Zac sabía que había visto antes al chico. Había algo conmovedoramente familiar en aquel rostro solemne y aquellos ojos oscuros e inocentes.

Tenía un guante de béisbol en una mano y una pelota en la otra, y a Zac le parecía que el niño estaba bañado en luz. Una luz blanca brillante que calentaba el corazón de Zac.

—Eh, señor, ¿quiere jugar a lanzar? —preguntó el niño esperanzado.

Zac se encogió de hombros.

—Vale. El béisbol es mi deporte favorito.

El niño lo miró entrecerrando los ojos.

—¿Juega bien?

—No muy mal —Zac retrocedió unos pasos y se acuclilló—. Vale, niño, veamos cómo lanzas.

El chico tomó puntería y lanzó una pelota perfecta. Zac la atrapó al vuelo.

—Eh, chico. ¿Dónde has aprendido a lanzar así?

—Me enseñó mi madre.

—Tu madre, ¿eh? —Zac se levantó y miró a su alrededor—. ¿Dónde está?

—Lo está esperando.

—¿Me espera a mí? ¿Qué quieres decir?

El chico se acercó despacio, con los ojos oscuros y brillantes fijos en él.

—Se hace tarde, señor. Más vale que se vaya.

—¿Adónde?

Zac comprendió de pronto que no tenía

ni idea de dónde estaba ni lo que tenía que hacer. Nunca en su vida se había sentido tan perdido.

El chico se acercó a él y le dio un empujón.

—Tiene que irse, ¿vale? Ya es hora…

—Se supone que está usted muerto, señor Riley —dijo una voz enfadada en su oído.

La voz sacó a Zac del sueño y del chico. Se debatió un momento, pero estaba demasiado débil para resistirse mucho.

La voz se acercó más a su oído.

—¿Qué hacía en la mina abandonada? ¿Quién lo ha enviado aquí? ¿El FBI? ¿El Departamento de Defensa? Da igual. No podemos permitir que los militares terminen lo que han empezado detrás de esa verja. No toleraremos su intromisión…

—¿Qué se cree que está haciendo? —preguntó una segunda voz.

Zac sintió otra presencia en la estancia.

La primera visitante guardó silencio un momento y después respondió con calma:

—Sólo le estaba ahuecando la almohada.

—¿Ahuecando la almohada? —repitió la segunda voz dudosa—. Por un momento he pensado…

—¿Qué ha pensado?

Ella soltó una risita nerviosa.

—Me ha parecido que intentaba asfixiar al pobre hombre.

La primera persona se echó a reír también.

—¿Asfixiarlo? Eso sí que tiene gracia.

—Debo estar trabajando demasiado. Estoy tan cansada que veo visiones —las dos rieron de nuevo, pero en la segunda voz quedaba una nota extraña que bien podía ser recelo.

—Me parece que usted quiere ponerle el termómetro y yo tengo cosas que hacer, así que la dejaré tranquila —dijo la primera voz.

—No quiero echarla.

—No, no importa; volveré luego —una mano se posó en el hombro de Zac—. Puedes contar con ello.

¿No tienes que irte a casa? —preguntó Zac.

—No puedo irme hasta que te vayas tú —contestó el chico.

Zac lo miró confuso.

—¿Por qué?

El chico se encogió de hombros.

—Puede que no encuentres el camino sin mí —tomó a Zac de la mano—. Vamos. Te acompañaré una parte.

—¿No debería ser al contrario? —preguntó Zac—. ¿No debería llevarte yo a tu casa?

—No puedes.

—¿Por qué no?

El chico tardó un momento en contestar.

—Porque no funciona así.

Era un niño muy extraño. Y sin embargo, había algo muy atrayente en él. Zac descubrió que no quería dejarlo. Se arrodilló y puso las manos en los hombros del niño.

—¿Te conozco? Creo que no nos hemos visto nunca, pero… me resultas familiar.

Al niño le brillaron los ojos y se volvió de pronto, limpiándose la nariz con una mano.

—Tenemos que irnos, ¿vale? Pronto estará oscuro.

—Antes dime tu nombre —le pidió Zac—. Y después me iré contigo.

Pero era demasiado tarde. El niño ya se había ido sin él y Zac nunca se había sentido tan solo.

—¿Cómo está hoy, doctor?

Zac oyó la voz suave como si procediera de una gran distancia.

—Parece que se nos va. El pulso está débil, la presión arterial está cayendo… me temo que sólo es cuestión de tiempo.

—¡Pobrecito! Es una lástima. Es bastante atractivo, ¿no cree?

—Yo de eso no entiendo, enfermera. Y le sugiero que, en el futuro, se preocupe más de atender las necesidades del paciente y menos de sus fantasías románticas sobre él.

—Sí, doctor.

Tenía un aspecto horrible. Aun limpio de la suciedad y la sangre de la mina, su rostro estaba tan delgado y pálido que Camille apenas lo reconoció.

Una vez había sido el hombre más viril y atractivo que había conocido nunca, y ahora le dolía verlo así. Tan pálido e inmóvil. Tan cerca de la muerte...

—No puedo volver a pasar por esto —susurró—. No puedo...

Y sin embargo, a pesar de la angustia, reconoció la ironía de su dolor. Él era el enemigo ahora. No podía olvidar ese hecho ni por un segundo.

Intentó endurecer su corazón, pero lo miró y, en lugar de odio y desprecio, sintió un deseo irresistible de besarlo en los labios e insuflarle su propia vida en los pulmones.

—¿Por qué has vuelto? —preguntó Zac al niño.

Éste había aparecido de pronto a su lado

y Zac sentía una abrumadora sensación de alivio. Le revolvió el pelo al niño con afecto.

El chico se apartó de él.

—Tiene que irse, señor.

—Me llamo Zac.

—Tienes que irte... Zac.

—No dejas de decir eso, pero no hay ningún sitio donde necesite estar. Prefiero quedarme aquí contigo. Podemos ir a un partido de béisbol si quieres. ¿Te gustaría?

El niño negó con la cabeza, pero el brillo de sus ojos le partía el corazón a Zac y le hacía anhelar algo que ni siquiera era consciente de haber perdido.

—Podemos jugar a lanzar —sugirió esperanzado—. Sólo un rato.

El niño volvió a negar con la cabeza.

—Tienes que irte.

—Por favor...

Pero Zac no comprendía su propia súplica. Sólo sabía que, cuando se marchara, no volvería a ver al niño y el dolor que eso le causaba era casi más de lo que era capaz de soportar.

—No puedo dejarte —susurró.

El niño levantó la mano y señaló detrás de Zac. Éste se volvió.

Y allí estaba ella, todavía envuelta en niebla. Todavía tan elusiva como siempre.

—Te está esperando —dijo el chico.

—Pero no es real —protestó Zac.

—Te necesita. Tienes que ayudarla.

—¿Ayudarla a qué?

El niño empezó a retirarse.

—No, no te vayas —le suplicó Zac.

—Tengo que irme.

—Todavía no. Por favor. Sólo un poco más.

—Ella te necesita —dijo el niño—. Tienes que ir con ella. Tienes que ayudarla.

Zac miró a la mujer. No podía verle la cara, pero sentía su presencia. Sentía también otra presencia. Un peligro que acechaba en las sombras. Ella también pareció sentirlo. Levantó una mano en un gesto de súplica y Zac sintió de pronto un fuerte impulso de correr hasta ella, tomarla en sus brazos y no dejarla marchar nunca.

Una pena infinita se apoderó de él cuando miró al niño. Tenía que tomar una decisión.

—Creo que ahora lo entiendo. Tengo que irme.

El niño asintió y siguió alejándose.

—¡Espera! —Zac levantó una mano para detenerlo—. Por favor. Sólo dime tu nombre.

El niño vaciló un momento.

—Adam —contestó—. Me llamo Adam.

Y desapareció del todo...

Capítulo cuatro

—HA movido los dedos.

—Seguramente habrá sido un tic muscular —la más alta de las dos enfermeras se llevó una mano a la boca y reprimió un bostezo.

—No, los he visto moverse —insistió la enfermera rubia—. Y mírale los ojos. Se mueven los párpados. Creo que está despertando.

Camille acababa de entrar en la planta y se detuvo con el corazón galopante escuchando la conversación de las enfermeras. ¿Sería cierto? ¿Zac salía al fin del coma?

Había pasado casi una semana desde que Davy y ella lo sacaran de la mina. Y Camille casi había renunciado a la esperanza de verlo...

Cerró los ojos, deseando poder sucumbir a los sentimientos que amenazaban con tragársela. Pero sabía que tenía que combatir la tentación. No podía permitirse entrar de nuevo en el universo de Zac Riley. No había funcionado la primera vez y tampoco funcionaría ahora. No podía ser.

Lo que tenía que hacer era cumplir con su misión. Demasiadas cosas dependían de su éxito.

—Voy a buscar al doctor —la enfermera alta y pelirroja hizo ademán de moverse, pero la otra la sujetó por el brazo.

—¡Viv, espera! ¡Mira! Quiere decir algo.

—¿Puedes entenderlo? ¿Qué es lo que dice?

Casi contra su voluntad, Camille dio un paso más en dirección a la cama. Vio que Zac movía frenéticamente los labios, pero no pudo oírlo.

—Vamos, vamos —lo tranquilizó la enfermera rubia—. Intente conservar la calma.

Zac la agarró por el brazo con una fuerza sorprendente y tiró de ella hacia sí. La enfermera se inclinó sobre él, escuchando con atención.

—¿Puedes entender lo que dice? —preguntó la enfermera alta con ansiedad.

—No estoy segura. Creo que es un nombre. Lo repite una y otra vez.

—¿Qué nombre?

—Adam. Creo que pregunta por alguien llamado Adam.

A Camille se le doblaron las rodillas y buscó ciegamente la pared para apoyarse.

—Vamos. Es hora de despertarse.

La voz profunda penetró en el mundo de ensueño de Zac, pero estaba demasiado débil y cansado para contestar. Quería enterrarse en la oscuridad, pero la voz no se lo permitía.

—Vamos, despierta. Puedes hacerlo. Eso es. Sigue luchando...

Zac abrió los ojos y el resplandor le hizo bajar los párpados. La luz le hacía daño. Quería cerrar los ojos y hundirse de nuevo en la oscuridad, pero era demasiado tarde. Ahora estaba despierto y no había vuelta atrás.

Tres rostros ansiosos lo miraron.

—¿Dónde estoy? —preguntó.

—En el hospital del Condado —le dijo el hombre—. Soy el doctor Cullen. Ellas son la enfermera Wilson y la enfermera Brody. Lo han estado cuidando.

La enfermera más bajita, una rubia de ojos azules y hoyuelos profundos, le sonrió.

—Estábamos todos muy preocupados por usted.

La otra enfermera, una pelirroja alta y delgada, asintió con la cabeza.

—Es cierto. Todo el mundo se alegrará de saber que ha vuelto con nosotros.

Zac miró confuso a su alrededor.

—¿Qué hago aquí?

—Tiene una herida en la cabeza —le dijo el doctor—. Lleva una semana inconsciente.

—¿Una semana? —Zac sintió pánico. Tenía que ir a algún sitio... había algo que tenía que hacer...

—¿Puede decirnos su nombre? —preguntó el doctor con gentileza.

Él pensó un momento.

—Zac... Riley.

El doctor asintió con satisfacción.

—Ése es el nombre que encontramos en su cartera. ¿Recuerda algo del accidente?

¿Accidente? ¿Qué accidente? Zac negó con la cabeza.

—Lo encontraron en una mina de carbón abandonada —le explicó el doctor—. Creemos que se hirió en un hundimiento, pero es sólo una especulación por nuestra parte. Sospecho que usted lo recordará todo pronto y podrá darnos los detalles.

¿Una mina de carbón? ¿Qué narices pasaba allí? ¿De qué hablaba aquella gente?

Zac los miró con atención. Había algo raro en su aspecto. Las mujeres llevaban gorros anticuados de enfermeras y uniformes blancos almidonados de manga larga, a pesar de que la temperatura en el interior del hospital parecía muy alta.

Sus estilos de peinado eran también diferentes, así como el corte del traje del doctor. Los tres parecían actores de una película vieja en blanco y negro.

Y entonces Zac recordó algo.

—Hemos encontrado un túnel en el tiempo. Un pasadizo secreto que une el presente con el futuro. Con 1943 para ser exactos.

—¿Qué día es hoy? —preguntó. Intentó sentarse, pero el doctor le puso las manos en los hombros y lo empujó con firmeza contra la almohada.

—Procure conservar la calma —le aconsejó—. Necesita tiempo para orientarse y...

Zac le agarró el brazo.

—La fecha. ¿Qué día es hoy?

—Es el siete de agosto.

—¿Y el año?

Las dos enfermeras intercambiaron una mirada.

—Mil novecientos cuarenta y tres —dijo la rubia.

Zac se dejó caer sobre la almohada.

—Entonces no es tarde. No llego tarde.

—¿Tarde para qué? —preguntó la enfermera rubia.

—Para salvar el futuro —murmuró Zac justo antes de perder el conocimiento.

Oyó reír a la enfermera y un segundo antes de que volviera a tragarlo la oscuridad, Zac habría podido jurar que el doctor entrecerraba los ojos con recelo.

Las enfermeras estaban constantemente encima de él. Casi daba la impresión de que rivalizaban por ver cuál podía dedicarle más atenciones.

Zac suponía que debía sentirse halagado, pero sospechaba que su actitud tenía más que ver con la falta de hombres durante la guerra que con su carisma personal. De todos modos, agradecía su interés, sobre todo teniendo en cuenta la escasez de personal en el hospital. Había oído comentar a las enfermeras que parte del personal con más experiencia había sido trasladado hacía poco al hospital de Oak Ridge, lo que había puesto al Hospital del Condado en un brete. Los empleados que quedaban a menudo tenían que hacer turnos dobles, y a veces triples. Pero las enfermeras encontraban tiempo para detenerse en su cama de vez en cuando.

El doctor Cullen también se había tomado un gran interés por sus progresos. Parecía admirado y confundido por la rapidez con que mejoraba Zac después de haber estado casi una semana en coma. Zac comprendió, por algunos comentarios de las enfermeras, que el doctor lo había dado prácticamente por muerto y él se había «despertado» de pronto sin más molestias que algunos dolores de cabeza y visión nublada a veces. Una recuperación milagrosa, en opinión de todos.

—El doctor dice que le dará el alta pronto —le informó Betty, la enfermera rubia. Sus ojos azules brillaban a la luz del sol que entraba por una ventana situada en un extremo de la planta—. ¿Qué planes tiene cuando salga de aquí?

Zac se encogió de hombros.

—Supongo que tendré que buscar un trabajo y un lugar donde vivir.

—No debería volver a trabajar hasta que esté totalmente recuperado —lo riñó ella—. Y quizá yo pueda ayudarle a buscar un lugar donde quedarse, al menos temporalmente. Hablaré con mi tío. Mi primo Tom está en el Pacífico con el 25 de Infantería. Estuvo en Guadalcanal —dijo con orgullo—. Seguramente podrá quedarse una temporada en su cuarto.

—No quiero molestar a nadie —dijo Zac—. Además, necesitaba un lugar donde pudiera entrar y salir a cualquier hora sin despertar sospechas.

—No sería una molestia. Al tío Herbert le gustaría tener compañía. Está bastante solo desde que se marchó Tommy. Y además, no hay más habitaciones por aquí. Hasta las posadas y apartamentos de Knoxville están llenos. Algunas familias incluso han alquilado sus gallineros —se estremeció con delicadeza—. En esta zona no estamos muy acostumbrados a lujos, pero hay que estar muy desesperado para dormir en un gallinero. No son más que cajas…

—Betty Lou, ¿ya estás cansando otra vez al pobre hombre? —la riñó Vivian, la pelirroja, acercándose a la cama.

—Sólo estábamos intentando buscarle un lugar al señor Riley… a Zac —sonrió Betty con dulzura—. Para cuando le den el alta.

—No hay necesidad de preocuparse de eso. Ya he hablado con mi madre —repuso Vivian—. Está todo arreglado. Puede quedarse con nosotros.

Betty se mostró sorprendida.

—¿Y dónde va a dormir? En vuestros dormitorios hay ya mucha gente. No me digas que lo vais a poner con el bebé. Ese niño aúlla más alto que un perro infectado de pulgas.

—Bueno, sería mejor que oír hablar a tu tío de la metralla que le metieron en cierta… zona delicada durante la I Guerra —replicó Vivan—. ¿Y te he oído bien? ¿Le estabas sugiriendo al señor Riley que duerma en un gallinero?

—Apuesto a que prefiere dormir con gallinas a soportar a todos los mocosos de tu casa —murmuró Betty.

—En realidad, yo tengo una habitación libre —dijo una voz femenina detrás de ellas—. No es muy lujosa, pero puedo garantizarle cierta paz y tranquilidad.

Estaba enmarcada por tanta luz que Zac al principio no pudo verle los rasgos. Asumió que sería otra enfermera; hasta que se acercó a la cama y él contuvo el aliento. Era la mujer más hermosa que había visto en su vida. Alta, esbelta, de pelo moreno y ojos hermosos que destacaban aún más por el vestido azul que llevaba. Era una prenda sencilla, pero la falda recta y la cintura ajustada mostraban curvas suaves e invitadoras. Llevaba el pelo con raya al lado y le caía sobre la mejilla hasta los hombros.

Había algo extrañamente familiar en sus rasgos, pero Zac no conseguía recordar de qué la conocía. ¿Cómo podía haber olvidado a una mujer así?

Cuando sus miradas se encontraron, el corazón se le encogió con una emoción que no comprendió.

—¿La conozco? —preguntó vacilante.

Ella se colocó pegada a la cama. Las enfermeras parecieron notar que la recién llegada acaparaba toda su atención y retrocedieron, aunque no sin cierto resentimiento.

Zac apenas se dio cuenta. Sólo tenía ojos para aquella mujer.

—¿La conozco? —preguntó una vez más.

Ella se tocó la cadena de oro que llevaba al cuello. La luz arrancó destellos a la cadena y recordó a Zac el medallón que le había dado

Von Meter. Confió en que siguiera todavía donde lo había escondido, en la mina.

—Mi nombre es Camille Somersby. Yo fui la que lo sacó de la mina. Aunque no todo el mérito es mío; conté con la ayuda de los hijos de mi vecino. Ellos lo encontraron.

Zac frunció el ceño. Algo se agitaba en su memoria, pero la imagen parecía moverse en las sombras, fuera de su alcance.

—Supongo que les debo la vida a ellos y a usted —murmuró.

—Sí, supongo que sí —había algo renuente en la actitud de ella, como si no estuviera allí por voluntad propia sino por una necesidad que no se decidía a admitir—. Bueno —continuó con brusquedad—. ¿Recuerda lo que hacía en la mina?

Él negó con la cabeza.

—La verdad es que no. Sé que vine aquí a buscar empleo en la reserva. Tengo experiencia en la construcción y me dijeron que contrataban gente.

—Algunas de las enfermeras creen que debió oír hablar de la mina en el pueblo y que, como no pudo encontrar un lugar donde quedarse, decidió subir a acampar allí. ¿Eso le suena de algo?

—Me temo que es todo una nube —Zac decidió que había llegado el momento de cambiar de tema—. Y hablando de lugar para quedarse, ¿ha dicho que tiene una habitación para alquilar?

—Sí. Tengo una habitación libre. Como ya habrá descubierto, tener donde vivir se ha convertido en un problema en esta zona. No sé si sabe mucho sobre Oak Ridge...

—Lo suficiente para ser consciente de que lo que hacen los militares detrás de esa valla está provocando mucho resentimiento en la gente de por aquí.

—Sí, bueno, lo que ocurre detrás de la valla se queda allí —respondió ella—. No se nos permite hablar de ello.

—¿Nos?

—Yo trabajo en una de las plantas —miró a su alrededor, como para asegurase de que no la oían—. Bueno, ¿qué me dice? ¿Acepta la habitación? —vio que él vacilaba—. Si le preocupa el alquiler, olvídelo. Hay mucho que hacer en la casa. Hay goteras y estoy segura de que puede ganarse casa y comida hasta que encuentre un empleo. Quizá hasta pueda ayudarle con eso.

Zac sonrió con recelo.

—Es usted muy generosa con alguien a quien no conoce. Si fuera una persona desconfiada, me preguntaría por qué.

—No tiene nada de misterioso —contestó ella, pero el movimiento nervioso de la mano con la que se tocaba la cadena desmentía sus palabras—. Tengo interés en su bienestar, recuerde que ayudé a salvarle la vida.

Sonrió, pero algo en sus ojos, una sombra perdurable llevó a creer a Zac que Camille Somersby era una mujer con secretos. Secretos peligrosos.

Campanas de advertencia sonaron en su mente.

—No puedo evitar pensar que nos conocemos —murmuró.

—En otro tiempo quizá sí —repuso ella con ligereza. Se enrolló la cadena en el dedo—. Si cree usted en esas cosas.

Capítulo cinco

ZAC esperó hasta que se apagaron las luces en su ala, se levantó despacio, se puso la ropa y salió del hospital. La luna acababa de subir por encima de los árboles cuando echó a andar por aquellas calles desconocidas.

Después de las muchas sesiones que había tenido con Von Meter, Zac tenía una idea bastante buena de la ciudad. Después de aquella primera noche en la casa del viejo, había pasado muchas otras revisando mapas y documentos, con la ayuda de Von Meter y a veces de Vogel, hasta que conoció la zona que rodeaba Oak Ridge tan bien como su barrio de Filadelfia.

También sabía que dentro de la verja no sería fácil acercarse a Kessler. La ciudad estaba bien fortificada. Los guardas patrullaban sus límites las veinticuatro horas y nadie podía entrar allí sin un pase o un objetivo concreto.

Pero la preocupación más inmediata de Zac era el transporte. Tenía que hacer muchas cosas esa noche y, si se veía obligado a moverse a pie, gastaría las pocas horas que tenía hasta las doce, cuando llegaría el turno de noche al hospital. Hasta el momento, había escapado a la atención de las autoridades locales, pero ahora que había salido del coma seguro que habría preguntas.

Y detrás de las autoridades locales llegarían la División de Seguridad e Inteligencia y el FBI. Si alguno de los dos sospechaba de él, podían arrestarlo y encerrarlo durante semanas, meses o hasta que acabara la guerra. Zac no podía permitir que ocurriera eso. Era imperativo no llamar la atención.

Pegado a los edificios para pasar más desapercibido, consiguió llegar a la plaza y desde allí avanzó hacia el norte por Edgemont Avenue, donde Betty Wilson, la enfermera rubia, había mencionado que vivía una tía suya.

La joven enfermera, ansiosa de compañía masculina, había impartido mucha información sobre su vida personal. Su conversación interminable podría haber aburrido a otro, pero Zac se había empapado de ella, sabedor de que cualquier dato inocuo podía ser de utilidad en el futuro.

Y había sido un acierto pensar así. Betty había mencionado de pasada que su tía había ido en autobús hasta Nashville para visitar a un pariente enfermo, lo que implicaba que su casa estaría vacía y, lo más importante, su coche estaría sin vigilancia en su ausencia.

No le resultó difícil encontrar la casa a pesar de la oscuridad y, para alivio de Zac, parecía en efecto estar vacía. Se coló por la parte de atrás hasta el cobertizo que albergaba el coche y soltó un silbido suave cuando vio el Packard de 1937. Los parachoques de cromo brillaban a la luz de la luna, pero se permitió sólo un instante para admirar las líneas esbeltas del vehículo antes de subir, quitar el freno de mano y empujarlo silenciosamente hasta la calle con un pie en el suelo y un hombro contra la carrocería.

La calle de la parte de delante de la casa dibujaba una cuesta leve y Zac siguió empujando el coche hasta el final de ella. Saltó al interior, cerró la puerta y rezó para que la batería no estuviera gastada. Giró la llave de contacto y comprobó con alivio que el coche se ponía en marcha.

Se dirigió hacia el sur y abrió la ventanilla para dejar entrar el aire nocturno. No había más coches en la carretera y el campo parecía dormido y silencioso por encima del ronroneo de los doce caballos del motor. Las granjas que pasaba en la oscuridad se veían oscuras y desoladas y sus siluetas resultaban tétricas a la luz de la luna.

La noche poseía una cualidad surrealista y Zac tenía la sensación de estar atrapado en un sueño.

A tres kilómetros de la ciudad, entró en un camino de grava, recorrió medio kilómetro más y paró el coche. Más adelante podía ver la ventana iluminada de una casa, lo que significaba que todavía había gente levantada y no quería que el ruido del coche llamara la atención; además, desde donde estaba sólo había un paseo corto hasta la mina.

Salió del coche y miró a su alrededor con todos los sentidos alerta. Cantaban los grillos y una luciérnaga cruzaba a veces el aire, pero, aparte de eso, nada perturbaba la tranquilidad de la noche. Hacía calor y Zac sintió una soledad extraña en el corazón. Tal vez fuera sólo nostalgia. Después de todo, estaba muy lejos de Filadelfia; al menos de la Filadelfia que él conocía.

En la distancia se elevaban, contra el horizonte, una serie de colinas, como jorobas de un camello. Buscó en su memoria y echó a andar.

Cuando se acercaba a la primera casa, oyó voces en la oscuridad y su primer instinto fue meterse en el bosque cercano, pero no lo hizo, sino que, empujado por la curiosidad, siguió el sonido hasta el borde del patio.

Tres chicos jugaban a perseguirse a la luz de la luna y sus risas intensificaron la extraña melancolía de Zac. Sabía que debía seguir andando, pero no conseguía que le obedecieran las piernas. Se escondió detrás de un matorral y observó a los chicos entrar y salir de las sombras.

—¡Te la quedas, Billy! —gritó uno de los chicos mayores.

—¡No es verdad! —contestó el más pequeño—. Yo te he dado.

—No te has acercado a mí.

—Sí te he dado.

Se abrió la puerta de la casa y un rayo de luz amarilla salió al patio. Zac se acurrucó más en su escondite.

—¡Chicos! —gritó una mujer—. Es hora de irse a la cama.

—Ah, es muy pronto para acostarse —protestó uno de los mayores.

—Sí —repitió el pequeño—. Es muy pronto para acostarse.

—No, no lo es. Son más de las nueve y tenéis que levantaros pronto para hacer los... —la mujer se interrumpió porque algo peludo pasó entre sus piernas.

El perro salió por la puerta y corrió en línea recta hacia Zac, con los tres niños detrás de él.

—¡Daisy, espera! ¡Daisy!

El animal casi consiguió llegar al escondite de Zac antes de que uno de los chicos lo atrapara. El perro intentó soltarse y empezó a ladrar a pleno pulmón.

—¿Qué le pasa a Daisy? —preguntó el chico más pequeño.

—Ahí fuera quizá haya algo —contestó uno de los mayores en voz baja.

—Seguramente será una ardilla —dijo el otro encogiéndose de hombros.

La mujer corrió por el jardín hacia ellos.

—¡Daisy! —ordenó—. ¡Para ese ruido infernal! ¡Al suelo!

Para sorpresa de Zac, la perra se dejó caer al suelo con las patas sobre la cabeza.

Los chicos se tiraron al suelo a su lado.

—Muy bien, Daisy.

—Os he dicho que entréis —dijo la mujer. Estaba más cerca y Zac podía verla con más claridad. Era una mujer mayor, alta y rolliza, de voz dura y modales nerviosos—. Yo me ocuparé de Daisy.

Los chicos protestaron, pero la mujer se mantuvo firme y al fin los tres muchachos se dirigieron a la casa. La mujer se inclinó y acarició la cabeza de Daisy.

—¿Qué pasa, muchacha? ¿Qué ves?

La perra seguía gimiendo. La mujer se enderezó y miró la oscuridad. Por un momento, Zac tuvo la impresión de que lo miraba, pero luego la mirada de ella se alejó.

—¿Hay alguien ahí? —preguntó—. ¿Has venido? —añadió con más suavidad.

Cuando todo permaneció en silencio, se

volvió hacia la casa.

—Vamos, Daisy.

El animal vaciló y ella levantó la voz con dureza.

—¡Vamos, Daisy! ¡Schnell!

Las cortinas delgadas flotaban como fantasmas en la brisa cuando Camille se sentó en el suelo y cruzó los brazos en el alféizar de la ventana. Miró el lago con un estremecimiento. Aún no se había acostumbrado a lo deprisa que caía la oscuridad en el campo, al silencio tan profundo que había allí. Le costaba creer que a medio mundo de distancia hubiera una guerra.

Pero allí, en las colinas de Tennessee, sólo se oía el rumor de las hojas de los árboles y, más lejos, la llamada de un ave nocturna.

El grito denotaba una soledad insoportable y Camille sintió el corazón oprimido por la pena. Sería mucho más fácil dormirse... y no despertar nunca.

¿La estaría esperando Adam al otro lado?

La tentación de averiguarlo era casi irresistible, pero la muerte era un lujo que no podía permitirse. Todavía había mucho que hacer. Estaban en juego demasiadas cosas.

Pero el dolor... ¿cuánto tiempo más podría soportarlo? Sabía que no desaparecería nunca, por muchos meses, años o décadas que pasaran. Siempre lloraría a su hijo. Diez años después anhelaría todavía su sonrisa. Veinte años después, lloraría todavía en su cumpleaños. El tiempo no haría desaparecer eso. El tiempo no calmaría su sufrimiento.

Sólo una cosa podía lograr eso.

Se tocó el medallón que llevaba en la garganta. En noches así, cuando el dolor era insoportable, Camille pensaba en venganza.

En el fondo sabía que no tenía derecho a culpar a Zac de la muerte de Adam. Él era una víctima de la ambición maniaca de Von Meter al igual que docenas, o quizá centenares, de otros que habían pasado por los búnkeres subterráneos de Montauk.

Los «supersoldados» de Von Meter habían sido torturados, les habían lavado el cerebro y habían manipulado sus vidas y sus mentes hasta que quedaba muy poco de la persona que habían sido en otro tiempo. Luego los habían soltado para que se convirtieran en vagabundos y mercenarios o algo peor, hombres que alquilaban sus habilidades por dinero, poder y en ocasiones por un placer oscuro y retorcido.

El doctor Nicholas Kessler, destrozado por aquella metamorfosis de la tecnología de la que había sido pionero, se había propuesto buscar a esos hombres e intentar deshacer el daño causado a sus mentes y a sus vidas.

Algunos de ellos se podían salvar; otros no. Zac Riley era uno de los fracasos de su abuelo.

Aunque había habido un tiempo en el que Camille había pensado que ella sí podría salvarlo. La ingenuidad de la juventud, probablemente. O quizá la ceguera del amor.

Cuando empezó a trabajar en la organización de su abuelo, éste le advirtió que sería desastroso mezclarse en los casos a nivel personal. Nunca podrían estar seguros de su éxito porque algunos de los «detonantes», a semejanza de sugestiones posthipnóticas, estaban tan profundamente implantados en el subconsciente de la víctima que permanecían ocultos incluso después de una psicoterapia intensiva.

A pesar de las advertencias de su abuelo, Camille había estado decidida a salvar a Zac… de Von Meter y de sí mismo. Y por un tiempo lo había conseguido. O eso pensaba ella.

Hasta que una mañana se despertó y descubrió que se había marchado. Se había ido durante la noche, sin una palabra y sin una nota, porque evidentemente el tirón subconsciente que lo empujaba era un estímulo mucho más poderoso que sus sentimientos por ella.

De eso hacía cinco años. Camille no había vuelto a verlo hasta que lo había encontrado medio muerto en la mina y sabía que su presencia allí sólo podía significar una cosa. Seguía estando bajo el control de Von Meter y ella sería muy tonta si confiaba en él.

Zac había estado inconsciente cuando Camille y los chicos lo habían sacado de la mina, pero el terreno no le resultaba desconocido. Antes de entrar en el túnel del tiempo, Von Meter y él habían viajado a Tennessee y recorrido la zona, o mejor dicho, él había explorado mientras el viejo permanecía en su hotel de Knoxville... hasta que dominó el terreno de memoria.

Para sorpresa suya, el lugar apenas había cambiado. El camino que llevaba al lago estaría asfaltado treinta años después y en el boom de los ochenta se construiría una urbanización al lado del agua, pero, en su mayor parte, seguía siendo una zona rural y el sendero que llevaba hasta la cima de la colina se llenaría aún más de maleza hasta que desapareciera todo rastro de los tiempos en los que se extraía carbón.

Zac había pasado horas estudiando la zona, la forma de los precipicios, el contorno del lago... de modo que, sesenta años por detrás en el tiempo podía todavía conocer su paradero.

Había sido un tiempo bien empleado, ya que ahora le permitió localizar el sendero en la oscuridad y, unos minutos después, la mina. Encendió la linterna que había conseguido en la zona de enfermeras y alumbró un poco lo que lo rodeaba hasta que supo dónde estaba.

Siguió los raíles de tren que volvían hacia la colina hasta llegar a una bifurcación. Continuó por la derecha, pasó la primera apertura y avanzó más por el interior de la colina hasta que al fin llegó a un segundo túnel. Esa vez tomó el de la izquierda y el pasadizo se volvió tan estrecho que rozaba las paredes con los hombros al avanzar.

Allí, en lo profundo de la tierra, sus sentidos se agudizaban. En la distancia oyó una gota de agua que caía y el ruido ocasional de grava al chocar contra el suelo. Zac no creía que se vería atrapado en un hundimiento, pero era muy consciente del peligro de todos modos.

Seguía sin recordar lo que le había ocurrido al salir del túnel del tiempo, pero tenía la fuerte sospecha de que lo habían atacado en la mina y dejado por muerto. No conocía la identidad de su atacante ni sabía por qué quería matarlo. Si el atacante sabía quién era, eso sólo podía significar dos cosas. O alguien lo había seguido en el túnel del tiempo… o alguien lo estaba esperando allí. Y cualquiera de los dos escenarios presentaba un gran problema. La presencia de alguien del futuro era algo con lo que no habían contado ni Von Meter ni él.

Zac agachó la cabeza y entró en un túnel pequeño lleno de basura. Se arrodilló, dejó la linterna en el suelo a su lado y empezó a escarbar con cuidado en un montón de piedras hasta que descubrió una bolsa de tela impermeable. La abrió con rapidez, alumbró el interior con la linterna y hurgó en su contenido... un cuarto de millón de dólares en metálico, cupones de racionamiento, documentos falsos que le ayudarían a eludir la burocracia gubernamental y, casi en el fondo, una pistola semiautomática Águila del Desierto del calibre 44 provista de silenciador. Todo seguía allí, incluido el medallón de oro.

Tomó la pistola, comprobó el cargador y la devolvió a la bolsa. Hasta que no le dieran el alta en el hospital, la pistola y el dinero estaban más seguros allí que con él. Volvió a enterrar la bolsa, se aseguró de que todo parecía estar en su sitio y desanduvo el camino por el interior de la mina.

Cuando se acercaba a la entrada, oyó voces en el exterior. Apagó rápidamente la linterna y se agachó en el túnel justo en el momento en que alguien entraba en la mina. La luz de una linterna inundó la caverna principal, pero Zac no podía ver nada desde su posición.

Calibró rápidamente sus opciones. Si intentaba retroceder por el túnel sin encender la linterna, corría el riesgo de hacer ruido y eso traicionaría su presencia. Si se quedaba donde estaba, seguramente sería descubierto si los recién llegados decidían explorar un poco.

Se pegó a la pared y esperó. Las voces se alejaban, pero la luz seguía allí. Zac asumió que volverían y, cuando se asomó al túnel principal, apareció una sombra en la entrada. Sólo pudo echar un vistazo breve antes de pegarse de nuevo a la pared. Había dos personas, un hombre y una mujer. Hablaban en voz baja, por lo que entendía muy poco de la conversación, pero oía los pasos que entraban y salían de la mina y el golpe ocasional de lo que parecían cajas al amontonarse una encima de otra.

Al fin hubo un descenso en la actividad y el hombre dijo con alivio:

—Ya está. Ésta es la última.

La voz de la mujer sonaba apagada, como si estuviera fuera de la mina, y Zac no pudo captar su respuesta.

—No te preocupes, volveré más tarde y lo trasladaré todo a uno de los túneles —dijo el hombre—. Los dos tenemos que regresar antes de que nos echen de menos.

La mujer dijo algo y el hombre soltó una risita.

—Sí, es una pena que no acabaras con él cuando tuviste ocasión. Pero se marchará pronto. Hasta entonces, haz todo lo que puedas para que esos condenados chicos no vengan por aquí.

Las voces se alejaron junto con la luz de la linterna y un momento después Zac salía de su escondite. Encendió la linterna e iluminó la pared opuesta, donde se amontonaban las cajas. Se acercó a examinarlas, pero las tapas estaban clavadas y, sin un martillo o una ganzúa, no podía ver lo que contenían sin estropear las cajas. Decidió que la próxima vez iría mejor preparado.

Recordó la advertencia de Von Meter.

—...debes ir con mucho cuidado. Vas a volver a una época muy peligrosa. Algunos querrán meterte en sus intrigas, pero tú no debes mezclarte. Habrá tentaciones, pero debes resistirte a cualquier precio. Hasta la más pequeña interferencia puede ser desastrosa. Tu misión es sencilla. Tienes que impedir que el doctor Kessler altere los generadores para que, cuando se materialice el barco, se puedan apagar todos. El túnel del tiempo desaparecerá, pero todo lo demás tiene que permanecer igual. ¿Entendido?

Y Zac sí lo entendía. Lo que hubiera en aquellas cajas no era asunto suyo.

Salió de la mina, respiró hondo el aire fresco y empezó a desandar el camino. Cuando salió de entre los árboles, la luz de la luna brillaba en la superficie del lago y se detuvo un momento a analizar dónde estaba.

Entonces la vio.

Estaba de pie al lado del agua y su rostro se veía pálido a la luz de la luna. Llevaba un vestido de tela ligera, que se movía en la brisa y, mientras Zac la observaba, se llevó una mano al rostro, como si se secara unas lágrimas.

¿Estaba llorando? ¿Qué hacía una mujer como ella llorando sola a la luz de la luna? ¿Lloraba por alguien al que había perdido en la guerra? ¿Un amante? ¿Un marido?

No quería pensar mucho en aquello, pero no sabía por qué. No la conocía. Camille Somersby era una desconocida para él y, sin embargo, había sentido una conexión desde el primer momento en que la viera. Un vínculo extraño que no comprendía.

¿Era posible que ella fuera la mujer de sus sueños?

No veía cómo podía ser así. Él era de otra época, de otro lugar. ¿Cómo podrían haberse conocido?

—¿Eres tú? —susurró en la oscuridad; y aunque sabía que ella no podía haberle oído, vio que se volvía, como si intuyera su presencia.

Se metió más en las sombras, ya que no deseaba hablar con ella. La atracción que le producía era peligrosa y sabía que lo más inteligente sería mantener las distancias.

Pero ella estaba allí, llorando a la luz de la luna...

—Te está esperando. Tienes que ir con ella.

La voz sonó con tal claridad en la mente de Zac que se volvió, casi esperando ver al niño a su lado. Pero no había nadie. En la oscuridad sólo se movía una brisa suave, que agitaba las hojas por encima de su cabeza.

Cuando se giró de nuevo, la mujer también había desaparecido.

Capítulo seis

BETTY, la enfermera rubia, apenas podía contener su excitación cuando entró en la planta a la mañana siguiente. Se dirigió directamente a la cama de Zac.

—Hay un agente del FBI haciendo preguntas sobre ti —le dijo con aire conspirador mientras le ahuecaba la almohada—. Se llama Talbott. Ahora está con el doctor Cullen.

Zac intentó mantener la voz tranquila.

—¿Qué crees tú que quiere?

—Seguramente es una visita de rutina —le aseguró Betty; pero se mordió el labio con consternación—. El Gobierno está muy susceptible con la seguridad en esta zona. Siempre están investigando y haciendo preguntas. Es agotador tener al tío Sam mirándote constantemente por encima del hombro, pero supongo que tienen que hacerlo... —se interrumpió—. Allí llegan —susurró.

Zac siguió su mirada. El doctor Cullen y otro hombre acababan de entrar en la planta y, al igual que Betty, se dirigían directamente hacia su cama.

—¿Cómo se encuentra esta mañana, señor Riley? —preguntó el doctor.

La fatiga ensombrecía sus ojo azules y miró a la enfermera con aire desaprobador, pero Zac tuvo la impresión de que la irritación del médico no se debía a la presencia de Betty, sino al hombre que lo acompañaba.

—Éste es el agente especial Talbott, del FBI. Quiere hacerle unas preguntas, si no le importa.

Zac se encogió de hombros.

—Claro que no. ¿En qué puedo ayudarlo?

El agente era alto y fuerte, de hombros anchos y llevaba un traje negro que le quedaba estrecho. Su pelo moreno y peinado hacia atrás realzaba la palidez de su piel y el parche que llevaba en el ojo derecho. Estudió un momento a Zac y se dirigió al médico.

—Si la enfermera y usted nos disculpan, me gustaría hablar con el señor Riley en privado.

El doctor frunció el ceño.

—Por supuesto.

Hizo señas a Betty de que lo siguiera y ella le dio una palmadita a Zac y obedeció.

Talbott miró a su alrededor como para determinar si lo demás pacientes podían oírlo. Lo que vio no le satisfizo, ya que se pegó a la cama de Zac, aunque no dijo nada por un momento.

Su silencio no engañó a Zac. Estaba jugando con él; pretendía intimidarlo. Y en otras circunstancias, sin duda su estratagema le habría dado resultado. Sólo su tamaño era ya imponente, y el modo en que su ojo de cíclope se posaba en él resultaba desconcertante.

Zac le devolvió la mirada hasta que Talbott apartó la vista. Caminó hasta el final de la cama y volvió atrás.

—El doctor dice que ha hecho usted muchos progresos y saldrá pronto del hospital.

Zac se encogió de hombros.

—Supongo que sí. Pero me sorprende un poco que mi recuperación interese al FBI.

El ojo frío azul se posó de nuevo en él.

—No se confunda, señor Riley. Tanto al Departamento de Justicia como al de Defensa le interesan mucho sus movimientos.

—¿Por qué?

—La zona se está llenando de desconocidos. Muchos vienen por razones legítimas, pero hay otros que no se proponen nada bueno —lo miró a los ojos—. Puede que los campos de batalla estén en ultramar, pero el enemigo está aquí, dentro de nuestras fronteras. Y en este momento está planeando nuestro fin.

—¿Y qué tiene que ver eso conmigo? —

preguntó Zac.

—Puede que tenga usted lo documentos de identidad apropiados, señor Riley, pero tengo la impresión de que oculta algo —Talbott arrugó la frente—. De que oculta mucho.

—No tengo nada que ocultar —repuso.

—Espero por su bien que sea verdad. Porque el FBI tiene un lema: «siempre atrapamos a nuestro hombre» —el agente miró a su alrededor y se inclinó sobre él—. Lo estaré vigilando —susurró—. Puede estar seguro.

Cuando llegaban a Oak Ridge, todos los empleados, tanto civiles como militares, recibían un folleto con instrucciones detalladas sobre el código de conducta apropiado mientras estuvieran detrás de la verja. El lema del Gobierno era «Lo que veas aquí y lo que oigas aquí no debe salir de aquí». Y para recordar ese lema, se colgaban carteles por todo el complejo avisando a los empleados y a los residentes de que estuvieran atentos a la presencia de agentes enemigos.

Pero a pesar de todas las precauciones tomadas por el Gobierno, las violaciones de la seguridad eran inevitables. En un día normal hasta veinte mil personas cruzaban la verja para entrar o salir de la reserva. No era difícil imaginar que un espía, o incluso un saboteador, pudiera deslizarse entre la gente.

Aunque siempre consciente de ese peligro, Camille procuraba no dejarse atrapar por la paranoia del espionaje. No había retrocedido sesenta años en el tiempo para buscar espías ni interferir en el desarrollo de la guerra. Había ido allí sólo por una razón: salvar a su abuelo, el doctor Kessler, del plan macabro de Von Meter, fuera éste el que fuera.

Al pensar en su abuelo, no puedo evitar una sonrisa. La primera vez que lo había visto en Oak Ridge había sido un momento surrealista. El hombre al que había dejado atrás en California tenía más de noventa años y su mente se debilitaba por días. El doctor Kessler de 1943 era sólo unos años mayor que ella, seguramente no pasaba de los treinta y cinco. Era un hombre de hombros anchos, aspecto estudioso, pelo moreno y ojos que irradiaban calidez y amabilidad. A Camille le oprimía el corazón saber que al abuelo que ella conocía, el Nicholas Kessler del futuro, no le quedaba mucho tiempo en este mundo.

No le gustaba la idea de perderlo también a él. Su padre había muerto en los últimos días de la Guerra de Vietnam y su madre diez años después. Hasta que Zac llegó a su vida, su abuelo había sido su única familia. Después llegó Adam. Y ahora se habían ido los dos. Adam estaba muerto y Zac... Zac vivía todavía, pero ella lo había perdido igualmente.

Se obligó a salir de su ensueño dolorosos y a concentrarse en su trabajo. Era una de las docenas de mujeres jóvenes empleadas en las oficinas administrativas de la reserva cuyos deberes consistían en archivar los miles de documentos secretos asociados con el proyecto Manhattan.

Desde su mesa podía ver literalmente cómo se hacía la historia. Los hombres que pasaban por las oficinas, los laboratorios y las plantas llevaban placas de distintos colores que indicaban su nivel de seguridad y con nombres que algún día serían famosos en círculos científicos: Ernest O. Lawrence, J. Robert Oppenheimer y Arthur Holly Compton.

—Parece que estés a un millón de kilómetros de aquí.

Camille levantó la vista con una sonrisa. Una joven le tendía una taza de café.

—Me parece que la necesitas.

Camille tomó la taza.

—Gracias.

Alice Nichols se sentó en la esquina de la mesa de Camille y tomó un sorbo de su taza. Rubia y de ojos azules, era unos años más joven que Camille, seguramente no llegaba a los veinticinco, y tenía una personalidad amable y una sonrisa contagiosa. Le había contado a Camille que había llevado una vida muy protegida hasta que estalló la guerra. Entonces, a pesar de las protestas de su padre, dejó de estudiar para unirse al Cuerpo de Mujeres, con la esperanza de que la enviaran a ultramar; pero había acabado enterrada en papeles en Oak Ridge.

Miró a su alrededor y se inclinó sobre Camille.

—¿Te has fijado en la cantidad de gente importante que entra y sale hoy de aquí? Se está fraguando algo.

Camille se encogió de hombros.

—No he notado nada fuera de lo normal. ¿Qué ocurre?

Alice miró de nuevo a su alrededor y bajó la voz hasta convertirla en un susurro.

—Creo que Kessler ha vuelto a hacer de las suyas.

Camille procuró mantener un tono de voz neutral.

—¿En serio? ¿Qué ha hecho?

La otra vaciló.

—No debería decir nada.

Pero, por supuesto, se moría de ganas de hacerlo. Había dejado caer en una ocasión que tenía un amigo que trabajaba en el laboratorio del doctor Kessler y que, a pesar de las normas que lo prohibían, hacía frecuentes visitas al dormitorio de mujeres de la reserva donde vivía Alice.

Aquello no era nada raro. De hecho, el número de embarazos fuera del matrimonio dentro de la reserva era una de las preocupaciones del Gobierno.

—Algo va a pasar el día quince —susurró Alice—. Y Kessler está intentando impedirlo. Es todo alto secreto. Mi amigo tenía miedo de hablarlo conmigo. Dice que tiene que ver con un barco de la Marina y que, si todo va bien, la guerra podría acabar en cuestión de semanas o incluso de días.

El Experimento Filadelfia. A Camille se le aceleró el corazón. Faltaba menos de una semana para el día quince. Fuera lo que fuera lo que se proponía Zac, tendría que actuar antes y ella tendría que estar preparada para detenerlo.

—¿Qué ocurre? —preguntó Alice, asustada—. Te has puesto pálida.

Camille intentó sonreír.

—Nada. Tenemos que volver al trabajo.

—Oh… vale —Alice se levantó y volvió a su mesa. Pero cuando se hubo sentado, Camille levantó la vista y vio que la miraba con curiosidad. ¿Sospechaba algo? Su documentación estaba en orden y su tapadera era muy buena, pero hacía días que tenía la impresión de que alguien la vigilaba.

¿Ese alguien sería Alice Nichols?

Cuando Zac abrió los ojos, Camille estaba al lado de su cama. Por un momento pensó que seguía soñando, pero luego ella sonrió y el deseo que invadió el cuerpo de él fue demasiado real.

Era todavía más hermosa de lo que recordaba.

Llevaba el pelo recogido hacia atrás desde la cara, al estilo de la época, y muy poco carmín. Zac recordó haber leído en alguna parte que el carmín había quedado fuera de la lista de restricciones en la fabricación de artículos de lujo en tiempo de guerra porque el Gobierno había decidido que los cosméticos eran importantes para mantener la moral. Miró los labios llenos de Camille y aplaudió en silencio la decisión del Gobierno.

—¿Cómo está hoy? —preguntó ella con una voz que parecía salir directamente de sus sueños. Era una voz dulce y femenina, pero con un tono decidido que hizo que él pensara de nuevo en sus motivos. ¿Quién era y por qué se interesaba por él?

Quería sentirse halagado por sus atenciones pero, a diferencia de las enfermeras, que parecían hambrientas de atenciones masculinas, Camille daba la impresión de ser una mujer con una misión.

No sabía cuál era esa misión ni qué tenía que ver con él, pero pensaba averiguarlo.

—Me dan el alta hoy —le informó.

—Sí, lo sé. He hablado con el doctor Cullen. Por eso estoy aquí... para repetir mi oferta.

—¿De la habitación?

—Sí. ¿Ha cambiado de idea?

Él observó su rostro.

—No. Supongo que me sigo preguntando por qué una persona como usted le hace una oferta así a un desconocido. No sabe nada de mí, de mi personalidad.... Podría ser un criminal, un asesino.

A ella le brillaron los ojos.

—No le tengo miedo, señor Riley.

—Eso ya lo veo —él hizo una pausa—. Quizá se lo tenga yo a usted.

Ella pareció sorprendida.

—¿A qué se refiere?

—Hay algo en usted... —él se interrumpió y movió la cabeza—. Siempre que la veo, tengo la impresión de que nos conocemos de antes. Pero no consigo saber de qué.

Ella vaciló. Se encogió de hombros.

—Quizá su subconsciente detectó mi presencia en la mina y es eso lo que recuerda.

—Quizá —repuso Zac dudoso—. Sea como sea, no estoy en condiciones de rechazar su oferta. En estas circunstancias, sería un tonto si lo hiciera.

Zac la miró pelearse con las marchas antes de salir a la calzada y concluyó que no estaba acostumbrada al Studebaker. Tal vez no hacía mucho que lo tenía.

Supuso que eso no sería extraño para la época. Muchas mujeres pensaban todavía que conducir era una actividad masculina, aunque la guerra estaba cambiando rápidamente las ideas antiguas. Muchas se habían puesto a trabajar desde que había empezado y su contribución dentro y fuera del país era una parte fundamental del esfuerzo de guerra.

Camille Somersby parecía pertenecer a la nueva raza de mujeres independientes. Llevaba un traje sastre azul marino muy práctico y zapatos cómodos, pero sus piernas iban desnudas, ya que las medias, como tantas otras cosas, eran difíciles de encontrar durante la guerra.

Levantó la vista y vio que ella lo observaba. Lo había sorprendido mirándole las piernas, pero en lugar de ofenderse, le sonrió y volvió la vista a la carretera.

Una nueva raza de mujeres, sí.

Unos minutos después, salía al camino de grava que llevaba al lago. Al acercarse al agua, pasaron una casa pintada de blanco con tres chicos jugando en el jardín. Eran los mismos que había visto Zac la noche anterior. Cuando vieron el coche de Camille, corrieron a la calle saludando con la mano y gritando su nombre.

Ella paró el coche y bajó la ventanilla.

—Davy, Donny, Billy, quiero presentaros al señor Riley. Es el hombre que me ayudasteis a rescatar de la mina el otro día.

Los chicos lo miraron con atención. Zac decidió que los dos mayores tendrían unos doce años y parecían mellizos. Billy, el más joven, era un pelirrojo pecoso que seguramente no tendría más de seis años.

—Eh, señor, ¿se puede saber qué hacía en la mina? —preguntó Davy.

—Eso a ti no te importa —le informó su hermano Donny.

—Sí me importa. Nosotros le salvamos la vida, ¿no?

—Sí —asintió Billy—. Nosotros le salvamos la vida —sonrió a Zac, complacido consigo mismo.

—Tú ni siquiera estabas allí —protestó Davy.

—Sí estaba —se defendió Billy—. Yo fui a llamar a la señorita Camille como tú me dijiste.

—Yo sólo quería librarme de ti para que no estuvieras en medio —le informó Davy. Miró a Zac—. La señorita Camille y yo lo sacamos de esa mina. De no ser por nosotros, estaría muerto.

—Me parece que estoy en deuda con vosotros —contestó Zac.

—¿Conmigo también? —preguntó enseguida Billy.

—Por supuesto que sí —Camille extendió el brazo y le revolvió el pelo—. Tu trabajo esa noche fue muy importante. Hiciste lo que te dijeron. Estoy muy orgullosa de ti. Estoy orgullosa de los tres —añadió—. Pero no quiero que volváis a acercaros a esa mina. ¿Me oís? Ese lugar es peligroso.

—Y mientras tanto, tú haz todo lo posible por impedir que esos condenados chicos vengan por aquí.

Zac observó el perfil de Camille con el ceño fruncido. ¿Era posible que hubiera estado la noche anterior en la mina? Pensó en lo que había visto y oído. El hombre había hablado más, pero Zac estaba seguro de que su acompañante era una mujer que hablaba con suavidad y por eso no podía oír sus respuestas. Camille tenía una voz suave. Y

111

cuando él salió del bosque, ella estaba al lado del lago. ¿Había llegado sólo unos minutos antes que él?

Eso explicaría por qué parecía tan impaciente por darle albergue. Si temía que pudiera descubrir sus actividades ilegales, era razonable que quisiera vigilarlo de cerca.

La miró una vez más. Era muy guapa, misteriosa y, si se dejaba llevar por sus instintos, peligrosa. Se le ocurrió que Camille Somersby bien podía ser la Mata Hari de Oak Ridge.

—¿Me prometéis que no volveréis a subir allí? —preguntó Camille a los chicos.

—Sí, señora —asintió Billy.

—Sí, señora —repitió Donny.

Davy no dijo nada. Zac lo miró a los ojos. La mirada del chico era desafiante.

Zac frunció el ceño. Entre el chico y Camille, iba a estar muy ocupado.

—Es aquí.

Camille apartó la cortina y mostró un porche pequeño reconvertido en habitación, con ventanas en el lado que daba al lago y en el en otro, que daba al bosque que subía por la colina. El suelo de madera crujió peligrosamente cuando Zac entró en la estancia y miró a su alrededor. Había pocos muebles... una cama estrecha y una cómoda. Pero la vista desde las ventanas compensaba de sobra la falta de lujos.

—Está muy bien —dijo—. Seguro que estaré muy cómodo aquí.

—Puede que no diga eso mañana —le advirtió Camille—. Esto es un horno cuando sale el sol.

—Me las arreglaré.

Zac dejó sus pocas pertenencias en la cama y se acercó a la ventana para mirar el lago. Antes de salir del hospital, Betty le había entregado un paquete de emergencia que incluía varias mudas de ropa que le había prestado su primo y jabón y artículos de afeitar que había comprado con sus propios cupones.

Zac tenía intención de pagárselo todo, pero tenía que ir con cuidado. No quería levantar sospechas mostrándose demasiado generoso con sus cupones de racionamiento falsificados ni quería alimentar la esperanza de Betty de que entre ellos pudiera haber algo más que una amistad. Era una chica amable, atractiva y lista, pero él no había ido allí a buscar novia.

Miró a Camille, quien le sonrió.

«Habrá tentaciones, pero tienes que resistirte a toda costa».

Se volvió rápidamente a mirar el lago.

—Supongo que debo hacer algo de cenar —dijo ella a sus espaldas—. ¿Tiene hambre?

—Sí. ¿Qué puedo hacer para ayudarla?

—Nada. Túmbese y descanse un rato. Lo llamaré cuando esté lista.

Zac la miró.

—Pero tengo que ganarme la manutención, ¿recuerda?

—Oh, se la ganará —le prometió ella—. Se la ganará.

Camille se alegraba de que Zac no estuviera allí para verla luchar con la cena. Aún no se había acostumbrado al horno, que era de gas y había que encenderlo con una cerilla, ni a la falta de electrodomésticos modernos como batidoras y ese tipo de cosas. Sí había una nevera anticuada de bordes redondeados y la cocina era bastante bonita, con patas curvadas y porcelana pintada a mano.

Como todos los demás, Camille consumía mucha comida enlatada, incluida la carne, pero esa noche había comprado un pollo que pensaba asar y servir con patatas nuevas y galletas caseras.

Se quitó la chaqueta, se arremangó, se quitó los zapatos y se puso a trabajar. Mientras se asaban el pollo y las patatas, midió harina, levadura, leche y sal y amasó la mezcla hasta que adquirió la consistencia que buscaba. La extendió y cortó las galletas con el borde de un frasco de fruta. Untó de grasa la bandeja y la colocó en el horno con las galletas.

El termostato del horno no parecía funcionar, por lo que tenía que permanecer cerca para asegurarse de que no se quemaba nada. Cuando la comida estuvo terminada, ella estaba cubierta de harina y sofocada por el calor. Colocó las galletas en una cesta y el pollo y las patatas en una bandeja, lo dejó todo encima de la cocina para que se conservara caliente y fue a lavarse.

Se recogió el pelo y se echó agua fría en la cara y el cuello; después se quitó la falda y la blusa y se puso un vestido ligero de algodón.

Al volver del baño a la cocina, miró en dirección al porche. No había oído nada de Zac desde que lo había dejado allí. No le gustaba despertarlo, pero la comida se enfriaría si no lo hacía.

Tras un instante de vacilación, pegó el oído a la cortina y escuchó.

—¿Zac? —llamó con suavidad—. La cena está lista.

Al no obtener respuesta, apartó la cortina y se asomó. Estaba tumbado en la cama, aparentemente dormido, pero tan inmóvil que a Camille se le paró el corazón por un momento. Hasta que vio que su pecho se elevaba y caía y respiró aliviada.

Cruzó la estancia hasta la cama y le tocó el hombro con gentileza.

—¿Zac? ¿Estás bien?

Él abrió los ojos y antes de que ella supiera lo que ocurría, la agarró por los brazos y la bajó encima de él. Después cambió la posición hasta quedar tumbado encima, con la rodilla en el abdomen de ella y la mano en torno a su garganta.

Capítulo siete

LA soltó casi inmediatamente y Camille se apartó y se levantó sujetándose la garganta.

—¿Qué se cree que está haciendo?

Él se levantó; parecía horrorizado.

—Perdone. No quería hacerle daño. Ha sido un reflejo.

—¿Un reflejo?

—Estaba dormido —se pasó una mano por el pelo—. Me ha sobresaltado. No era mi intención hacerle daño —repitió.

Parecía tan contrito y confuso que a Camille le desapareció el enfado. Le había visto reacciones similares en el pasado y había aprendido a no acercársele por detrás ni despertarlo con brusquedad. Sus reflejos eran casi sobrehumanos y, en otro tiempo, ella casi había olvidado lo peligroso que podía ser; pero ahora lo recordaba.

Era súbitamente consciente de muchas cosas sobre Zac Riley. El pasado que yacía entre ellos. El hecho de que no llevaba camisa...

Sus músculos relucían en la luz de la tarde y Camille los miró a su pesar.

Recordaba bien sus caricias, el cuerpo de él sobre el suyo. En las noches largas y oscuras que habían pasado juntos, la había acercado más al paraíso que ningún otro hombre y esos recuerdos la habían mantenido despierta más noches de las que quería recordar.

Levantó la vista y vio brillar algo en los ojos de Zac. Un reconocimiento de la atracción que había sido tan intensa y letal como un rayo de verano.

Buscó su camisa.

—Perdone —murmuró—. Antes hacía calor aquí.

Camille apartó la vista.

—No tiene por qué disculparse; ésta es su habitación. Puede hacer lo que quiera. Dentro de un orden —se sintió obligada a añadir.

Él sonrió.

—¿Quiere decir nada de invitadas después de medianoche?

A ella no le hizo gracia. La imagen de Zac con otra mujer la había atormentado durante años. Pero él no lo sabía, claro.

—He venido a decirle que la cena está lista —comentó con rigidez.

—Enseguida voy —él se puso la camisa—. Deme un minuto para lavarme.

—De acuerdo.

Camille miró de nuevo desde la cortina. Zac se estaba abrochando la camisa, pero se detuvo con los ojos fijos en los de ella. Por un momento a Camille le pareció que el tiempo se detenía; luego el mundo volvió a girar de nuevo y corrió la cortina apresuradamente.

Zac entró en la cocina y encontró a Camille golpeando un bloque de hielo en el fregadero.

—He hecho limonada —dijo ella—. Pero me temo que esté algo ácida, debido a la escasez de azúcar. Aunque por lo menos estará fría. Suponiendo, claro, que consiga partir hielo suficiente.

—Déjeme a mí.

Zac se acercó al fregadero y, para su sorpresa, ella le pasó el punzón de hielo sin protestar. Incluso se volvió a mirar la comida, cosa que requería cierto valor después de lo sucedido en el dormitorio.

O quizá sabía que no corría peligro con él. Zac sintió que regresaban las dudas, pero las apartó de su mente.

Cosa nada difícil con el aspecto que ofrecía ella esa tarde. El calor realzaba su belleza natural. Estaba muy sexy con el pelo recogido y el vestido de algodón.

Cuando ella vio que la miraba, centró

rápidamente de nuevo la atención en la comida.

—He pensado que podemos comer en el porche delantero —se apartó un mechón de pelo con el dorso de la mano—. Estará un poco más fresco que esto.

—Me parece bien —asintió él.

La ayudó a llevarlo todo y, cuando terminaron y estuvieron sentados viendo el sol ponerse sobre el lago, ella pareció más relajada.

—Debe ser uno de los lugares más hermosos de la tierra —musitó.

—¡Y pensar que mucha gente ni siquiera sabe que existe! —comentó él.

Ella lo miró.

—¿Y usted? ¿Había estado antes en esta zona del país… señor Riley?

—Antes me ha llamado Zac.

—Creía que estaba dormido —lo acusó ella.

—Sí, pero me ha parecido oír mi nombre justo antes de despertar. En cualquier caso, por favor, llámeme Zac. Me parece lógico, ya que vamos a vivir juntos.

Ella frunció el ceño.

—Le alquilo una habitación. No es lo mismo que vivir juntos. Por lo menos para mi reputación.

—Por supuesto —asintió él—. Pero tiene que admitir que vivimos en una época rara.

Hace una semana no nos conocíamos y ahora estamos aquí... —se encogió de hombros. Levantó el vaso y lo chocó con el de ella—. Por la victoria —dijo.

¿Era su imaginación o ella vaciló antes de levantar el vaso y devolver el saludo?

—Por la victoria —murmuró.

Comieron varios minutos en silencio y después ella dijo:

—No ha respondido a mi pregunta. ¿Ha estado antes aquí?

—Una vez, hace mucho tiempo.

—¿Tiene... lazos aquí?

Zac se preguntó adónde querría ir a parar.

—Ya se lo dije en el hospital —repuso—. Vine aquí a buscar trabajo.

—Detrás de la verja.

—Sí.

—¿Qué clase de trabajo hace usted? —lo miró un instante a los ojos, pero apartó enseguida la vista, como si tuviera miedo de delatarse.

—He trabajado en muchas cosas, incluida la construcción, pero estoy abierto a nuevas posibilidades —él tomó un trago de limonada—. ¿Hablaba en serio cuando dijo que hablaría con alguien para ayudarme?

Camille vaciló.

—Claro que ya ha hecho bastante —se

apresuró a decir él—. Darme un lugar donde vivir era más de lo que yo podía esperar.

Algo brilló en los ojos de ella, y ese algo provocó un escalofrío en Zac.

—No lo he hecho por la bondad de mi corazón. Espero recibir algo a cambio.

Y eso, precisamente, era lo que preocupaba a Zac.

¿Qué quería de él?

Cuando terminaron de fregar los platos y guardar las sobras, dieron un paseo por la orilla del lago. Atardecía suavemente sobre el campo y con el crepúsculo llegaba una brisa procedente del agua y el corazón de Camille se llenaba de melancolía.

Echaba de menos a su abuelo, aunque estaba a poca distancia. Echaba de menos a Zac, aunque caminaba a su lado. Echaba de menos a Adam, aunque siempre estaría en su corazón.

Esa noche parecía más cercano que nunca, quizá porque podía verlo en Zac. En el rostro de Zac podía ver lo que podría haber sido Adam de mayor.

Se volvió y parpadeó para ocultar las lágrimas.

—¿Qué te pasa? —preguntó Zac preocupado.

Ella se pasó una mano por el rostro.

—Es… personal.

—¿Has perdido a alguien en la guerra? —ella no contestó—. No pretendo cotillear. Es sólo que… pareces muy triste.

Camille intentó alejar la tristeza.

—Vivimos una época triste.

—¿Era un amante? —había una urgencia extraña en la voz de Zac.

Camille lo miró confusa.

—¿Qué?

—La persona que has perdido. ¿Era un amante? ¿Tu marido?

Ella negó con la cabeza.

—Mi hijo.

Lo oyó respirar con fuerza.

—¡Dios mío! —dijo—. No tenía ni idea. Lo siento. ¿Cuánto tiempo…?

—Un año —repuso ella—. Y no quiero hablar de eso.

—Lo comprendo.

Pero ella podía oír en su voz las preguntas que él callaba. ¿Cómo ocurrió? ¿Cuántos años tenía? ¿Cómo se llamaba?

Recordó el día en que él salió del coma en el hospital y preguntó por Adam.

Se preguntó no por primera vez cómo lo había sabido. ¿Cómo había podido saberlo?

Adam había nacido después de que Zac se fuera. Ella no había tenido contacto con él ni lo había visto hasta el día de la mina. ¿Cómo podía saber algo de su hijo... del hijo de ambos?

—¿Y tu marido? —preguntó Zac.

Ella no se molestó en corregirlo.

—Tampoco está ya —dijo casi con rabia.

Algo en su voz debió advertirle que no siguiera por ese camino. Zac miró el lago y hubo un silencio profundo entre ellos.

Camille oyó risas en la distancia, seguidas de un chapoteo.

—Me parece que los chicos están nadando —musitó Zac.

—Espero que la señora Fowler los esté vigilando —dijo Camille, preocupada.

—¿Quién es la señora Fowler?

—Es el ama de llaves. El señor Clutter la contrató para que cuide de los chicos mientras él trabaja, pero me parece que los deja mucho tiempo solos.

—Creo que eso es una suerte para mí —dijo Zac.

Camille lo miró.

—¿A qué te refieres?

—Si fuera más estricta con ellos, yo podía haber muerto en la mina.

—Eso es cierto —suspiró ella—. Pero me preocupan.

Escuchó la risa de los niños. Se le encogió el corazón al oír que las risas se convertían en gritos. Tomó a Zac del brazo.

—Algo pasa.

Él echó a correr con ella pegada a los talones. Cuando se acercaban a la orilla, Camille vio dos figuras distantes en el agua oscura. En el borde del lago, Donny se esforzaba por lanzar el bote que usaban para pescar.

—Donny, ¿qué pasa? —gritó ella.

Él levantó la vista con expresión aterrorizada.

—Es Billy. Ha seguido a Davy hasta donde cubre y no sabe nadar.

Zac se quitó rápidamente la camisa y los zapatos y se lanzó al agua. Camille lo seguía de cerca, pero él no tardó en distanciarse. Ella lo vio acercarse adonde Davy intentaba valientemente mantener la cabeza de su hermano encima del agua. Camille sabía que se cansaría pronto. Si Zac no llegaba a tiempo, podían ahogarse los dos.

La cabeza de Billy desapareció debajo del agua y a continuación también la de Davy. Éste reapareció un momento después, pero no había ni rastro de Billy.

—Aguanta —susurró Camille.

En cuanto lo hubo dicho, vio que Zac llegaba hasta Davy. Le dijo algo al chico y se sumergió. Unos segundos después, Camille hacía lo mismo.

Debajo de la superficie estaba tan oscuro que temió que no podrían encontrar al chico, pero pronto vio a Zac a pocos metros de distancia y ya tenía a Billy.

Salieron los dos a la superficie, luchando por respirar. Zac empezó a nadar hacia la orilla, tirando del niño, y Davy y Camille los siguieron. Cuando llegaron a la parte donde no cubría, Zac tomó en brazos a Billy y lo sacó del agua. Lo colocó de espaldas y le puso la cara de lado. Billy escupió un chorro de agua.

Zac se arrodilló con una pierna a cada lado de las caderas de Billy y puso las manos, una encima de otra, en la parte superior del abdomen del niño. Apretó con la palma varias veces mientras seguía saliendo agua de la boca de Billy. Tras unos segundos, el niño empezó a toser. Después se echó a llorar.

Camille se arrodilló y lo abrazó.

—No pasa nada, te pondrás bien —pero cuanto más intentaba consolarlo, más gritaba él.

Se oyó un portazo cerca y poco después llegaba la señora Fowler corriendo.

—¿Qué pasa? He oído gritos.

—Billy casi se ha ahogado —dijo Camille con brusquedad—. Los chicos no deberían nadar solos. Y menos en la oscuridad.

—Pero sólo los he dejado un momento —protestó la mujer—. Y creía que Donny y Davy cuidarían de él.

—No es su responsabilidad cuidar de él —repuso Camille con tono acusador.

—Tranquila —murmuró Zac.

Tenía razón. Cuanto más brusco era su tono de voz, más se alteraba Billy.

—Tenemos que llevarlo adentro y ponerle ropa seca antes de que entre en shock —aconsejó Zac.

Se inclinó y lo tomó en brazos. Billy, que estaba tenso y casi histérico en los brazos de Camille, se relajó en los de Zac. Se abrazó a su cuello y colocó la cabeza en su pecho.

Camille dio un respingo y sus ojos se llenaron de lágrimas. Ver así a Zac, con Billy en brazos…

Nunca lo había visto así con Adam. Y por primera vez pudo olvidar su amargura y dolor lo suficiente para reconocer que eso no había sido culpa de Zac.

Éste llevó al niño a la casa y, a instancias de Billy, lo ayudó a ponerse el pijama y meterse en la cama.

Donny y Davy andaban cerca, mirándolo como a un héroe, y la señora Fowler se retorcía las manos en el umbral de la puerta.

—¿Hay un teléfono? —preguntó Zac por encima del hombro.

—Sí. El Gobierno nos puso una línea nueva cuando construyeron la reserva.

—Llame a la operadora y dígale que le

ponga con el hospital. A ver si consigue que venga un médico.

—Ahora parece estar bien —protestó la señora Fowler.

Zac se volvió.

—O llama usted o llamo yo. El niño necesita que lo vea un médico. ¿Entendido?

—Yo sé usar el teléfono —dijo Davy—. Llamaré al doctor Macy.

—Se alistó en el ejército —le recordó Donny.

—Dile a la operadora que localice al doctor Collins —intervino Zac—. Dile que es una urgencia.

Davy salió al teléfono y la señora Fowler siguió en el umbral de la habitación. Fuera sonó la puerta de un coche seguida de pasos. Daniel Clutter apareció en el umbral con ojos muy abiertos por la preocupación. Al ver a Billy, corrió hasta la cama.

—Hijo, ¿estás bien? ¿Qué ha pasado?

Zac se apartó para hacerle sitio.

—Se pondrá bien, pero creo que sería buena idea que lo viera un médico, sólo para estar seguros.

—Sí, por supuesto —Daniel se sentó en la cama y puso las manos en los hombros de Billy—. ¿Qué ha pasado, hijo?

—Se ha metido donde cubría y casi se ahoga —respondió Donny—. Pero el señor

Riley lo ha salvado. Tenías que haberlo visto, papá. Nada como un pez.

—Más rápido —dijo Davy, que volvía a entrar en la habitación—. Y ha apretado el estómago de Billy y le ha salido agua por la boca.

Camille, que observaba a la señora Fowler, vio que ésta parecía muy sorprendida y miraba a Zac con el ceño fruncido.

Éste puso una mano en el hombro de Davy.

—¿Has llamado al médico?

—Ha dicho que viene enseguida.

—Bien —Zac miró a Camille—. Creo que deberíamos irnos y dejar descansar a Billy. Ha tenido una noche ajetreada.

—Le ha salvado la vida —dijo Davy con solemnidad.

—Bueno, es lo justo, ya que vosotros me salvasteis la mía.

Daniel Clutter se levantó y le tendió la mano.

—No sé cómo darle las gracias —era un hombre poco atractivo, de rostro anguloso y entradas en el pelo.

—No es necesario. Me alegro de que el chico esté bien.

Una expresión de culpabilidad cubrió el rostro de Daniel. Camille pensó que ésa era la maldición de todos los padres solos, que no podían estar en dos lugares a la vez.

Cuando salieron fuera, Zac y ella recogieron sus zapatos y volvieron a la casa en silencio.

—Creo que debemos ponernos también ropa seca —murmuró ella—. No vayamos a pillar un resfriado.

—Ni a ensuciar el suelo.

—El suelo no me preocupa —ella respiró hondo—. Los chicos tienen razón, Zac. Has estado increíble. Si no llega a ser por ti...

—Lo habrías rescatado tú.

—Pero yo no nado tan bien como tú. Podríamos habernos ahogado los tres.

—Entonces es una suerte que estuviera yo cerca —musitó él.

Camille asintió con la cabeza; las emociones de la noche ponían un nudo en su garganta.

—Mañana tengo que madrugar, así que me voy a la cama.

—Buenas noches.

—Buenas noches.

Ella se metió en su dormitorio y cerró la puerta con llave. Como si así pudiera mantener a raya la tentación.

Se desnudó, se secó con rapidez y se puso un camisón. Cuando se sentó ante el espejo a cepillarse el pelo, oyó una llamada en la puerta.

El corazón le golpeó con fuerza en el pecho. Vaciló un momento, pero se levantó y fue a contestar. Zac estaba al otro lado, todavía con la ropa mojada.

Camille lo miró.

—¿Sí?

—Tengo que preguntarte algo —la miraba con intensidad, casi como acusándola.

—¿De qué se trata?

—¿Por qué no me has preguntado cómo lo he hecho?

Camille sabía a qué se refería, pero fingió que no era así.

—No sé de qué me hablas.

—¿Por qué no me has preguntado, Camille? —oír su nombre en labios de él hizo que le subiera un escalofrío por la columna—. ¿No sientes curiosidad por el procedimiento que he usado?

—Lo único que me importa es que Billy siga vivo. Tú lo has salvado —lo miró a los ojos y ahora era ella la que sonaba acusadora—. Sólo me gustaría que hubieras podido salvar a mi hijo.

Capítulo ocho

A la mañana siguiente, un hombre al que Camille no había visto nunca se acercó a su mesa en el trabajo. Sabía que era alguien importante o no le habrían permitido entrar en unas oficinas que albergaban tantos documentos secretos.

—¿Señorita Somersby?

—Sí.

Camille lo miró y sintió un escalofrío. Era uno de los hombres de aspecto más formidable que había visto nunca. Alto, fuerte, de pelo moreno peinado hacia atrás y un parche en el ojo que le daba aspecto de sátiro más que de pirata.

La miró con frialdad.

—Soy el agente especial Talbott, del FBI —le mostró sus credenciales—. Me gustaría hablar con usted.

—Por supuesto —repuso ella de mala gana.

Talbott observó la habitación, donde trabajaban docenas de secretarias y personal de archivos. Camille hizo lo mismo y sus ojos se encontraron con los de Alice Nichols, que la miraba interrogante. Camille movió levemente la cabeza y miró de nuevo a Talbott.

—¿Hay algún sitio donde podamos hablar en privado?

Era más una orden que una pregunta, así que ella asintió y se levantó. Precedió a Talbott por el pasillo, hasta una habitación pequeña amueblada con unas cuantas mesas y sillas de madera. Le señaló la mesa más alejada de la puerta y se sentaron los dos.

—¿Qué desea? —preguntó con brusquedad.

Los ojos azules de él la observaron un momento.

—Tiene usted a un hombre viviendo en su casa. El señor Zac Riley. Quiero que me diga todo lo que sepa de él.

Camille frunció el ceño.

—¿Por qué? ¿Ha hecho algo malo?

—Yo haré las preguntas, si no le importa. ¿Qué puede decirme del señor Riley? ¿De dónde es? ¿Por qué ha venido aquí?

Camille se encogió de hombros.

—Asumo que ha venido por la misma razón que todos. A buscar trabajo.

—¿Qué hacía en la mina?

—No lo sé. Las enfermeras del hospital creen que se metió allí para refugiarse de esa tormenta terrible que hubo la semana pasada.

—¿Qué dice él?

Ella se encogió de hombros de nuevo.

—No parece recordar muchos detalles de antes o después del accidente.

—¡Qué conveniente para él! —murmuró Talbott—. Me sorprende que parezca saber tan poco sobre él.

—¿Por qué? Es mi inquilino. No somos amigos.

—Y sin embargo, lo ha invitado a su casa. Mi madre le diría que juega usted con fuego, señorita Somersby.

—Él necesitaba un lugar donde vivir y yo tenía una habitación para alquilar. Es así de sencillo. Supongo que conoce el problema de vivienda que hay por aquí. Mucha gente ha invitado a desconocidos a sus casas. Algunos incluso dirían que es un acto de patriotismo.

—¿Es usted una patriota, señorita Somersby?

—Por supuesto.

—¿Y cumpliría con su deber de patriota de procurar una victoria aliada?

Camille frunció el ceño. Aquel hombre la ponía cada vez más nerviosa, pero procuró que no se notara.

—¿Adónde quiere ir a parar?

Él se inclinó hacia ella, que tuvo que reprimir el impulso de apartarse.

—¿Y si le dijera que sabemos que hay un

espía enemigo en Oak Ridge que vive y trabaja entre nosotros? Sabemos que ese agente ha reclutado al menos a una persona para su causa y que juntos están preparando algo grande en este momento.

—¿Y por qué no lo arrestan? —preguntó ella.

—Todavía no conocemos su identidad. Pero si no los encontramos pronto, el daño para nuestra causa podría ser catastrófico.

Camille movió la cabeza.

—No comprendo. ¿Qué cree usted que puedo hacer yo? No soy más que una archivadora.

—Con autorización para ver documentos muy secretos —le recordó él—. Le pido que tenga los ojos y los oídos abiertos. Que esté alerta ante cualquier actividad sospechosa en el trabajo… o en casa.

Camille lo miró con frialdad.

—¿Quiere que espíe a Zac Riley? ¿Es eso lo que me pide?

—Está usted en una posición ideal para vigilarlo. Si hace o dice algo que pueda resultar dudoso, quiero que me informe enseguida. Pero debo aconsejarle mucha cautela —la miró a los ojos—. Tengo el presentimiento de que el señor Riley es un hombre muy peligroso.

Alice Nichols y Camille comían juntas habitualmente en la cafetería, pero una remesa de documentos para archivar había entretenido ese día a Camille y cuando al fin pudo salir, Alice no estaba a la vista. Camille se preguntó si habría ido a reunirse furtivamente con su amante.

Caminaba por las planchas de madera de la acera, intentando en vano protegerse del barro, pero éste se colaba entre las junturas de un modo tan insidioso que era imposible evitarlo. La gente estaba ya tan acostumbrada al cieno, que comparaba cariñosamente la reserva con los días de la fiebre del oro en Klondike. Y al igual que en la mayoría de los asentamientos de la frontera, la población era joven. Sin embargo, había una diferencia importante con aquéllos: la presencia constante de los militares.

Mientras caminaba, Camille pensaba en su conversación con Talbott y la información de que había un espía enemigo infiltrado en Oak Ridge y planeaba algo grande.

Se preguntó si ese algo tendría que ver con el trabajo de su abuelo. El Experimento Filadelfia estaba preparado para el 15 de agosto. ¿Era posible que los agentes enemigos se hubieran enterado del proyecto y quisieran sabotear el barco? ¿O, peor aún, robar los documentos secretos que les permitirían repetir el experimento?

Una parte de ella deseaba ardientemente destruir el experimento personalmente. ¿Cuántas vidas se habrían podido salvar, incluida la de su hijo, si no se hubiera desarrollado nunca la tecnología que había llevado al Proyecto Fénix? ¿Si no se hubiera dado rienda suelta a la megalomanía de Von Meter?

Pero su abuelo la había advertido en contra de una intromisión de ese tipo. No había ido allí a cambiar la historia ni a jugar a Dios. Había ido para asegurarse de que Von Meter y sus soldados tampoco lo hacían.

Entró en la cafetería, llenó una bandeja y buscó una mesa en un rincón tranquilo desde donde podía ver la puerta. Alice Nichols entró unos minutos después y, antes de que Camille tuviera tiempo de hacerle señas, se dirigió al otro lado de la habitación. Se sentó en una mesa ocupada por un hombre que estaba de espaldas a Camille, se inclinó hacia él y sonrió. Camille creyó ver algo íntimo y seductor en aquella sonrisa.

Alice se echó de nuevo hacia atrás y, cuando dejó su bolso en la mesa, cayó un papel al suelo. Su acompañante y ella alargaron la mano al mismo tiempo, pero el brazo del hombre era más largo. Tomó el papel y, en lugar de devolvérselo a Alice, se lo metió al bolsillo.

Todo ocurrió muy deprisa, sin llamar la atención. Camille miró a su alrededor. Estaba segura de que nadie había notado el intercambio y se preguntó qué debía hacer al respecto.

Nada, por supuesto. No podía entrometerse y, además, podía ser simplemente una carta de amor.

Un momento después, el hombre se levantó y caminó hacia la puerta. Camille lo observó y notó que el vello de la nuca se le ponía de punta. Había algo en él...

Se volvió desde la puerta a mirar por encima del hombro y ella pudo ver claramente su perfil. La piel pálida, el cabello moreno, el parche en el ojo...

Talbott. Respiró hondo. Lo había reconocido. Lo había visto antes. No sólo aquella mañana en la oficina sino en otra época y otro lugar...

Una visión acudió a su mente. Adam y ella jugando al béisbol en el parque. Un hombre que los observaba de pie en la sombra. Luego salía a la luz y, cuando se quitaba las gafas de sol, había algo raro en sus ojos... algo que daba escalofríos a Camille.

Y ahora sintió el mismo frío mientras observaba al agente especial Talbott salir por la puerta.

Cuando Camille llegó esa tarde a casa, Zac jugaba al béisbol con Billy delante de la puerta. La joven permaneció un momento en el coche observándolos. Era como tener una imagen de lo que podía haber sido... Y un recuerdo de lo que había perdido.

Billy corrió hacia ella en cuanto salió del coche.

—¿Sabe una cosa? Zac me está enseñando a jugar al béisbol.

—¡Qué maravilla! —consiguió decir Camille, a pesar del nudo que tenía en la garganta—. Pero es casi hora de cenar. ¿No crees que debes irte a casa?

El niño miró a Zac.

—Sólo unos minutos más. Por favor. Por favor.

El nudo en la garganta de Camille se hizo aún más grande. Zac le revolvió el pelo al niño.

—La señorita Camille tiene razón. Es hora de ir a casa —el niño empezó a protestar—. Vamos, vete ya. Jugaremos mañana otra vez.

—¿Lo promete?

—Lo prometo. Y tú recuerda lo que me has prometido.

—Si no me acerco a la mina, ¿me enseñará a lanzar bien?

—Exacto. Y ahora vete y procura no meterte en líos.

Billy le sonrió y se alejó corriendo.

Zac miró a Camille.

—¿Sucede algo?

Ella apartó la vista.

—No. ¿Por qué lo preguntas?

—Pareces alterada.

—Ha sido un día agotador.

—Es más que eso. Te he visto la cara al llegar. ¿Qué pasa, Camille?

Algo en la voz, en el modo de pronunciar su nombre, hizo que los ojos de ella se llenaran de lágrimas.

—Es sólo que… mi hijo adoraba el béisbol —se oyó decir—. El día que murió estábamos jugando en el parque.

—¡Dios mío! —murmuró Zac.

Ella se volvió y entró en la casa. Él la siguió un momento después.

—Lo siento. No tenía ni idea.

Ella se acercó a mirar el lago desde la ventana.

—No podías tenerla.

—¿Qué ocurrió? —preguntó él con suavidad.

—Corrió a la calle detrás de la pelota y lo atropelló un coche.

Cerró los ojos y su mente se llenó de imágenes. Los gritos, las sirenas, los latidos de su corazón. El saber que su hijo, al que acunaba en los brazos, ya estaba muerto…

Se volvió y echó a andar hacia el dormitorio.

—Voy a cambiarme y hacer la cena.

—No, no te vayas. Háblame de él.

Había una súplica extraña en la voz de Zac.

—No… no puedo hablar de él. Ni contigo ni con nadie —intentó alejarse, pero Zac la sujetó por el brazo.

—Camille…

Su mirada era oscura, misteriosa y… gentil. Lo que veía en sus ojos no era lástima, era comprensión. Era confusión. Era todo lo que ella también sentía.

Zac levantó una mano y le secó una lágrima. Camille se estremeció ante el contacto y los recuerdos que evocaba.

Permanecieron así un momento, mirándose a los ojos, con la mano de él en el rostro de ella. Y luego él bajó la cabeza muy despacio.

Camille se apartó.

—Tengo que cambiarme.

Fue corriendo a su habitación, cerró la puerta y se apoyó débilmente en ella mientras intentaba calmar su corazón galopante.

Por un momento había estado segura de que Zac quería besarla.

Y por un momento, también había estado segura de que ella se lo iba a permitir.

Un ruido extraño despertó a Camille. Permaneció tumbada en la oscuridad, intentando identificarlo. Al principio pensó que era un ave nocturna en la colina, pero después se dio cuenta de que estaba más cerca. Procedía del interior de la casa.

Se levantó con el corazón golpeándole en el pecho y cruzó la estancia en silencio. Abrió la puerta y se asomó. Todo parecía estar en su sitio. Nada se movía en la oscuridad. Entonces oyó de nuevo el ruido y se dio cuenta de que procedía del porche de atrás. Zac estaba en apuros.

Camille no se molestó en llamar. Apartó la cortina y contuvo el aliento.

Zac yacía desnudo encima de la cama. Temblaba con tal violencia que la cama se movía bajo su peso y luchaba por respirar, como si le costara trabajo llevar aire a sus pulmones.

Camille se acercó a la cama. Conocía el peligro de despertarlo con brusquedad, pero no podía permitirle sufrir así. Se inclinó y le tocó el hombro. En cuanto lo vio abrir los ojos, saltó hacia atrás.

Pero en lugar de la reacción violenta que esperaba, él permaneció inmóvil, buscándola con los ojos en la oscuridad.

—¿Camille?

Ella cruzó las manos con nerviosismo.

—Tenías una pesadilla.

—Hace… mucho… frío —a él le castañeteaban los dientes al hablar.

Era cierto que la temperatura estaba cambiando, así que Camille le tendió el edredón que había caído al suelo. Zac se tapó con él, temblando todavía.

—¿Dónde estoy? —preguntó al fin.

—¿No te acuerdas?

Zac miró un instante a su alrededor y se dejó caer de nuevo sobre la almohada.

—Oak Ridge… 1943 —susurró.

—Exacto.

Él se lamió los labios.

—Tengo sed. ¿Crees que… puedes traerme un vaso de agua?

—Por supuesto.

Camille se sentía aliviada de tener algo que hacer. Fue a buscar el agua y, cuando volvió, Zac se había puesto el pantalón y estaba sentado en el borde de la cama con la cara entre las manos. Al oírla levantó la cabeza.

—El agua.

—Gracias —tomó el vaso y lo vació de un trago.

—¿Quieres más?

Zac dejó el vaso en el suelo.

—No, así está bien. Siento haberte despertado.

—No importa. Yo siento haberte despertado a ti, pero estaba preocupada. Parecías
muy alterado.

Él apartó la vista.

—Es una pesadilla recurrente.

—¿Quieres hablar de ella? Puede que eso
te ayude.

Zac se pasó una mano por el pelo.

—No ayuda nada. Excepto…

—¿Excepto qué?

—Una distracción.

A Camille le latió con fuerza el corazón.
¿Qué pretendía insinuar?

Cuando él se puso en pie, ella retrocedió
un paso involuntariamente.

—Debo irme —murmuró—. Dejarte dormir.

—No podré volver a dormir. Nunca puedo
después de la pesadilla.

Echó a andar despacio hacia ella y Camille
retrocedió de nuevo.

—En ese caso… debería dormir yo. Tengo
que madrugar.

—No te vayas —musitó él. Extendió una
mano, pero no la tocó, sino que se apoyó en
la pared como si no pudiera sostenerse solo.

—Tengo que hacerte una pregunta.

—¿De qué se trata? —a ella le latía el corazón con tanta fuerza que le costaba esfuerzo
respirar. ¿Por qué reaccionaba así si sabía

que no iba a ocurrir nada entre ellos?

—¿Por qué tengo la sensación de que te conozco? —preguntó él casi con desesperación.

Ella retorció con los dedos la cadena que llevaba al cuello.

—Ya te lo he dicho. Tu subconsciente seguramente me recuerda de la mina.

—Eso no explica por qué tu nombre me suena tan familiar —él tendió la mano y le tocó la garganta a la altura del pulso. Camille sabía que estaba desbocado. Ahora él también lo sabía—. Por qué conozco tu sabor, tus caricias… el modo en que se mueve tu cuerpo cuando hacemos el amor.

Camille dio un respingo. Iba a protestar, pero las palabras de él la habían dejado sin habla. Sus palabras, su proximidad y el recuerdo de su cuerpo desnudo contra el de ella.

Los dedos de Zac rodearon su cuello y la atrajo hacia sí.

—Te conozco, Camille. Sé lo que te gusta —susurró. Y la besó para demostrar que tenía razón.

La conocía. Todavía. Después de tanto tiempo.

La besó tan profundamente que a ella empezaron a temblarle las piernas. Le echó los brazos al cuello y le devolvió el beso. Lo besó profundamente, como a él le gustaba que lo besaran.

Porque ella también lo conocía. Todavía. Después de tanto tiempo.

Él se apartó con un sobresalto.

—¡Dios mío!

Ella lo atrajo hacia sí, le besó los labios y lo saboreó con la lengua. Él le sacó el camisón por la cabeza con un gruñido y lo tiró al suelo. La tomó en brazos y la llevó a la cama. Camille no se resistió. Se tumbó y se dejó mirar.

—Te deseo —la voz de él temblaba de emoción. De necesidad.

—Lo sé.

La mano de él rozó su pecho y Camille cerró los ojos, le tomó una mano y se la llevó al corazón.

—Yo también te deseo. ¡Hacía tanto tiempo…!

—¿Quién eres? —susurró él.

Camille abrió los ojos. Todavía la miraba, pero el deseo había disminuido, reemplazado por un recelo frío. Ella se estremeció ante su mirada y buscó el camisón.

Zac la sujetó por la muñeca.

—¡Contesta, maldita sea! ¿Quién eres?

Camille intentó soltarse.

—¡Suéltame!

Él la sujetó con más fuerza.

—Cuando me contestes.

—¿Contestar qué? —preguntó ella con rabia—. No sé de qué me hablas.

—¿Qué demonios quieres de mí?

—¡Nada! Te ofrecí un sitio porque no tenías adónde ir.

—No te creo. No creo que seas quien dices ser.

Y Camille no podía creer lo fríos que se habían vuelto sus ojos ni lo salvaje que sonaba su voz. En un abrir y cerrar de ojos, se había convertido en un hombre al que no conocía, pero al que siempre había temido.

—¿Por qué has venido aquí esta noche? ¿Qué esperabas conseguir seduciéndome?

—¿Seduciéndote yo? —a ella le tembló la voz de rabia.

—No intentes convencerme de que te has dejado arrebatar por la pasión. Ésos no son los actos de una mujer que llora a un esposo, y mucho menos a un hijo muerto.

A ella se le encogió el corazón.

—¡Cómo te atreves! —susurró—. ¿Cómo te atreves a utilizar a Adam para hacerme daño de ese modo?

Zac se quedó inmóvil.

—¿Qué?

La soltó y Camille se apartó de él. Se levantó, tomó el camisón, lo apretó contra su cuerpo y retrocedió hacia la puerta.

—¿Qué has dicho? —él se levantó despacio.

—No te acerques a mí —le advirtió ella.

—Lo has llamado Adam —volvió a sentarse en la cama como si se hubiera quedado súbitamente sin fuerzas. Cuando levantó de nuevo la vista, Camille nunca había visto tanta angustia en una mirada.

Su enfado se evaporó y dio un paso involuntario hacia él.

—Vete de aquí —dijo Zac con una voz que no le conocía—. Sal de aquí antes de que haga algo que lo dos podamos lamentar.

Capítulo nueve

ACamille no le complació ver a Alice acercarse a su mesa al día siguiente. Había empezado a sospechar de ella desde que la viera con Talbott en la cafetería. ¿Qué relación tenía con él y qué había sido del joven ayudante de investigación con el que se veía? Según Alice, trabajaba en una zona altamente secreta de la planta Y-12. ¿Le había pasado información confidencial? ¿Información que ella a su vez transmitía a Talbott?

Alice le mostró un carrete metálico y sonrió con aire de disculpa.

—He roto la cinta de la máquina de escribir —le dijo—. ¿Necesitas algo del cuarto de suministros?

—No, gracias —Camille siguió clasificando documentos, pero en cuanto la otra salió de la estancia, se levantó y la siguió.

El sonido de las máquinas de escribir la siguió por el pasillo largo y estrecho. Alice iba delante y, cuando se volvió a mirar por encima del hombro, Camille se metió a toda prisa en un despacho vacío. Se asomó por una esquina y vio que Alice abría el cuarto de suministros y desaparecía en su interior.

Momentos después se abría de nuevo la puerta y salía Talbott. Miró a su alrededor y echó a andar en dirección contraria a donde estaba Camille. Un momento después, aparecía Alice con aspecto de ser el gato que se ha comido al canario y volvía a su puesto.

Esa tarde la llamaron del despacho del doctor Kessler. Camille se quedó muy sorprendida. Sólo había visto a su abuelo de paso. Aún no se habían conocido formalmente, pero siempre que lo veía sentía tentaciones de contarle quién era. Se contenía por dos razones. La primera, porque el hecho de que él conociera su identidad podía ser perjudicial para el futuro de ambos y la segunda, porque él seguramente la tomaría por loca y la haría expulsar de la reserva.

Camille, pues, guardaba silencio, pero cuando entró esa tarde en su despacho, le sorprendió una vez más lo diferente que era del hombre al que conocía como su abuelo. Diferente, aunque muchas cosas en él resultaban curiosamente familiares. La inclinación de los hombros. La mirada gentil. Y lo poco que le importaba su aspecto. Ese día llevaba un traje arrugado, la corbata torcida y la camisa muy desgastada en el cuello y los puños.

Cuando ella entró, levantó la vista.

—La señorita Somersby, ¿verdad?

Camille asintió y él le señaló una silla enfrente del escritorio.

Ella se sentó y sacó un cuaderno de taquigrafía.

—No necesitará eso —dijo él—. No la he llamado para dictarle nada.

Camille esperó con curiosidad.

—La he observado desde que llegó aquí —dijo él—. Y estoy impresionado con lo que he visto.

—Gracias —murmuró Camille; pero no pudo dejar de preguntarse por qué la había llamado.

—La he visto comer a veces sola en la cafetería. Supongo que no tiene muchos amigos aquí.

Camille se encogió de hombros.

—No llevo mucho tiempo.

—No, pero se nota que es usted una joven seria. No es propensa a conversaciones inútiles como tanta gente. Es trabajadora, eficiente y, lo más importante, discreta. Por eso creo que puedo pedirle un favor.

Ella lo miró sorprendida.

—¿Qué clase de favor?

—¿Sabe mecanografía?

—Sí.

—En ese caso... —tomó una carpeta de

su mesa—. Antes tengo que estar seguro de que el contenido de esta carpeta quedará entre nosotros dos. No exagero si digo que su prudencia puede ser cuestión de vida o muerte.

Camille asintió.

—Comprendo.

—En esta carpeta encontrará una serie de cartas manuscritas —explicó él—. Quiero que me las pase a máquina, pero es imperativo que nadie conozca su existencia.

La joven volvió a asentir.

—No haga copias de papel carbón —le advirtió él—. Y cuando haya terminado, tráigame los dos juegos de cartas junto con la cinta de la máquina. ¿Entendido?

—Sí, por supuesto —Camille tomó la carpeta y se puso en pie.

—Una cosa más, señorita Somersby —dijo su abuelo cuando ella llegó a la puerta.

Camille se volvió.

—¿Sí?

Él pareció no saber qué decir por un momento.

—¿Hay alguna posibilidad de que nos hayamos visto antes?

Camille casi sonrió.

—No lo creo. ¿Por qué?

—Hay algo familiar en usted. Lo noté la primera vez que la vi, pero no consigo definir de qué se trata.

—Quizá le recuerde a alguien —sugirió ella.

Él pareció pensativo.

—Sí, supongo que será eso —murmuró—. Es su sonrisa, creo. Me recuerda a una joven que conocí en Nueva York. Una compañera de la universidad donde daba clases antes de la guerra. A menudo he pensado qué habrá sido de ella... —se interrumpió.

Camille sabía de quién hablaba. Elsa Chambers. La mujer que se convertiría en su abuela.

—Quizá pueda buscarla cuando termine la guerra —sugirió.

—Oh, no sé —repuso él—. Seguramente esté ya casada. Era una mujer muy hermosa. En cualquier caso, no creo que se acuerde de mí.

—Puede que se lleve una sorpresa —murmuró Camille.

Pero no creyó que él la hubiera oído. Nicholas Kessler parecía sumido en sus pensamientos.

Cuando Camille terminó las cartas, las metió en la carpeta junto con la cinta de algodón de la máquina de escribir y las llevó al despacho de su abuelo. Llamó a la puerta, entró… y se detuvo bruscamente al ver que no estaba solo.

—Veo que ha terminado los informes —dijo su abuelo, poniendo un énfasis especial en la palabra informes.

—Ah, sí —Camille se acercó y le tendió la carpeta, pero, antes de que pudiera dársela, Talbott estiró el brazo e interceptó el paquete.

—No me dijo que trabajaba directamente para el doctor Kessler —comentó.

—No me lo preguntó —replicó Camille.

—¿Hay algún problema? —preguntó su abuelo, confuso—. La señorita Somersby tiene acceso a documentos secretos. Las chicas de los archivos trabajan todos los días con miles de documentos clasificados. ¿Por qué le preocupa el trabajo que hace para mí?

—Me preocupan todos los aspectos de la seguridad en esta ciudad —Talbott miró un momento la carpeta y se la pasó a Kessler—. Sus informes —él también enfatizo la palabra.

—Gracias —Kessler tomó la carpeta y la dejó en la mesa—. Eso es todo, señorita Somersby. A menos que el agente Talbott tenga algo para usted.

—No, nada —sonrió el hombre—. Creo que la señorita Somersby y yo nos comprendemos muy bien.

Zac registró la mina con una linterna que encontró en la cocina de Camille. Las cajas que había visto dos noches atrás habían desaparecido de la caverna principal, pero él tenía el presentimiento de que seguían escondidas en la mina.

Las encontró a unos cien metros en el interior del túnel y se puso manos a la obra rápidamente. Dejó la linterna con cuidado en el suelo, abrió la tapa de una de las cajas con la linterna y lanzó un silbido al ver el contenido. Allí, envueltos en serrín, había cartuchos suficientes de dinamita para volar toda la maldita colina.

Las otras cajas contenían armas, documentos y más explosivos.

Volvió a tapar las cajas, las clavó como antes, miró a su alrededor para comprobar que no se dejaba nada y siguió andando por el túnel para recuperar su pistola.

Un rato después, salía de entre los árboles al pie del precipicio y miraba rápidamente a su alrededor. Era pleno día y no parecía haber nadie cerca, pero sabía que debía ir con cuidado. Las personas que almacenaban la dinamita sin duda vigilarían la mina de cerca.

Devolvió el martillo y la ganzúa al cobertizo de herramientas detrás de la casita y guardó la bolsa con el dinero y la pistola debajo de la cama del porche. Camille no le parecía el tipo de persona que fuera a registrar sus pertenencias, pero había algo en ella que le producía desconfianza.

Como no quería pensar en Camille ni en el beso de la noche anterior, salió al porche delantero y se sentó a pensar en lo que había visto. Dinamita. Armas. Documentos falsos. Según todas las señales, había topado con la guarida de un saboteador profesional, pero no había nada que pudiera hacer al respecto porque no podía interferir en la historia.

Camille esperaba en la puerta de la verja, con otras docenas de trabajadores, el autobús que los llevaría a casa esa noche. Había empleados que tenían hasta dos horas de viaje, pero ella se bajaba en las afueras de Ashton y desde allí había un paseo corto hasta su casa.

Cuando llegara sería casi de noche, pero no podía evitarlo. Había llevado el coche al trabajo los últimos días y sus cupones de gasolina se agotaban, por lo que no tenía más remedio que usar el autobús.

No le importaba mucho. El viaje y el paseo le darían tiempo de prepararse para ver de nuevo a Zac. Esa mañana había salido temprano adrede, no sólo porque tenía que pillar el autobús, sino también porque deseaba evitar a toda costa un enfrentamiento con él.

Cuando vio los faros del autobús en la distancia, frunció el ceño. El beso de la noche anterior la había pillado desprevenida aunque había querido que sucediera desde el momento en que Zac abrió los ojos en la mina. Había soñado años con aquel beso, anhelado sus abrazos y su voz susurrándole que el mundo iba bien porque ellos estaban juntos.

Pero el mundo no iba bien. Estaban en guerra y Camille tenía una misión. Y esa misión muy bien podía obligarla a elegir entre el hombre que amaba… y el futuro.

Pero esa decisión ya estaba tomada. La había tomado el día que había convencido a su abuelo de que era la persona idónea para el trabajo, la única que podía detener a Zac Riley.

—Pero tú todavía sientes algo por él —le había dicho su abuelo—. No subestimes el poder de ese amor, querida.

—No lo hago —repuso ella—. Pero sé lo que hay en juego y sé lo que hay que hacer. Y si yo sigo sintiendo algo por Zac, tengo que creer que, en lo profundo de su subconsciente, él también siente algo por mí. Y puedo aprovechar esos sentimientos y conseguir que confíe en mí…

El autobús se detuvo ruidosamente, lo que

devolvió a Camille al presente. Cuando subía, vio a Alice Nichols delante de ella, pero no la llamó, sino que fingió que no la había visto y se sentó varias filas detrás de ella.

Veinte minutos después, cuando paró el autobús en Ashton, Alice salió y Camille dudó un momento e hizo lo mismo, aunque la siguiente parada habría estado mucho más cerca de su casa. Ahora tendría que andar más de tres kilómetros en el crepúsculo.

Alice se alejó rápidamente de la parada, pero Camille esperó un momento para mezclarse con la gente. Cuando consideró que estaba segura, la siguió, aunque a distancia suficiente para evitar ser descubierta.

Unas manzanas más allá, Alice se detuvo a admirar algo en un escaparate. Un momento después, paraba un coche a su lado. Alice miró furtivamente a su alrededor y subió al vehículo.

El coche avanzó en dirección a Camille, que se ocultó en el umbral de una puerta e intentó fundirse con las sombras.

La ventanilla estaba bajada y, aunque sólo pudo ver un instante al hombre sentado al volante, fue suficiente para reconocerlo.

El conductor era Daniel Clutter.

Betty y Viv tomaban con gusto la limonada que les había servido Zac a pesar de su gusto ácido. Él la había preparado para la cena de esa noche como una oferta de paz para Camille, pero cuando las dos enfermeras se presentaron inesperadamente en la puerta, no se le ocurrió otra cosa que ofrecerles. Habían ido andando desde la ciudad y sintió que era lo menos que podía hacer después de todo lo que lo habían ayudado ellas.

Y además no era completamente inmune a sus encantos. Las dos eran muy atractivas, divertidas y coquetas y la competitividad que mantenían las llevaba a veces a comportamientos fuera de lo común. También eran habladoras, verdaderas fuentes de información sobre la gente de la ciudad y muchos de los forasteros que habían llegado a la zona para trabajar detrás de la verja.

—Hemos pasado a saludar a su vecino, pero no estaba en casa —dijo Betty. Tomó un sorbo grande de limonada.

—¿Se refiere a Daniel Clutter? —preguntó Zac sorprendido—. ¿Lo conocen? Es de por aquí, ¿no?

—Llegó hace unos meses, pero como es viudo, Betty lo conoce —contestó Vivian con sequedad.

Betty arrugó la nariz.

—Tú no has dicho nada cuando he sugerido que pasáramos a verlo.

—No, pero tenía que haberlo hecho. ¿Has visto cómo nos ha mirado esa mujer horrible? Como si fuéramos unas mujerzuelas —Viv cruzó las manos sobre el regazo—. No me ha gustado nada.

—No es muy hospitalaria —asintió Betty. Miró a Zac—. ¿La conoce?

—¿A la señora Fowler? Sí, tengo ese privilegio.

Betty sonrió.

—Tiene unos ojos de un color muy raro, ¿no lo ha notado? Son oscuros, casi negros, y muy fríos. No como los suyos —miró a Zac—. También son oscuros, pero son muy cálidos y… apasionados.

—¡Oh, por favor! —murmuró Viv.

—¿Qué? —preguntó Betty con aire inocente—. Sabes muy bien que me gustan los ojos marrones.

—¿Ah, sí? ¿Y entonces por qué hablabas tanto esta mañana de los ojos del doctor Cullen? «Son de un azul maravilloso» —la imitó Vivian. Se llevó las manos a las mejillas—. «Juro que cuando me mira podría perderme en ellos».

Betty la miró con rabia.

—Tienes envidia porque tú no tienes novio.

—¿Y tú sí?

—Es posible.

—¿Quién es? —quiso saber Viv.

—No lo conoces —dijo Betty.

—No lo conozco —repitió su amiga con incredulidad—. Yo conozco a todos los que conoces tú.

Betty sonrió.

—Eso es lo que tú te crees.

—¿Quién es? ¿Cómo se llama? ¿Y por qué no te he visto nunca con él?

—Una mujer jamás divulga sus secretos —sonrió Betty—. ¿No es verdad, Zac? —movió las pestañas con tal fuerza que él temió que fuera a echar a volar.

Antes de que pudiera contestar, se le adelantó una voz desde las sombras.

—No sabía que teníamos fiesta esta noche o habría intentado volver antes.

Al oír a Camille, Zac se sintió culpable sin saber por qué. La visita de Betty y Viv era bastante inocente y, además, Camille y él eran poco más que extraños.

Pero la sensación de culpabilidad persistía, y se puso en pie con incomodidad.

—Sólo han venido a ver cómo estaba.

—¿De veras?

La frialdad de su tono hizo que las enfermeras se levantaran también apresuradamente.

—¡Dios mío, qué tarde es! Tenemos que

161

volver a la ciudad.

—Sí —asintió Viv—. Gracias por la limonada. Es un placer verlo tan recuperado.

—Es casi de noche —dijo él—. Quizá debería acompañarlas a la ciudad.

—Tonterías. No nos pasará nada… —Viv se interrumpió porque Betty le dio un codazo en las costillas.

—Si insiste… —dijo esta última.

Vivian la miró de hito en hito.

—Son más de ocho kilómetros entre ida y vuelta. El señor Riley está todavía recuperándose.

—Por supuesto. ¿En qué estaba pensando? —murmuró Betty—. Es que parece tan… sano —lo miró con admiración hasta que su amiga la tomó del brazo y tiró de ella hacia la calle.

—Todavía no me parece bien —les dijo Zac—. ¿Seguro que no quieren que las acompañe al menos parte del camino?

—El tío de Betty vive cerca de aquí —respondió Viv, adelantándose a su amiga—. Le hemos prometido que pasaríamos a verlo y ha dicho que nos llevaría en el coche.

Cuando sus voces murieron en la distancia, Camille entró en la casa. Zac esperó un minuto y la siguió.

Ella no levantó la vista, sino que siguió tocando los diales de la radio.

—He encontrado herramientas en el cobertizo de atrás —le informó él—. Mañana empezaré a trabajar en el tejado.

Ella guardó silencio.

—¿Estás enfadada por algo? —preguntó él al fin.

Camille lo miró. Sus ojos echaban chispas.

—¿Por qué voy a estar enfadada?

—No lo sé, pero es evidente que te ha molestado algo. Si estás furiosa porque han venido las chicas...

Ella golpeó la radio con tal violencia que se quedó con el dial en la mano. Lo lanzó contra el sofá.

—Si quieres entretener a tus novias mientras yo trabajo, es asunto tuyo. Pero preferiría que te buscaras otro sitio para hacerlo.

Zac la miró con incredulidad.

—No son mis novias. Son enfermeras que me cuidaron muy bien en el hospital.

—Sí, ya vi cómo te cuidaban —Camille lo miró con sorna—. Si tratan igual a todos los pacientes, me sorprende que alguien quiera irse del hospital.

—¿Estás celosa? —preguntó Zac con incredulidad. Con esperanza.

Ella abrió mucho los ojos.

—¿Celosa? ¿Y por qué voy a estar celosa? Me importa un bledo con quién pases el tiempo.

—¿De verdad? —Zac la observó con la cabeza inclinada a un lado—. Porque a mí habrías podido engañarme.

—¿Y no se te ha ocurrido que pueda querer venir a casa después de un largo día de trabajo y encontrar paz y tranquilidad?

—Quizá debiste pensar en eso antes de invitarme a quedarme aquí. Lo que me recuerda que hace días que quiero preguntarte algo. ¿Por qué me invitaste a venir aquí?

—Ya hemos hablado de esto —repuso ella—. Tú necesitabas un lugar donde vivir y yo tenía una habitación libre. Pensé que podía ser un acuerdo beneficioso para ambos.

—¿Aunque yo no tenga trabajo ni medio de vida aparente? Ah, fue por las goteras, ¿verdad?

—Las goteras, el porche... —ella se encogió de hombros—. Hay una docena de cosas que necesitan arreglo, pero si el acuerdo no te parece bien, búscate otro acomodo. Quédate o vete. Haz lo que quieras. Yo me voy a la cama.

Fue a salir de la estancia, pero Zac la sujetó por el brazo. Ella lo miró de hito en hito.

—Suéltame.

Él obedeció; pero seguía habiendo un vínculo entre ellos. Una conexión que Zac no comprendía, pero que estaba seguro de que ella sí.

—Respecto a anoche…

—No quiero hablar de ello —contestó ella enfadada.

—Pues yo sí. Lo que ocurrió entre nosotros no ocurre entre desconocidos. Resultaba… familiar.

—No me sorprende —se burló ella—. Es evidente que eres aficionado a la compañía femenina.

—No era eso y lo sabes. Hay algo entre nosotros, Camille. ¿Por qué no eres sincera? ¿Es porque… todavía sientes algo por el padre de tu hijo?

Ella lo miró sorprendida y, por un momento su rostro se crispó, como si estuviera a punto de perder el control de sus sentimientos. Después enderezó la espalda y, cuando volvió a mirarlo, había vuelto a recuperar su máscara.

—Déjame en paz, Zac. Por favor… déjame en paz.

Capítulo diez

LOS crujidos del suelo despertaron a Camille. Alguien caminaba por la casa. Un momento después oyó abrirse la puerta y cerrarse de nuevo con cuidado.

Se levantó sin hacer ruido, se acercó a la ventana y miró al exterior. Al principio no vio nada, pero después divisó a Zac alejándose de la casa. Lo siguió con la vista hasta que desapareció entre los árboles de la colina.

Se vistió rápidamente, metió su pistola en el bolso, tomó una linterna y salió de la casa.

Tomó el mismo sendero y se detuvo de vez en cuando a escuchar en la oscuridad. Cuando llegó al claro, Zac no estaba a la vista. Supuso que había entrado en la mina, pero no tenía ni idea de lo que se proponía.

Entró y se detuvo a escuchar. Al principio todo estaba en silencio, pero después oyó pasos procedentes del túnel.

Siguió el sonido, con el haz de luz de la linterna dirigido al suelo para evitar que la vieran. Unos cien metros más allá, vio luz procedente de uno de los otros túneles y apagó rápidamente la linterna.

Se agachó y se pegó a la pared. Esperó un momento y miró a su alrededor. Un farol colgaba de un clavo en la pared y en un rincón había un par de mantas y varias latas de comida.

En una de las paredes había un montón de cajas apiladas y en el suelo se veían herramientas esparcidas.

No había ni rastro de Zac.

¿Era ése su escondite? ¿Había llevado él todas esas cosas?

Agachó la cabeza y entró en el túnel. Se acercó a las cajas e intentó abrir una, pero la tapa estaba clavada.

Miró las herramientas, divisó una ganzúa, la agarró y se puso a trabajar en la caja más cercana.

Estaba tan centrada en la tarea que no vio la sombra en la pared hasta que fue demasiado tarde.

Levantó la cabeza cuando sintió de punta los pelos de la nuca. Aunque el miedo recorría sus venas, su mano apretaba la ganzúa y se preparaba para la lucha.

Antes de que pudiera volverse, una mano fuerte le agarró la muñeca. Otra le tapó la boca y una voz le susurró al oído:

—No te muevas. Ni siquiera respires.

Camille, que intentaba soltarse a toda costa, le mordió la mano y Zac reprimió un juramento.

—¿Pretendes que nos maten a los dos? —le dijo al oído—. Van a volver. Tenemos que salir de aquí.

La arrastró hacia la entrada y, al ver que ella no oponía resistencia, consideró que era seguro soltarla. En cuanto se vio libre, ella se volvió hacia él con ojos llameantes, pero cuando Zac se llevó un dedo a los labios, ella asintió con la cabeza.

Lo siguió por el túnel principal y él le tomó la mano y la guió por el pasadizo hasta que llegaron a otro claro. Tiró de ella y sólo entonces se atrevió a hablar Camille.

—¿Qué pasa? ¿Qué hay en esas cajas...?

Se interrumpió al oír voces lejanas. Cuando se acercaban, apretó el brazo de Zac.

Permanecieron quietos en la oscuridad. Él no podía ver su expresión, pero oía su respiración rápida.

Cuando se apretó contra él para acercar la boca a su oreja, sus pechos le rozaron el torso y el único sonido que oyó entonces Zac fue el de los latidos de su corazón.

—¿Quiénes son? —susurró ella.

Él movió la cabeza. Como ella no se apartaba, la rodeó con un brazo, acercándola aún más. Ella no se resistió. Seguramente era el miedo lo que la volvía tan complaciente, pero Zac quería creer que era otra cosa.

Apoyó la cabeza en la pared e intentó controlar sus emociones. Aquello era una locura. Los dos corrían peligro, el mundo corría peligro y él sólo podía pensar en la proximidad de ella y en cómo deseaba besarla.

Las voces se acercaron y después se alejaron cuando entraron en el túnel que contenía las cajas. Todo quedó un momento en silencio, luego la risa de la mujer resonó en la oscuridad. La risa se convirtió pronto en murmullos y gemidos de placer.

Camille cerró los ojos avergonzada. No era ninguna puritana, pero oír a otros hacer el amor no era muy oportuno.

Por otra parte...

La sensación del cuerpo de Zac contra el suyo sí le gustaba. Estaba en muy buena forma. Era delgado y musculoso... un hombre en la plenitud de la vida.

Y ella era una mujer que no había estado con nadie en mucho tiempo. Desde que Zac se marchara en mitad de la noche cinco años atrás.

Se dijo que no debía pensar en eso en aquel momento.

Pero tenía que pensar. Tenía que recordar lo fácilmente que se había ido en cuanto Von Meter lo había llamado. Camille sabía que no era culpa suya; no se había ido por voluntad propia, pero el resultado había sido el mismo. La había abandonado y no podía confiar en él. Sería una idiota si confiaba en él.

Los gemidos fueron remitiendo y, después de unos momentos, los dos amantes abandonaron la mina.

Camille intentó apartarse, pero Zac la sostuvo contra sí. Antes de soltarla le besó el pelo.

No hablaron hasta que no estuvieron a salvo en la casa. Camille dejó su bolsa en la mesa de la cocina y se volvió expectante.

—¿Qué ha pasado allí arriba? ¿Quién era esa gente?

—Esperaba descubrirlo esta noche —repuso Zac—. Pero has aparecido tú y he tenido que cambiar de planes.

—¿Quieres decir que sabías que iban a estar allí?

Zac se encogió de hombros.

—Esta noche o cualquier otra. Sabía que volverían antes o después por el contenido de las cajas.

—¿Qué hay en las cajas?

Él vaciló.

—Explosivos suficientes para volar toda la colina.

Camille abrió mucho los ojos.

—¿Saboteadores?

—Yo diría que es muy posible —asintió él sombrío.

—Tenemos que detenerlos. Tenemos que... —Camille se interrumpió al recordar la advertencia de su abuelo. «No debes interferir con la historia. Por muchas tentaciones que sientas o muy justificadas que te parezcan tus acciones; sólo estás allí para contener la locura de Von Meter».

Se acercó a mirar por la ventana.

—En el trabajo nos advierten constantemente de que estemos alerta ante posibles señales de espionaje, pero un acto terrorista...

—¿Un qué?

Ella se dio cuenta de su error. El terrorismo había existido durante siglos, pero la palabra no se había popularizado hasta bastante después de la II Guerra Mundial.

—Sabotaje —corrigió.

Él la miró de un modo extraño.

—¿Por qué tengo la impresión de que me ocultas algo?

—No es cierto. No sé más que lo que sabes tú.

Zac entornó los ojos.

—Pues yo creo que sí. Creo que sabes muchísimo más que yo. Creo que hay una razón para que uses la palabra «terrorismo» y creo que es la misma por la que no cuestionaste que le hiciera la maniobra de Heimlich a Billy para que saliera el agua de sus vías respiratorias y por la que me invitaste a tu casa. ¿Y sabes qué más creo?

Avanzó despacio hacia ella y Camille se estremeció al ver la expresión de sus ojos.

—Creo que eres una mujer muy peligrosa.

Camille tomó un baño largo antes de acostarse con la esperanza de que el agua caliente la ayudara a relajarse y a evitar a Zac.

Éste hacía demasiadas preguntas y ella no sabía qué hacer. Había cometido un error y ahora podía estar en peligro toda la misión.

Quizá debería decirle la verdad. Apelar a la parte de él que no estaba bajo el control de Von Meter. A la parte de él que todavía sentía algo por ella.

Pero esos sentimientos no habían sido antes lo bastante fuertes y no veía motivos para creer que la situación fuera a ser distinta ahora. No podía confiar en él, no se atrevía. Era así de sencillo.

Se secó, se puso el camisón, abrió la puerta y se asomó. La casa estaba oscura y silenciosa y supuso que Zac se habría acostado. Entró en su dormitorio y se metió en la cama con la esperanza de que una noche de descanso la ayudara a verlo todo más claramente por la mañana.

Pero acababa apenas de adormilarse cuando la despertó un golpe en su puerta. Abrió los ojos y saltó de la cama.

—¿Camille? Abre. Quiero hablar contigo.

Ella no quería hablar con él. Era lo último que deseaba. Se envolvió más en la ropa de la cama.

—¿No puede esperar a mañana?

—No. Abre la puerta.

La joven vaciló todavía.

—Abre la maldita puerta o te juro que la echo abajo —gritó Zac.

Ella salió de la cama, se puso la bata y se acercó a la puerta. Su intención era abrirla sólo una rendija, pero Zac la empujó y la obligó a retroceder. La miró de hito en hito.

—¿Quién eres tú?

—Ya… sabes quién soy.

—No sé nada de ti y, sin embargo… —su expresión hizo estremecerse a Camille—. Te conozco.

—Ya te lo he dicho. Me recuerdas de la mina.

—¿De verdad? —la miró con frialdad—. ¿Y cómo explicas esto?

La luz de la luna iluminó su colgante de oro en la mano de él.

Camille se llevó una mano al cuello. Se había quitado el colgante antes del baño y había olvidado volver a ponérselo. Zac lo había encontrado, lo había abierto y ahora lo sabía todo.

—Si somos desconocidos, ¿por qué llevas una foto mía en tu colgante? —preguntó.

Camille no tenía una explicación preparada. Lo miró impotente.

Él abrió el colgante y miró las fotos.

—¿El niño es tu hijo?

Camille asintió.

—¿Por qué lo conozco?

—No lo conoces —dijo ella.

Pero él no pareció oírla. Observó la pequeña fotografía con una mezcla de rabia y confusión en la mirada.

—¿Por qué conozco su cara y su voz?

Camille se llevó una mano trémula a la boca.

—Lo conozco, Camille. Lo he visto. He soñado con él.

Ella dio un respingo.

—Eso no es posible —sin embargo, había salido del coma preguntando por Adam.

Zac levantó la vista.

—¿Por qué llevas una foto de tu hijo al lado de la mía? Contesta, maldita sea.

Camille respiró hondo.

—Porque era tu hijo.

Capítulo once

SI lo hubiera abofeteado, no se habría quedado tan atónito. Se volvió hacia la puerta y Camille pensó que iba a salir, pero entonces él giró de nuevo, la tomó por los brazos y la hizo retroceder contra la pared.

Ella no se acobardó. Aguantó la embestida mirándolo a los ojos.

—Es verdad. Adam era hijo tuyo.

La presión de él se hizo más intensa.

—No puede ser cierto. Mientes.

—No miento.

La miró a los ojos.

—Tienes que mentir. Eso no es posible. Yo nunca había estado aquí antes. ¿Comprendes?

Ella respiró hondo.

—Sí. Pero tú mismo lo has dicho antes. Hay una razón para que no cuestionara el modo en que salvaste a Billy y una razón por la que he usado así la palabra terrorismo.

A él le brillaron los ojos. Su expresión se endureció.

—¿Tú viniste por el túnel en el tiempo?

—Sí.

Los ojos de él se clavaron en su carne.

—¿Quién te envió? ¿Von Meter?

—No. Nicholas Kessler.

—¿Kessler?

—Es mi abuelo —dijo ella—. Vine aquí a protegerlo.

—¿De quién?

—De… ti.

Él la miró con incredulidad.

—¿Crees que he venido a hacerle daño a Kessler? No. Ése no es el objetivo de la misión.

—Ahora no te creo yo —replicó ella.

Zac la soltó y retrocedió. Salió de la habitación sin decir palabra. Camille esperó unos segundos y lo siguió. Cuando entró en la sala, él estaba de pie al lado de la ventana, bañado por la luz de la luna. Ella contuvo el aliento al ver su expresión. Era dura, enfadada, resuelta… pero también vulnerable. Infinitamente vulnerable.

Mientras lo miraba, él observaba el medallón que apretaba todavía en la mano. Por un momento no dijo nada y, cuando al fin sus ojos se encontraron con los de ella, su rostro se había vuelto inexpresivo.

—Háblame de él.

—Lo intentaré —musitó ella—. Pero todavía me cuesta hablar de él.

—Dijiste que lo atropelló un coche.

Camille sintió la garganta oprimida.

—Sí. Murió en mis brazos poco después.

Zac se llevó una mano a la cara y cerró los ojos.

—¿Yo estaba allí?

—No. Tú ni siquiera sabías que Adam existía. O por lo menos eso es lo que siempre he creído. Pero ahora pienso que tuviste que verlo en algún momento, porque conoces su cara y su nombre. Supongo que ellos lo arreglarían de algún modo.

—¿Ellos?

—Von Meter. El Proyecto Fénix.

Él cerró la mano en torno al medallón.

—¿Qué tienen que ver ellos con Adam?

—Todo. Él era tu hijo.

Zac pareció comprender la implicación. Una expresión de dolor pasó por su rostro y se volvió de nuevo a la ventana.

Camille se acercó y se sentó en el borde del sofá.

—¿Cuánto recuerdas del Proyecto Fénix?

Él se encogió de hombros.

—Está basado en tecnología desarrollada durante la guerra. Esta guerra. Se está desarrollando en estos momentos. Un barco de la Marina USA desaparecerá del puerto de Filadelfia el 15 de agosto. Según Von Meter, el barco entrará en una dimensión paralela y viajará adelante en el tiempo. Cuando regrese, se habrá abierto un túnel que una el pasado con el futuro. Sé que parece una locura, pero... —se volvió—. Aquí estamos.

—Sí —murmuró ella—. Aquí estamos —la intensidad de la mirada de él la obligó a apartar la vista. Cruzó las manos en el regazo y las observó un momento—. ¿Qué más te contó Von Meter?

—La misma tecnología que hará desaparecer ese barco será la base del Proyecto Fénix. Después del experimento, tu abuelo conseguirá hacerse oír y el Gobierno retirará los fondos. El proyecto pasará a la clandestinidad y, sin supervisión, la investigación se extenderá por zonas controvertidas... fases interdimensionales, psicotrónica, control del pensamiento y telequinesia.

Camille levantó la vista.

—¿Te habló de los experimentos?

Zac se apartó de la ventana y se sentó en el sofá a su lado.

—¿Qué experimentos?

—Para desarrollar esa tecnología, Von Meter y sus compinches usaron seres humanos —contestó ella—. Al principio eran indigentes que sacaban de la calle y a veces personal militar que no tenía familia, nadie que hiciera preguntas si desaparecía un periodo largo de tiempo. Los torturaban, tanto mental como físicamente, hasta que se derrumbaban de tal modo que era fácil manipular su mente. Luego los reprogramaban con realidades preparadas que permitían a los sujetos aceptar una verdad que se extendía mucho más allá de nuestra percepción tridimensional del universo. Fases interdimensionales, psicoquinesia... incluso viaje en el tiempo. Todas esas cosas se volvían posibles cuando se rompían las barreras tridimensionales. ¿Y qué importaban unas cuantas vidas comparadas con una ciencia así?

—El bien de los muchos sobrepasa las necesidades de unos pocos —murmuró Zac.

—Sí —repuso Camille con amargura—. Estoy segura de que Von Meter lo justificaba así. Pero no puede justificar los niños —susurró—. Nada puede justificar eso.

—¿Qué niños? ¿De qué hablas?

—Con el tiempo descubrieron que los niños eran más susceptibles a las realidades preparadas y los estados alterados de conciencia que los adultos. Y empezaron a usar personas más jóvenes. Algunos eran hijos de personal militar, otros de personas que trabajaban en el proyecto... a otros simplemente los tomaban.

—Quieres decir secuestrados.

—Sí. Y también los torturaban. Cuando se iban haciendo mayores los entrenaban en el arte de la guerra y los convertían en supersoldados, hombres dispuestos a hacer cualquier cosa por llevar a cabo una misión.

—Un ejército de guerreros secretos —dijo Zac.

—Exacto. Cuando los soltaban, algunos de los hombres no podían lidiar con la vida. Habían perdido la mayoría de sus recuerdos y no tenían familia con la que volver. Se sentían... perdidos.

Zac la miró un momento, como si no supiera si confiar en ella o no.

—¿Dónde entras tú en todo esto?

—Yo trabajo para mi abuelo. Siempre se ha sentido responsable de esos hombres y ha dedicado su vida a buscarlos e intentar dar una cierta normalidad a su vida. Ahora yo también me dedico a eso.

—Una cruzada —musitó él.

Ella se encogió de hombros.

—Nunca lo he considerado de ese modo. Sólo intento hacer lo que debo.

Los ojos de él se ensombrecieron.

—¿Fue así como nos conocimos?

—No, no exactamente. Nos conocimos en Los Ángeles. Mi abuelo vive allí y el cuartel general de nuestra organización está allí. Un día estaba cruzando la calle sin prestar atención. Tenía muchas cosas en la cabeza. Pasé delante de un coche y, si el conductor no hubiera frenado a tiempo, seguramente me habría matado o malherido. Se quedó a centímetros de mí. Pero yo supe que me habían salvado algo más que los reflejos del conductor. Y entonces te vi.

Hizo una pausa, recordando.

—Estabas apartado del grupo de gente que se había congregado en la calle y me mirabas con una concentración tan fiera que supe que eras tú el que me habías salvado. Tú paraste el coche… con la mente.

Zac frunció el ceño.

—Lo dudo. Yo no tengo esa habilidad.

—Sí la tienes —insistió Camille—. Puede que no seas consciente pero está ahí, enterrada en tu interior. Yo lo he visto.

El ceño de él se hizo más profundo.

—A lo mejor viste lo que querías ver.

—Fue algo más que eso. Cuando conseguí abrirme paso entre la gente, tú ya te alejabas. Te seguí, tú entraste en una cafetería, yo te seguí y me senté contigo.

Zac casi sonrió al oír eso.

—¿Yo no protesté?

Camille sonrió también.

—No. Hablamos largo rato, pero yo sólo tardé unos minutos en darme cuenta de que había acertado. Eras como todos los demás que habían pasado por Montauk. Tenías los mismos huecos en la memoria, la misma renuencia a hablar de ti, la misma intensidad en la mirada. Y sin embargo... en ti había algo diferente... algo que hizo que me importaras desde el primer momento.

Él la miró y su mirada pareció suavizarse al observarla. Camille se preguntó qué estaría pensando.

—¿Y qué pasó después? —preguntó él.

—Empezamos a salir juntos. Al principio no le hablé a mi abuelo de ti porque creí estúpidamente que podía salvarte sola. Y cuando al fin le hablé, intentó advertirme de que estaba jugando con fuego; pero yo no lo escuché. Y un día, tú... desapareciste.

—¿Desaparecí?

—Una mañana me desperté y te habías ido. No volví a verte nunca.

—¿Me buscaste?

—Al principio sí. Luego me enteré de que estaba embarazada y decidí que era mejor dejarte marchar. No quería que Von Meter ni nadie de Montauk descubrieran mi estado. Tenía miedo de que intentaran usar a nuestro hijo para tenerte controlado. O peor, de que le hicieran a Adam lo que te habían hecho a ti.

La expresión atormentada de él le llegó al corazón.

—¿Y lo tuviste sola? ¿Lo criaste tú sola?

—Me ayudó mi abuelo. Y no fue difícil.

Adam era un niño maravilloso. Extrovertido y cariñoso… —se interrumpió—. Creía que tú no sabías nada de él. Pero de algún modo descubriste… —su voz se endureció—. Supongo que eso también fue obra de Von Meter.

—¿Por qué iba a hacer él eso? ¿Qué podía ganar diciéndomelo?

—No lo sé. Tal vez pensó que podía usar a Adam contra ti. O quizá quería estar seguro de que el vínculo entre padre e hijo no era tan fuerte como su control sobre ti. Cuando viste a Adam, tu reacción debió asustarlo. Por eso ordenó que lo mataran.

Zac volvió la cabeza con brusquedad.

—¿Matarlo? Tú dijiste que lo atropelló un coche. Fue un accidente.

—No fue un accidente.

Camille se levantó y fue a mirar por la ventana. No quería pensar más en eso. No quería revivir aquel día terrible en ese momento porque sabía que entonces lo reviviría de nuevo cuando se quedara dormida.

—¿Qué ocurrió? Dímelo.

La joven cerró los ojos y Zac se situó detrás de ella. Camille habló despacio, y cada palabra era una daga que le atravesaba el corazón.

—Ese día había un hombre en el parque. Adam lo vio antes y me lo señaló. Nos estaba... observando. Yo supe instintivamente que era peligroso. Quería que nos fuéramos, pero Adam me suplicó que jugara al béisbol con él sólo un rato más. ¡Era un niño tan bueno!... —ella se pasó una mano por la cara—. Se le escapó la pelota y corrió a la calle detrás de ella.

—Entonces fue un accidente —murmuró Zac.

—No —Camille apretó los puños. Sentía las uñas clavándose en las palmas, pero no le importó—. Él hizo que la pelota rodara hasta la calle. Sabía que Adam correría detrás de ella.

Zac la tomó por los brazos y la volvió con gentileza hacia él.

—Ese hombre del parque... ¿qué aspecto tenía?

—Era joven, unos treinta y tantos años, pero tenía el pelo plateado. Y había algo extraño en sus ojos.

Zac le sujetó los brazos con más fuerza.

—Vogel.

Camille lo miró sorprendida.

—¿Lo conoces?

—Lo he visto. Y te prometo una cosa —en los ojos de Zac brilló algo peligroso—. Nuestros caminos volverán a cruzarse. Puedes estar segura.

—Quiero preguntarte por algo que has mencionado antes —dijo Zac un poco más tarde.

Había vuelto al sofá, pero Camille seguía de pie. Él veía su reflejo en la ventana y adivinaba por su expresión que seguía pensando en su hijo. El hijo de ambos.

Zac tuvo una imagen repentina de él. El niño jugaba en el jardín de una casa vieja de dos pisos cercana al mar. Zac no oía las olas, pero saboreaba la sal en el aire. Y en la niebla.

No sabía cómo había llegado allí y no sabía dónde estaba. Era como un sueño. Sólo sabía que algo lo empujaba hacia esa casa, ese jardín y ese niño.

El pequeño lo vio, miró un momento hacia la casa y echó a andar hacia él.

—Hola —dijo cuando estuvo cerca—. ¿Viene a ver a mi abuelo?

—No… estoy seguro.

—¿Se ha perdido? —preguntó el pequeño muy serio.

—Es posible.

El niño le tomó la mano.

—¿Quiere entrar y preguntarle a mi madre cómo llegar?

Zac le sonrió anhelante.

—Creo que no es una buena idea. Seguramente no le gustará que hables con desconocidos. Además… tengo que irme.

—Vale. Espero que encuentre el camino, señor.

—Yo también lo espero —susurraba Zac, viéndolo alejarse.

La imagen se borró y oyó la voz preocupada de Camille.

—¿Estás bien?

Levantó la vista.

—Sí. Estaba… recordando algo.

Ella volvió al sofá y se sentó a su lado.

—Has dicho que querías hacerme una pregunta.

La visión lo había alterado y Zac tardó un momento en recuperarse.

—Antes has dicho que has venido aquí a proteger a tu abuelo.

—Así es.

—De mí.

Ella asintió.

—Yo no he venido a hacerle daño a tu abuelo, Camille.

La joven se mordió el labio inferior.

—¿Y por qué has venido?

—Von Meter dijo que la víspera del Experimento Filadelfia tu abuelo intentó sabotear los generadores a bordo del Eldridge. ¿Es cierto?

—Sí. Intentó todo lo que estaba en su poder para detener el experimento. Escribió cartas a congresistas e incluso apeló directamente al presidente. Pero nadie quiso escucharlo. Hasta que no vieron por sí mismos el estado de la tripulación, no le hicieron caso. Y para entonces ya era demasiado tarde.

—Escúchame, Camille. Esto es importante. Lo que hizo tu abuelo a esos generadores impidió que pudieran apagarlos correctamente cuando se materializó el barco. Al seguir funcionando, el túnel del tiempo pudo reunir energía suficiente para estabilizarse. Mi misión es asegurarme de que esos generadores se apaguen del todo. Por eso necesito tu ayuda. Tengo que llegar hasta tu abuelo antes de que sea tarde.

Ella se apartó horrorizada.

—No pienso permitir que te acerques a mi abuelo —la expresión atónita de él le encogió el corazón, pero no podía retirar sus palabras. Ella también tenía una misión.

—Mira, puede que creas que tu misión es apagar esos ordenadores, pero lo dudo. Piénsalo bien, Zac. ¿Por qué querría Von Meter destruir el túnel del tiempo?

—Porque si la persona equivocada se metiera en ese túnel, podría ser el fin para todos nosotros.

—Eso es verdad. Pero no le preocupaba cuando envió a la muerte a más de cien hombres para recrear el Experimento Filadelfia y abrir un nuevo túnel.

Zac frunció el ceño.

—¿De qué estás hablando?

—Cuando se materializó el Eldridge dejó un túnel del tiempo que unía el pasado con el futuro. Si alguien hubiera conocido su existencia en 1943, podía haber viajado adelante en el tiempo. Pero no al contrario. Eso es una distinción importante. Para que alguien del futuro, de nuestro presente, viajara atrás en el tiempo, había que crear otro túnel que se uniera con el primero. Por eso los otros y tú estabais a bordo de ese submarino que se hundió en el Atlántico Norte. Estabais recreando el primer experimento. Pero en lugar de viajar adelante en el tiempo, retrocedisteis. Abristeis otro túnel. Cuando el submarino volvió a materializarse, hubo una explosión que lo envió al fondo del océano con todos los hombres atrapados en su interior. Creemos que alguien hizo explotar algo deliberadamente en la sala de motores para que no hubiera testigos de lo sucedido.

—Pero yo sobreviví.

—Tú y los otros miembros de tu equipo. ¿Pero no lo entiendes? Si Von Meter quisiera el túnel destruido, ¿por qué se iba a haber tomado tantas molestias y gastado tanto dinero y vidas en abrir otro pasadizo que uniera el presente con el pasado? Él no quiere proteger la historia, la quiere cambiar en su propio beneficio librándose del único obstáculo que se ha interpuesto en su camino todos estos años.

El rostro de Zac se endureció.

—Tu abuelo.

Camille asintió.

—Creo que te han dado un objetivo falso, Zac. Creo que tu verdadera misión es destruir a mi abuelo.

—¿Cómo? ¿Me enseñan la reina de diamantes y me convierto en un asesino? —dijo él con ligereza.

Camille asintió.

—Algo así.

Él la miró con curiosidad.

—Si tu corazonada es cierta y Von Meter me ha envidado aquí a acabar con tu abuelo, eso pone muy interesante la situación entre nosotros. Tú has venido aquí a detenerme.

—Sí.

—¿Cómo?

Camille se estremeció, pero le devolvió la mirada sin pestañear

—Estoy dispuesta a matarte de ser necesario.

—Bien, supongo que no se puede ser más claro. ¿Sabes ya cómo lo harás?

—Esto no es cosa de risa —dijo ella con determinación—. No puedo permitir que te acerques a mi abuelo. No puedo permitir que hagas nada para cambiar la historia.

—Pero ya hemos cambiado la historia. Simplemente por estar aquí hemos cambiado la historia.

—Sí, pero si tenemos cuidado...

—¿Cuidado? —Zac la miró con incredulidad—. Es demasiado tarde para tener cuidado, Camille. Tú cambiaste la historia cuando me sacaste de la mina. Yo la cambié cuando le salvé la vida a Billy. ¿Pero hubieras querido tú que no lo hiciera?

Ella apartó la vista.

—No, claro que no.

—Y eso nos lleva a otra pregunta interesante. Si viniste aquí a matarme, ¿por qué no tomaste el camino fácil y me dejaste en la mina?

—No era tan sencillo. Tenía que estar segura de que te enviaba Von Meter. Tenía que saber lo que te proponías. Y además, si te hubiera dejado allí, habría enviado a otro a reemplazarte.

—Exacto. Por eso tenemos que cerrar ese túnel. Si de verdad quiere matar a tu abuelo, seguirá enviando gente hasta que lo consiga.

Camille también había pensado en eso.

Pero cerrar el túnel los atraparía a Zac y a ella en 1943. ¿Había pensado en eso?

¿Y sería tan malo? Con el túnel del tiempo destruido, Von Meter no tendría control sobre Zac. Los dos podían...

¿Podían qué? ¿Empezar de nuevo? Era demasiado tarde para eso.

—No podemos cambiar la historia, Zac. Es muy peligroso.

—Lo peligroso es no hacer nada —él se pasó una mano por el pelo con exasperación—. Dices que viniste aquí para proteger a tu abuelo de mí. ¿Y si yo no soy la única amenaza?

—¿Qué quieres decir?

—Estoy hablando de cajas llenas de explosivos. ¿Qué crees que van a hacer con toda esa dinamita? En esa mina hay TNT suficiente para volar toda la ciudad, con tu abuelo incluido.

—No habrá una explosión. Eso lo sabemos por la historia.

—¿Pero y si somos nosotros los que tenemos que impedirla?

Camille lo miró sorprendida.

—Eso no puede ser.

—¿Cómo lo sabes? Nuestra mera presencia aquí ya lo ha cambiado todo. ¿Y si el FBI o la policía o quienquiera que detuviera la primera vez a los saboteadores están distraídos investigándonos a nosotros e ignoran la auténtica amenaza?

Camille lo miró impotente.

—¿Y qué propones tú que hagamos?

—Descubrir quién es responsable de acumular esos explosivos y lo que piensa hacer con ellos. Y si es necesario, impedírselo.

—¿Y cómo lo hacemos?

Zac se encogió de hombros.

—Si quieren acercarse lo suficiente para colocar los explosivos, necesitarán un cómplice detrás de la verja. Alguien con un nivel de seguridad muy alto. Tú puedes tener los ojos y los oídos abiertos en la ciudad y yo puedo vigilar la mina.

Camille se levantó y empezó a pasear por la estancia.

—La verdad es que ya me preocupa alguien en el trabajo —confesó—. Una mujer llamada Alice Nichols. Me tomó bajo su ala cuando llegué a la reserva. Al principio pensé que era una de esas personas que se hacen amigas de todo el mundo, pero en los dos últimos días tengo la impresión de que me vigila.

—¿Crees que sabe lo tuyo?

—No veo cómo. Mis credenciales y mi tapadera son muy buenos. El abuelo se encargó de eso —lo miró—. Pero eso no es todo. El otro día vino a verme un agente del

FBI al trabajo. Me hizo muchas preguntas sobre ti. Incluso quería que te espiara.

—¿Cómo se llama? —preguntó Zac.

—Talbott.

Zac asintió sombrío.

—Sí, lo conozco. También vino a verme al hospital.

—¿Qué quería?

—Asegurarse de que sabía que me estaría vigilando.

Camille empezó a andar de nuevo.

—Esto no me gusta, Zac. No creerás...

—¿Qué?

—¿Crees que ha venido alguien más a través del túnel? ¿Alguien que intenta volar nuestra tapadera?

Él pensó un momento.

—Es posible. Pero no es raro que el FBI sospeche de los extraños, sobre todo en tiempo de guerra. Y sobre todo en los alrededores de un laboratorio nuclear muy secreto.

—Supongo que tienes razón —Camille intentó tranquilizarse—. Supongo que eso puede explicar por qué vi a Alice con Talbott en la cafetería después de que hablara conmigo, pero tuve la impresión de que se conocían. Y Alice dejó caer un papel al suelo y, cuando Talbott lo recogió, se lo metió en el bolsillo de la chaqueta en lugar de devolvérselo a ella.

—¿Crees que ella le pasa secretos?

—No lo sé. Pero una vez me dijo que se ve con un joven ayudante de investigación del laboratorio de mi abuelo. Y sabe que va a ocurrir algo importante el día 15.

—¿Te lo ha dicho ella?

Camille se quedó pensativa.

—Cuanto más pienso en ello, más me parece que tenemos que vigilar a Alice. Y no te lo he contado todo —se volvió—. Hoy la he visto de nuevo con Talbott. Se han encontrado en el cuarto de los suministros, en el trabajo.

—¿Podía ser un encuentro de amantes?

—Tal vez, pero esta tarde la he seguido de nuevo. Se ha bajado del autobús en Ashton, ha caminado varias manzanas y ha subido en el coche de Daniel Clutter.

—¿Clutter? —Zac dio un silbido—. Parece que a Alice Nichols le gusta moverse. Un agente del FBI, un ayudante de investigación y un ingeniero, todos con acceso a temas de alto secreto detrás de la verja.

—¿Y qué hacemos? —preguntó Camille.

—Vigílala, pero ten cuidado. No dejes que se dé cuenta. Si se siente arrinconada, puede ser peligrosa.

Camille lo miró un momento.

—No estoy segura de nada de esto. Se supone que no debemos interferir. Cualquier pequeño cambio podría tener consecuencias terribles. No podemos ir por ahí cambiando la historia.

—Sí podemos —él se levantó y se acercó lentamente a ella—. Tenemos el poder de cambiar el futuro, de alterar el curso de la historia. Piénsalo, Camille.

Ella lo pensaba... o al menos lo intentaba. Pero él no se lo ponía fácil. Estaba muy cerca y la miraba de un modo que la dejaba sin aliento.

Camille quería alejarse de él, pero sabía que, si no aguantaba en ese momento, no podría volver a confiar en sí misma en lo referente a él. Tenía que probarse de una vez por todas que había superado su amor por Zac. Que él no podía hacerle daño otra vez.

Pero en cuanto él le tocó la cara, algo se paralizó dentro de ella. El corazón empezó a latirle con fuerza y se le doblaron las rodillas sólo con mirarlo.

Él le puso el colgante y lo abrochó debajo del pelo. Cuando estuvo en su sitio, apoyado en el hueco de la garganta de ella, lo tocó con la yema de los dedos.

—Tenemos la ocasión de arreglar las cosas.

¿Se refería al mundo... o a ellos dos?

—Hay cosas que no son posibles —susurró ella.

Él levantó la mirada.

—¿Lo crees de verdad?

—Sí —ella cerró los ojos—. Tengo que creerlo. Si no, no podría vivir.

El bajó la cabeza y la besó, y Camille tuvo que hacer un gran esfuerzo para no responder. No se apartó, pero tampoco le devolvió el beso, y cuando él levantó la cabeza, la miró a los ojos.

—Bésame, Camille.

—No puedo. Si te beso…

—¿Qué?

Ella tragó saliva.

—Si te beso, estaré perdida.

—Yo también estoy perdido —dijo él. Y volvió a besarla.

No interrumpió el beso ni para tomarla en brazos y transportarla hasta el dormitorio ni para quitarle la bata. Le quitó el camisón sin dejar de besarla y se quitó el pantalón sin interrumpir el beso. No dejó de besarla… porque Camille no le permitía parar.

Se aferraba a él con desesperación, besándolo de tal modo que Zac sentía desaparecer su fuerza de voluntad. La deseaba. Quería verla ardiente y temblorosa en sus brazos. Quería estar dentro de ella, mirando su cara durante el orgasmo…

Ella tiró de él sobre la cama y sus brazos y piernas se abrazaron sin interrumpir el beso.

Cuando al fin él se apartó, sus ojos se encontraron a la luz de la luna.

—Te deseo —susurró ella.

—Yo también te deseo. Más de lo que nunca sabrás.

Zac se arrodilló al pie de la cama. Camille estaba tumbada de espaldas y lo miraba. Él le acarició el tobillo y fue subiendo por la pierna. Se inclinó a besarle la curva de la rodilla y pasó los labios por la parte interna del muslo hasta que ella empezó a temblar. No podía detenerse. Deslizó las manos en el pelo de él y tiró hacia arriba.

—Eres muy hermosa —susurró él al penetrarla.

Camille cerró los ojos y arqueó las caderas para recibirlo. Sí. Eso era lo que quería. Lo que había echado de menos tanto tiempo. El cuerpo de Zac encima de ella, dentro de ella, haciéndola sentir como si los dos estuvieran destinados a estar juntos.

Empezaron a moverse despacio, pero se besaron de nuevo y sus movimientos se volvieron más frenéticos. Gemidos y susurros suaves se mezclaban en la oscuridad. Zac la abrazaba con fiereza. Sus ojos se encontraron y, durante un momento glorioso, el tiempo se detuvo.

Un rato después, Camille yacía contra el cuerpo de Zac, con la cabeza apoyada en la mano.

—¿Estás dormida? —susurró él.

—No, estoy pensando.

—¿En qué?

Ella suspiró.

—En Adam.

Zac la estrechó contra sí.

—Eso me parecía. Yo también pensaba en él —la tristeza de su voz hizo que los ojos de Camille se llenaran de lágrimas.

Se dio la vuelta y apoyó la cabeza en el pecho de él.

—Desde que ocurrió, mi vida ha sido un infierno, pero yo no querría que desapareciera el dolor si eso implicaba perder también mis recuerdos de él. Siento que tú no tengas esos recuerdos.

Zac carraspeó.

—Yo también lo siento. Siento no haber estado allí para salvarlo.

Camille lo miró.

—Tú no tuviste la culpa. En otro tiempo yo me convencí de que sí, pero ahora sé que era más fácil echarte a ti la culpa que afrontar la mía. Yo estaba allí... y podía haberlo salvado.

Zac le echó el pelo hacia atrás.

—No puedes echarte la culpa.

—Pero si hubiera hecho caso a mi instinto... si le hubiera obligado a marcharnos del parque cuando supe que debíamos irnos... —cerró los ojos—. Me suplicó que nos quedáramos y no tuve corazón para negárselo.

—Porque lo querías. Querías hacerlo feliz.

—Y ahora está muerto.

Zac guardó silencio un momento.

—Tenemos una cuenta pendiente, Camille.

Ella levantó la cabeza.

—¿Von Meter?

—Y Vogel. Pagarán por lo que hicieron. Te lo prometo.

—Tú no puedes acabar con ellos. Son muy poderosos. Te matarán.

—Eso ya lo veremos.

Apretó los labios con crueldad y Camille pudo ver un atisbo del supersoldado que llevaba dentro. El supersoldado que haría lo que fuera con tal de tener éxito en su misión.

Capítulo doce

CUANDO Camille se fue a trabajar a la mañana siguiente, Zac volvió a la mina para comprobar que no hubieran movido las cajas durante la noche. No conocía los planes de los saboteadores, pero la proximidad de Oak Ridge hacía que resultara fácil sospechar que fuera aquél su objetivo. Y si se habían enterado del Proyecto Arco Iris, era concebible que quisieran atacar el laboratorio del doctor Kessler. Y entonces Camille estaría también en peligro.

Zac sabía que haría todo lo que estuviera en su poder para protegerla, ¿pero y si no era suficiente? No había sido capaz de proteger a Adam.

Un nudo de dolor se formó en su corazón, pero no se permitió regodearse en él. Había mucho que hacer, demasiadas cosas en juego, y no podía distraerse ni atormentarse con lo que podía haber ocurrido.

Tampoco se podía permitir pensar en Camille y en cómo sus noches juntos podían afectar a su misión. Seguía teniendo intención de procurar que se apagaran todos los generadores después de la reaparición del

Eldridge porque, dijera lo que dijera Camille, era muy peligroso dejar el túnel abierto. Y eso implicaba que tenía que buscar el modo de acercarse al doctor Kessler. Preferiblemente con la colaboración de Camille, pero si no…

Encontró las cajas tal como estaban antes y registró los túneles cercanos, pero no descubrió nada más sospechoso, por lo que volvió a la casita a iniciar la vigilancia. Desde las ventanas que daban al oeste, observaba la colina con prismáticos con la esperanza de detectar algún movimiento fuera de lo corriente.

Permaneció en las ventanas casi todo el día y, por la tarde, cuando las sombras de la colina se hacían más largas y profundas y la vigilancia se volvía más difícil, salió con intención de subir de nuevo a la mina.

Billy lo esperaba fuera. Se acercó corriendo con su pelota y su guante.

—¡Eh, Zac! ¿Quieres jugar?

—Hoy no puedo. Tengo que hacer unas cosas —Zac se arrodilló en el suelo al ver la decepción del niño—. ¿Qué pasa? ¿Los mellizos no quieren jugar contigo?

—No están en casa. La señora Fowler ha enviado a Donny a la ciudad y Davy ha subido a… —se interrumpió y abrió mucho los ojos con aprensión al darse cuenta de su error.

—¿Adónde ha ido Davy? —preguntó Zac con recelo.

—A ningún sitio —murmuró Billy, apartando la vista.

Zac le puso una mano en el hombro y le obligó a mirarlo.

—Billy, ¿Davy ha subido a la mina?

El niño negó vigorosamente con la cabeza, pero lo traicionaron los ojos. No podía mirar a Zac.

Éste se preguntó cómo era posible que no hubiera visto al chico. Había vigilado el sendero durante todo el día. Y si Davy había subido sin que lo viera, otros podían haber hecho lo mismo.

Apretó el hombro de Billy.

—Escucha, esto es importante. ¿Davy ha subido a la mina?

A Billy empezó a temblarle el labio inferior.

—Dime la verdad, hijo —Zac intentó suavizar su tono—. No quieres que le pase nada a Davy, ¿verdad? ¿Está en la mina?

Billy asintió con aire contrito.

—Se enfadará conmigo por decirlo.

Zac le apretó el hombro.

—Has hecho lo que debías. Esa mina es un lugar peligroso. A tu hermano puede pasarle algo —sobre todo si los saboteadores enemigos lo sorprendían curioseando cerca de las cajas—. Voy a ir en su busca. Quiero que vayas a casa y nos esperes allí. ¿Entendido?

Billy asintió.

—Sí, señor.

—Bien. Ahora márchate —cuanto antes subiera a la mina, antes podría intentar meterle miedo a Davy Clutter.

Tomó una linterna y su pistola y subió por el sendero, atento a cualquier señal de vida. Se detuvo justo en la entrada de la mina y escuchó un momento antes de encender la linterna. Al principio sólo oyó los ruidos de costumbre... el goteo constante del agua, el crujido de la madera vieja. Y después, de lo profundo de la mina le llegó el ruido de algo metálico al chocar con el suelo.

Estaba bastante seguro de saber de dónde procedía el sonido. Siguió los raíles por el interior de la mina y repitió el mismo camino que había hecho esa mañana.

Se acercó con cautela al ensanche. De dentro emanaba luz y oía a alguien moviéndose. Se aplastó contra la pared y se asomó por la esquina esperando ver a Davy; pero la persona que trabajaba frenéticamente en las cajas era una mujer.

Estaba de espaldas, pero Zac creyó reconocer el pelo rubio y la figura esbelta.

Sacó su pistola y entró en la zona.

—Levante las manos y dese la vuelta despacio.

Su voz la sobresaltó de tal modo que dio un salto y soltó la ganzúa, que aterrizó en el suelo con otro golpe metálico.

Betty Wilson se volvió lentamente, con las manos temblorosas levantadas en el aire. Cuando lo vio, su primera reacción fue de alivio.

—¡Zac! ¡Oh, gracias a Dios que eres tú! —entonces vio la pistola y abrió mucho los ojos—. ¿Por qué tienes una pistola?

—¿Qué haces aquí? —replicó él—. ¿Qué sabes de esas cajas? —entró en la estancia de modo que pudiera vigilar la entrada y a Betty.

—Oh, ¿son tuyas? —preguntó ella con aire inocente.

Zac la miró con frialdad.

—Yo creo que tú sabes de quién son. Creo que le ayudaste a meterlas aquí hace tres días.

Los ojos azules de ella se agrandaron aún más.

—No es cierto. Juro que no sabía nada de ellas hasta que él me trajo aquí anoche.

—¿Él?

Ella se ruborizó y apartó la vista.

—Mira, ¿puedo...? —bajó los brazos.

—Deja las manos donde pueda verlas —le advirtió Zac.

Ella cruzó los dedos ante sí.

—No es lo que crees. Lo conocí hace unos días cuando vino a verte al hospital. Hemos salido unas cuantas veces, nada serio. Yo sólo... quería divertirme un poco, y por si no te has dado cuenta, no hay muchos hombres solteros por aquí.

Hizo una pausa y respiró hondo.

—Después de salir unas cuantas veces, me dijo que tenía contactos, que podía conseguirme medias, azúcar y esas cosas. Y que lo único que tenía que hacer era vigilarte, avisarle si decías o hacías algo sospechoso. Al principio me pareció emocionante y peligroso —se humedeció los labios—. Pero yo jamás le habría dicho nada sobre ti, Zac. Nada importante.

A él se le oscureció la mirada. Por supuesto, no la creía en absoluto.

—Aún no me has dicho su nombre.

Ella abrió la boca para contestar, pero un golpe sordo le arrancó un grito. El farol se había caído del clavo y el queroseno explotó en cuanto el cristal tocó el suelo.

Zac corrió a apagar las llamas antes de que llegaran a las cajas. Por el rabillo del ojo vio moverse una sombra en el umbral, pero antes de que pudiera darse la vuelta para defenderse, algo le golpeó la cabeza y cayó hacia delante.

Camille estaba sentada en su mesa y pensaba qué haría Zac en aquel momento. No quería pensar en él, pero no podía evitarlo. No quería pensar lo que podía significar la noche anterior para el futuro, porque en el fondo sabía que no significaba nada. Zac la había dejado en una ocasión y no había motivo para creer que no volvería a hacerlo mientras estuviera bajo el control de Von Meter. ¿Cómo podía arriesgarse a pasar otra vez por eso?

Y sin embargo… ¿cómo podía no hacerlo? ¿Cómo darle la espalda cuando una parte de ella creía todavía que podía salvarlo?

—¿Camille Somersby?

Levantó la vista y vio a un joven al que no conocía. Llevaba un traje oscuro y una placa que lo identificaba como perteneciente a la División de Seguridad e Inteligencia.

—¿Sí?

—¿Puede venir conmigo, por favor?

A Camille se le aceleró el corazón.

—¿Por qué?

—Venga conmigo, por favor.

La joven se levantó de mala gana y lo siguió al pasillo. Él la guió por una serie de pasillos y escaleras hasta que estuvieron tan profundamente dentro del edificio que la joven dudó de que pudiera volver a encontrar la salida.

Al fin el agente se detuvo delante de una puerta, llamó una vez, esperó un momento y le hizo señas de que entrara. Camille esperaba encontrarse una luz brillante en los ojos, una luz tan cegadora que le impediría ver las caras de sus interrogadores. En lugar de eso, el agente saludó con la cabeza a uno de sus colegas y la precedió a través de otra puerta hasta un laboratorio que contenía largas hileras de equipo electrónico con válvulas y artefactos de aspecto complicado.

Su abuelo estaba sentado al final de la estancia, en una mesa baja, con la cabeza inclinada sobre su trabajo. Llevaba una bata blanca y levantó la vista con ansiedad cuando la vio acercarse.

—Le pido disculpas por el subterfugio —despidió al agente con la mano y se puso en pie—. No quería que el agente Talbott se enterara de este encuentro.

—¿Por qué? ¿Qué sucede? —preguntó ella con nerviosismo.

Él se frotó el puente de la nariz como si intentara aliviar la tensión con un masaje.

—Quería hablarle de las cartas que mecanografió ayer.

—¿Qué pasa con ellas? No se lo he dicho a nadie, si eso es lo que le preocupa —le aseguró Camille.

Él negó con la cabeza.

—No pensaba que fuera a hacerlo. No, quería hablarle de… su contenido. ¿Comprendió usted el significado de esas cartas?

Camille vaciló, no muy segura de lo que debía decirle. Lo comprendía todo, pero él no esperaba que fuera así.

—Creo que está intentando conseguir que los miembros de un Comité de Supervisión del Senado paren un experimento relacionado con un buque de guerra.

Él suspiró.

—Por supuesto, fracasaré. Igual que las demás veces que he intentado apelar a sus conciencias —se interrumpió y movió la cabeza con tristeza—. Me temo que es imparable, pero… no es ésa la razón por la que quería verla.

—¿Y cuál es? —preguntó ella, confusa.

—La he traído aquí porque hay muy pocas personas en la reserva en quienes pueda confiar. Usted es una de ellas —levantó una mano antes de que ella pudiera responder—. Sé que debe parecerle extraño, ya que apenas la conozco. Pero sé juzgar a la gente y desde el momento en que la vi supe que podía confiar en usted. No me pida que lo explique. Simplemente supe que era usted la única que podía ayudarme.

—¿A qué?

Él sacó un sobre del bolsillo de su bata y

se lo tendió. Iba dirigido a la señorita Elsa Chambers, en una universidad importante de California.

Ella levantó la vista.

—No comprendo. ¿Qué es esto?

—He pensado mucho en el consejo que me dio de que debería ponerme en contacto con Elsa después de la guerra y he llegado a la conclusión de que tiene razón. Me gustaría mucho avivar nuestra… amistad, pero, por desgracia, puede que eso no sea posible.

—¿Por qué no? —preguntó Camille, asustada. El tono de su abuelo le resultaba preocupante. Tenía el aspecto de un hombre que llevara un peso monumental sobre los hombros.

—El experimento al que me refería en esas cartas tendrá lugar dentro de unos días. Si, como me temo, mis súplicas caen de nuevo en saco roto, sólo me queda hacer una cosa.

Camille sabía que se refería a destruir los generadores.

¿Debía contarle la verdad? ¿Intentar convencerlo de que ese acto final de desafío y desesperación tenía el potencial de cambiar el mundo de un modo que él no podía ni imaginar?

—¿Qué va a hacer? —preguntó.

A él le brillaron los ojos con determinación.

—Si no puedo impedir que tenga lugar el experimento, tendré que formar parte de él.

Camille lo miró de hito en hito.

—¿A qué se refiere?

—Pienso estar a bordo de ese barco para presenciar de primera mano el caos que se produce cuando el hombre decide jugar el papel de Dios.

Camille dio un respingo.

—Pero no puede hacer eso. No puede ir en ese barco.

Su reacción lo sorprendió palpablemente.

—Es algo que tengo que hacer por mi propia conciencia. Pero no sé cuál será el resultado del experimento. No lo sabe nadie. Por eso quiero que se asegure de que Elsa recibe esta carta. Quiero que comprenda por qué dejé las cosas como las dejé...

Camille colocó las manos en la mesa y se inclinó hacia él.

—¿No lo comprendes? Tu presencia en ese barco lo cambiaría todo. Tendría consecuencias que no puedes ni imaginar. El mundo te necesita vivo. Yo te necesito. No permitiré que lo hagas, abuelo. ¿Me entiendes?

Él la miró atónito.

—¿Abuelo?

Zac estaba seguro de que sólo había estado inconsciente unos minutos, pero en ese tiempo lo habían arrastrado por el suelo, colocado los brazos a la espalda y sujetado las manos con esposas a las vigas de madera. Betty estaba detrás de él, atada del mismo modo.

Habían encendido otro farol y Zac miró a su alrededor e intentó ver a su atacante.

—Se ha ido —susurró Betty.

—Tengo el presentimiento de que volverá —murmuró Zac.

Tiró de las vigas con las esposas y les cayó una ducha de tierra y grava. Muy inteligente. Si se esforzaban mucho por liberarse podían hacer que la mina entera se derrumbara sobre ellos.

—¿Estás bien? —preguntó a Betty.

—Sí. No me ha hecho nada. ¿Y tú? Te ha pegado muy fuerte.

—Sólo ha sido un golpe de refilón.

—¿De refilón? —preguntó ella con incredulidad—. Te ha dejado inconsciente. Por un momento he tenido miedo de que…

—Tengo una cabeza dura —Zac miró a su alrededor en busca de algo que pudiera usar como arma o para soltar las esposas. Si conseguía llegar a la ganzúa con el pie…

Entonces apareció una sombra en el umbral. Zac levantó la vista y se le heló la sangre en las venas.

El pelo plateado. Los ojos de colores extraños.

—Vogel —musitó. Recordó lo que había dicho Camille la noche anterior. No fue un accidente. Él le hizo correr a la calle detrás de la pelota.

Lo invadió una furia que no había conocido nunca y supo sin la menor duda que, si hubiera estado libre en ese momento, le habría arrancado el corazón con sus propias manos.

Tiró inútilmente de las esposas, pero sólo consiguió provocar otra avalancha de tierra.

Vogel se echó a reír.

—Estás en una situación comprometida, ¿no crees? Si te esfuerzas demasiado... puedes hundir la mina. Muy ingenioso, aunque sea yo el que lo diga.

—¿Qué haces tú aquí? —gruñó Zac—. ¿Te ha enviado Von Meter?

—Von Meter no manda en mí. Hace mucho tiempo que no.

—¿Y qué haces aquí?

—¿En este momento? Estoy poniendo los toques finales a unos explosivos que he diseñado para mis nuevos amigos —Vogel cruzó la estancia, sacó algo de una de las cajas y lo metió con cuidado en la bolsa de cuero que llevaba consigo. Se enderezó—. Los alemanes tienen una red bastante impresionante en esta zona. Tienen incluso gente detrás de la verja y están impacientes por hacer tratos. Ya he hecho algunos contactos muy útiles, ¿pero por qué no? Yo soy uno de ellos. Mi abuela era una espía alemana, o mejor dicho, lo es. Lleva casi un año trabajando en Oak Ridge, delante de las narices del FBI.

Zac seguía trabajando en las esposas y sentía que Betty hacía lo mismo.

—¿Quién es? —preguntó.

—Una joven inteligente llamada Alice Nichols. No tiene ni idea de quién soy yo, por supuesto, me reservo esa información para el momento idóneo —sonrió a Zac—. Y tú la conoces. Seguramente no te acuerdas, pero te hizo una visita en el hospital. De no ser por la enfermera Betty, seguramente no habrías despertado del coma.

—O sea que sí intentaba asfixiarlo con la almohada —dijo Betty con tono de ultraje—. Lo sabía.

Vogel se echó a reír.

—¿Puedes culparla? Zac ha sido muy molesto. Y también quería acabar contigo —dijo a Betty—. Pero la convencí de que podías sernos útil. Unos halagos, uno regalitos y estabas más que dispuesta a espiar a Zac para mí, ¿verdad? Claro que eso ahora ya ha terminado. Me temo que ya no nos eres de utilidad.

—¿Qué vas a hacer con nosotros? —preguntó Betty, pero el temblor de su voz traslucía su terror.

—Eso depende de Zac.

Éste lo miró.

—¿Qué significa eso?

Vogel se acercó y se arrodilló junto a ellos. Les mostró una llave y la arrojó al suelo, a unos metros de distancia.

—Siempre has sido el niño mimado de Von Meter a pesar de que yo tenía diez veces más talento que tú. Vez tras vez has llevado a cabo misiones que deberían haber sido mías. Pero todo eso está a punto de cambiar. Mira, Zac, nunca has estado a mi altura, ni en el futuro ni aquí en el pasado. Mira con qué facilidad te he atrapado.

—Todavía no ha terminado esto —dijo Zac.

Vogel sonrió.

—Así me gusta —empujó la llave unos metros más lejos—. Veamos lo supersoldado que eres. En otro tiempo dominabas la telequinesia. ¿Qué me dices? ¿Puedes mover la llave?

Zac miró un momento la llave, pensando qué demonios tenía que hacer con ella. Según Camille, una vez había tenido el poder de parar un coche con la mente. Ahora no sabía cómo empezar a mover algo tan pequeño como una llave.

Vogel se echó a reír, como si le leyera el pensamiento.

—Eso me parecía —se incorporó y se acercó a las cajas.

—Dices que Alice Nichols es tu abuela —Zac intentó centrar su atención en la llave—. ¿Y tu abuelo?

—Nunca he sabido quién fue —repuso Vogel—. Alguien a quien usaba mi abuela para conseguir información de los aliados, supongo.

—¿Qué tratos has hecho con los alemanes? —Zac seguía con la vista clavada en la llave. ¿Era su imaginación o se había movido un milímetro? Betty dio un respingo detrás de él y se preguntó si ella también lo habría visto.

—Están dispuestos a pagar millones por descubrir los secretos de detrás de la verja. Pagarán aún más por los secretos del Proyecto Fénix. Y yo sólo tengo que entregarles al doctor Fénix. Preferiblemente vivo, pero si eso no es posible, bastará con sus notas.

Zac sintió un escalofrío. Vogel planeaba secuestrar o asesinar a Nicholas Kessler. Y la persona que se entrometería en su camino sería Camille. Zac sabía que moriría protegiendo a su abuelo, también sabía que él haría todo lo que estuviera en su mano por asegurarse de que eso no ocurriera. No había podido salvar a Adam, pero salvaría a Camille o moriría en el intento.

Vogel cerró la bolsa de cuero y se acercó a la entrada. Se volvió a Zac.

—En unos minutos, cuando esté a salvo al pie de la colina, detonaré explosivos suficientes para sellar la entrada de esta mina y tu destino. Esta vez no saldrás vivo de aquí.

—Si vuelas la mina no podrás volver por el túnel del tiempo. Quedarás atrapado aquí —le dijo Zac.

Vogel se encogió de hombros.

—Los alemanes me tratarán como a un dios cuando les entregue la victoria. Me cubrirán de riquezas y de poder. Creo que, en esas circunstancias, podré adaptarme a la época —hizo un saludo burlón y desapareció en el túnel.

—¿Qué decía? —preguntó Betty nerviosa—. ¿El futuro, el pasado? ¿Qué significa todo eso? ¿Y cómo has hecho que se mueva la llave?

—¿Tú la has visto moverse? —preguntó Zac ansioso.

—Claro que la he visto. ¿Se puede saber cómo…? —se interrumpió porque la llave se movió otro milímetro—. ¿Cómo has hecho eso? —preguntó temerosa—. ¿Quiénes sois vosotros? ¿Qué sois?

Zac intentó no hacerle caso y concentrarse en la llave, pero no sirvió de mucho. Podía mover la llave un poco, pero no lo suficiente.

—¿Cuánto crees que falta para la explosión? —preguntó Betty preocupada.

—No mucho —Zac se concentró en la llave con determinación fiera. Tenía que haber un modo de controlar su energía…

—¿Zac? —susurró una voz desde el túnel principal.

—¿Davy?

El chico miró por encima del hombro y se arrastró por la apertura.

—Creo que se ha ido.

A Zac se le encogió el corazón de miedo al comprender el peligro que corría el chico.

—Davy, tienes que irte de aquí. Ha puesto una bomba.

Pero en lugar de huir, el niño se acercó a recoger la llave. Abrió rápidamente las esposas de Zac y después éste liberó a Betty.

La joven se puso en pie vacilante.

—¿Qué hacemos ahora?

Todo empezó como un murmullo que fue creciendo hasta hacerse ensordecedor. Los suelos y las paredes temblaban, sobre ellos caían tierra y rocas de modo que Zac sólo conseguía ver unos centímetros por delante de él. Le picaban los ojos y la garganta.

Extendió los brazos a ciegas, encontró a Davy y a Betty y tiró de ellos hacia la entrada.

—¡Vamos! ¡Hay que salir de aquí!

—No hay adónde ir —gritó Betty—. Ha volado la entrada. Estamos atrapados aquí.

Davy tiró del brazo de Zac.

—Conozco otra salida.

Se metió en el túnel principal y Zac lo siguió, tirando de Betty. Detrás de ellos, las vigas se partían en dos y el túnel empezaba a hundirse.

Capítulo trece

—¡CONTESTE! ¿Por qué me ha llamado «abuelo»? —preguntó el doctor Kessler.

—Porque yo... —Camille levantó la cabeza al oír una explosión lejana. El equipo de la mesa tembló un momento y el corazón le golpeó con fuerza en el pecho.

—¿Qué ha sido eso?

—Ha sonado muy lejos —declaró su abuelo—. Sea lo que sea, no creo que corramos peligro.

Camille no estaba tan segura. Recordaba bien las cajas amontonadas en la mina y la afirmación de Zac de que podían ser una amenaza para la vida de su abuelo.

Levantó la vista asustada.

—Creo que hay que sacarlo de aquí.

—¿Cómo dice?

—De la reserva. De Oak Ridge. No es seguro que siga aquí.

Él frunció el ceño.

—No me ha contestado. ¿Por qué me ha llamado así? Es evidente que no soy lo bastante mayor para ser su abuelo. ¿Es una especie de clave? ¿Quién es usted? Algo me dice que no es una empleada corriente.

—No, no lo soy —admitió ella—. Me han enviado aquí para protegerlo.

Él enarcó las cejas sorprendido.

—¿Enviado? ¿Quién?

Ella tardó un momento en contestar.

—Usted.

Kessler la miró con incredulidad.

—Eso no tiene ningún sentido. Yo la he hecho llamar, pero no para protegerme. Ya le he dicho que quiero que entregue una carta.

—Y yo le he dicho que no puede estar en ese barco cuando desaparezca. Es muy peligroso.

—Cuando desaparezca —repitió él. Entrecerró los ojos con recelo—. ¿Cómo sabe usted eso? Yo no mencionaba nada de eso en las cartas que le di. ¿Cómo sabe...?

—¿Qué desaparecerá el barco? Porque usted ha hecho desaparecer otros objetos aquí en el laboratorio, ¿verdad? Ha diseñado generadores que crean campos electromagnéticos en torno a los objetos y los vuelven invisibles. Excepto que... no son sólo invisibles. Se transportan a otro tiempo, a otra dimensión... y cuando regresan, han sido alterados. Por eso le preocupa tanto el experimento que tendrá lugar en ese barco. Ya ha visto lo que puede ocurrir.

Su abuelo palideció.

—¿Cómo sabe usted eso? ¿Cómo puede saberlo?

—El experimento tendrá lugar como está planeado —dijo Camille—. Y cuando el barco se vuelva a materializar, hará un agujero en la unidad espacio-tiempo y formará un túnel que unirá esta época, 1943, con el futuro. Y dentro de sesenta años se recreará el experimento usando un submarino. Y se formará otro túnel que unirá el futuro con... ahora. Con 1943.

Él la miraba como si se hubiera vuelto loca. Pero había algo en sus ojos, un brillo de miedo, que le hacía pensar que ya sabía que decía la verdad.

—¿Qué dice? ¿Qué alguien del futuro podrá viajar en el tiempo?

—No sólo en el tiempo. A este tiempo. A 1943.

—Eso no es posible.

—Sí lo es —dijo Camille con suavidad—. Yo soy la prueba.

Él se llevó una mano a la boca y la observó largo rato.

—¿Intenta decirme que es usted del futuro?

—Intento decirle algo más que eso —sonrió—. Intento decirle que soy su nieta. Y he venido aquí a protegerlo.

Él dio un respingo.

—¿Mi nieta? Eso es ridículo. Como ya he dicho antes, es evidente que no soy mucho mayor que usted.

—Pero dentro de sesenta años sí lo será. Es la verdad —dijo ella con suavidad—. Usted dijo que supo que podía confiar en mí desde la primera vez que me vio. ¿No lo entiende? Hay una razón para eso. Tenemos un vínculo. Somos familia. Es usted mi abuelo. O lo será.

Él se pasó una mano por el pelo.

—¿Cómo sé que todo esto no es un engaño elaborado? Una burla enemiga…

—No lo es. Soy tu nieta —Camille tendió una mano para tocar la de él, pero Kessler la apartó rápidamente. Ella respiró hondo—. Bien, veo que esto no va a ser fácil, así que allá va. Después de la guerra, te casarás con Elsa Chambers y tendréis una hija a la que pondrás Elizabeth, como tu madre. Yo soy hija de ella.

Kessler la miraba ahora más admirado que receloso.

—Me recuerdas mucho a Elsa —murmuró.

—Los dos tendréis un matrimonio largo y feliz.

Algo brilló en los ojos de él.

—¿Vive todavía? En el futuro, me refiero.

Camille movió la cabeza con tristeza.

—Murió hace unos años.

—¿Y tu madre? ¿Elizabeth?

—También ha muerto. Por eso no puedes ir en ese barco. Eres lo único que tengo —Camille volvió a extender la mano y esa vez él no se apartó—. Si vas en ese barco, puede que yo no exista. Si tú mueres, yo muero también. Mi madre y mi hijo... no serán ni siquiera recuerdos porque no habrán existido.

Él cerró los ojos.

—¿Qué quieres que haga? —susurró.

—No subas a ese barco. El experimento debe tener lugar como la última vez.

Kessler abrió los ojos.

—Pero todos esos hombres... morirán.

—Y otros más morirán en el futuro. La tecnología que tú has creado destruirá vidas, pero no podemos cambiar eso. No podemos alterar el futuro. No podemos jugar a ser Dios. Eso me lo dijiste tú.

—Un sentimiento muy noble.

Una puerta se cerró detrás de ellos y Camille se volvió. Al ver al hombre que se acercaba despacio, contuvo el aliento.

—¿Cómo ha entrado aquí? —preguntó su abuelo—. ¿Dónde está el agente Wilkins?

—¿El hombre que estaba de guardia en la puerta? Está... incapacitado por el momento.

Camille sintió un escalofrío; lo miró a los ojos y supo dónde lo había visto antes. Tenía delante al asesino de su hijo.

—¡Bastardo! —se lanzó contra él, pero él sacó una pistola y ella supo que no vacilaría en usarla ni por un momento. Se quedó inmóvil, pero la furia inundaba su corazón. Quería matarlo más de lo que había deseado nada en su vida. Pero la venganza tendría que esperar; por el momento debía proteger a su abuelo.

—¿Qué quiere? ¿Qué hace aquí?

—Quiero que el doctor Kessler venga conmigo.

Camille lo miró de hito en hito.

—Por encima de mi cadáver.

Vogel se encogió de hombros.

—Eso puede arreglarse fácilmente. ¿O prefiere que lo mate y me lleve lo que necesito? A mí no me importa, pero pensaba que a usted sí.

—¿Quién es usted? —Kessler dio la vuelta a la mesa y se situó al lado de ella. Le puso una mano protectora en el brazo—. ¿Qué quiere?

—Ya se lo he dicho. Quiero que venga conmigo. Pero antes necesito que reúna todas sus notas y archivos, todo lo que tenga sobre el Proyecto Arco Iris. Luego los dos haremos un largo viaje.

—¿Adónde?

—A Berlín como destino final.

—Jamás se saldrá con la suya —dijo Camille—. No conseguirá salir de este edificio, y mucho menos del país.

—Oh, yo creo que sí —repuso Vogel—. A la mayoría de los guardas les ha distraído la explosión. Los que se entrometan en nuestro camino morirán. Y, por supuesto, está el túnel que su colegas y usted usan para entrar y salir de la ciudad —miró al doctor—. Muy inteligente por su parte.

Camille se puso tensa, pero su abuelo le apretó el brazo como para advertirle que no intentara ninguna tontería.

—En cuestión de minutos habremos cruzado la verja —les dijo Vogel—. Alguien nos espera con un coche para llevarnos a un aeródromo cercano. Desde allí volaremos hasta la costa y nos reuniremos con un submarino alemán en el Atlántico.

Camille se colocó rápidamente delante de su abuelo. Éste intentó empujarla, pero ella se mantuvo firme

—No irá a ninguna parte con usted. Antes tendrá que matarme.

—Eso no será difícil —Vogel la apuntó con la pistola.

—¡Quieto!

Vogel ni siquiera parpadeó al oír abrirse la

puerta. Casi parecía que estuviera esperando la intromisión.

—¡Tire el arma! —gritó el agente especial Talbott. Entró despacio en la estancia, apuntando la espalda de Vogel con su pistola—. Vuélvase despacio —ordenó.

Vogel empezó a girar. Bajó la pistola a un lado, pero no la soltó.

—¡Tírela! ¡Vamos!

Vogel siguió volviéndose.

—¡Tire el arma o disparo! —le advirtió Talbott.

—Usted no va a disparar, agente Talbott.

Talbott apretó el dedo en el gatillo.

—No esté tan seguro.

—Lo estoy. Si fuera a disparar, lo habría hecho ya. Así —la pistola voló de la mano de Talbott en un abrir y cerrar de ojos. Ni siquiera tuvo tiempo de gritar antes de que Vogel levantara su pistola y disparara.

Talbott se tambaleó contra la pared, sujetándose el pecho. Cuando apartó la mano, sus dedos estaban cubiertos de sangre. Miró a Vogel y cayó al suelo como a cámara lenta.

El ruido de un disparo heló la sangre de Zac. ¡Camille!

Había seguido el laberinto de pasillos y escaleras que había memorizado en los planos que le diera Von Meter, pero no estaba seguro de ir en la dirección correcta hasta que oyó el disparo.

Y si él lo había oído, los guardas también. En cuestión de minutos convergerían en el laboratorio de Kessler y a Zac le resultaría muy difícil convencerlos de que estaba de su lado. Sobre todo después de haber aprovechado la distracción de la explosión para colarse detrás de la verja.

Pero si llegaban los guardias, tendría que lidiar con ellos. De momento su preocupación principal era Camille. Y su abuelo.

Bajó una escalera más y vio una puerta abierta al final de un largo pasillo. Dentro se oían voces. Al reconocer la de Camille, suspiró aliviado. Gracias a Dios, seguía con vida. Esa vez no llegaba demasiado tarde. Todavía no.

Se apretó contra la pared y avanzó despacio hacia la puerta.

—Todavía respira —oyó decir a Camille—. Pero morirá si no lo atiende inmediatamente un médico.

—Todos tenemos que morir —repuso Vogel con calma—. Y creo que vamos a empezar por usted.

—¡Vogel!

Al oír la voz de Zac, se volvió con el rostro crispado por la furia. Y luego su expresión se convirtió en sorpresa cuando la pistola voló de su mano.

—Tú y yo solos, Vogel —Zac entró despacio en la estancia. No quería mirar a Camille por miedo a perder su concentración, pero podía verla por el rabillo del ojo. Estaba arrodillada a un lado de Talbott, su abuelo al otro y se turnaban aplicando presión a la herida del moribundo.

Zac observó todo eso en el segundo anterior a que se lanzara sobre Vogel. Sus manos se cerraron en el cuello del otro y ambos cayeron contra una mesa llena de equipo caro.

Fue una pelea fea. Una pelea amarga hasta el final. Camille los observaba con el corazón en la garganta, sabedora de que uno de los dos no saldría vivo de allí.

Al principio, Zac parecía llevar la voz cantante, quizá porque había pillado a Vogel desprevenido. Pero éste se recuperó rápidamente y consiguió apartar las manos de Zac de su cuello. Agarró entonces la garganta de Zac y los dos cayeron sobre otra de las mesas.

Camille vio la pistola de Talbott en el suelo y se lanzó a por ella. Apuntó a Vogel, pero un segundo después, éste había cambiado posiciones con Zac. Era imposible apuntar bien.

La pelea parecía prolongarse mucho sin que ninguno de los dos llevara una ventaja clara. Cayeron al suelo y Vogel agarró un hierro y golpeó a Zac en la sien. Éste subió el brazo para protegerse la cabeza, pero no pudo eludir el golpe. Cayó hacia atrás atontado y, antes de que pudiera recuperarse, Vogel se colocó encima. Se había hecho con un trozo de cristal roto y su intención estaba muy clara. Quería cortarle la garganta a Zac. Echó el cristal hacia atrás y, antes de que tuviera tiempo de bajarlo, Camille disparó.

Por un momento no estaba segura de haberle dado. Disparó de nuevo, pero la bala pareció pasar a través de él.

Y Vogel empezó a desaparecer delante de sus ojos.

—Está muerto.

Camille se volvió y miró a su abuelo, arrodillado todavía al lado de Talbott. Corrió hacia Zac.

Éste se sentó y sacudió la cabeza como si quisiera aclarar la visión.

—¿Qué ha pasado?

—No estoy segura —dijo Camille—. Le he disparado. O por lo menos, eso creo. Y ha desaparecido. Se ha evaporado —de Vogel no quedaba ni una gota de sangre en el suelo.

—¿Pero qué...?

Un respingo en la puerta interrumpió las palabras de Zac. Se volvió con Camille y vieron a Betty Wilson y a Davy en la puerta.

La mirada aterrorizada de la enfermera pasó de Zac a Camille y de nuevo a él.

—¿Quiénes sois vosotros? ¿Cómo habéis... cómo habéis hecho eso?

Davy pareció un momento sin habla, pero luego sus ojos brillaron de entusiasmo.

—Sois de verdad del futuro. Donny no se lo va a creer.

Zac se levantó con un esfuerzo y Camille y él se acercaron al hombre muerto. El doctor Kessler los miró.

—Ha desaparecido en el momento en que el agente Talbott ha dejado de respirar.

Camille se llevó una mano temblorosa a la boca.

—Entonces debía ser...

—El abuelo de Vogel —terminó Zac—. Dijo que su abuela es Alice Nichols. O lo habría sido. Talbott y ella debieron tener una relación durante la guerra, pero ella no se lo dijo a nadie. Talbott seguramente ni siquiera supo que estaba embarazada.

—Y al matar a su abuelo, Vogel ha dejado de existir —Camille agarró a Zac del brazo—. Eso significa...

Él negó con la cabeza.

—No. No sabemos lo que significa. No sabemos cómo ha cambiado el futuro lo que hemos hecho hoy.

—Tiene razón —intervino el doctor Kessler—. El túnel del que me hablaste antes, el que se abrió después del experimento... ahora veo lo peligroso que es. Hay que destruirlo. No podemos correr el riesgo de que vengan más personas como él —señaló el lugar donde había desaparecido Vogel—. Y vosotros dos... tenéis que volver ahora mismo. No podéis seguir aquí. Mirad el daño que habéis causado ya.

Camille lo miró sorprendida.

—Pero te hemos salvado la vida. Por eso vine aquí.

Su abuelo la miró de hito en hito.

—Ya has cumplido tu misión. Es hora de que os vayáis los dos.

—Tiene razón —dijo Zac—. La explosión ha sellado la entrada de la mina, pero Davy conoce otro camino. Si no nos vamos ahora, puede que sea demasiado tarde. Los túneles se están derrumbando. Puede que se hunda toda la mina —miró a Kessler y le explicó rápidamente lo que tenía que hacer a lo generadores a bordo del Eldridge cuando reapareciera el barco.

—Entendido —dijo el científico con impaciencia—. Y ahora largo.

Betty corrió a Zac, le echó los brazos al cuello y lo besó en los labios. Él se apartó confuso.

—¿A qué viene eso?

—Adonde tú vas yo seré una anciana. O estaré muerta. He pensado que ésta era mi última oportunidad.

Camille tomó a Zac del brazo.

—Has acertado.

Betty sonrió con buen humor.

—Oh, casi lo olvido. Encontré esto en la mina. Creo que se te cayó a ti —sacó un medallón de oro del bolsillo y se lo pasó a Zac.

Éste lo miró un momento.

—Me parece que es suyo —dijo al doctor Kessler.

Éste tomó el medallón y lo levantó a la luz.

—Es precioso —dijo—, pero no es mío. No lo había visto nunca.

Camille vio la expresión de Zac y quedó petrificada. Él miraba el medallón y ella supo que el detonador plantado en su subconsciente había sido activado. Levantó la pistola de Talbott en el mismo instante en que él levantaba la suya.

Camille apretó el dedo en el gatillo; el corazón le latía con violencia.

—No puedo dejar que lo hagas —susurró.

Él parecía no oírla. Su mirada seguía clavada en el medallón.

—No lo hagas —le suplicó ella—. Si lo matas, me matas a mí. Desapareceré igual que Vogel. Dejaré de existir. ¿Es eso lo que quieres?

Zac ni siquiera parpadeó. Camille continuó con desesperación:

—¿Y qué hay de Adam? Piénsalo, Zac. Ahora podría estar vivo. Puede que esté en el futuro, esperándonos. Sólo tenemos que ir a buscarlo. Suelta la pistola, Zac. Por favor. Hazlo por Adam.

Zac, sin decir palabra, bajó la pistola al costado y la dejó caer al suelo. Sólo entonces miró a Camille a los ojos. Y lo que ella vio en los suyos le dio ganas de llorar.

El agujero que llevaba al interior de la mina apenas era lo bastante ancho para un adulto. Zac se metió el primero, se dejó caer un par de metros hasta el suelo y levantó los brazos para ayudar a bajar a Camille.

El aire estaba espeso de polvo de los túneles que se habían derrumbado y las paredes y suelos temblaban todavía después de la explosión. Avanzaron por el pasadizo estrecho, pisando escombros y viéndose obligados a parar a veces para despejar el camino antes de continuar.

Cuando se acercaban al túnel del tiempo, a Camille la latía con fuerza el corazón. Tomó la mano de Zac y la apretó.

—¿Crees que es posible…?

—No lo sé. Tengo miedo de pensar… de esperar… —la miró—. Vamos a tomarnos las cosas como vengan.

Ella asintió. Tenía razón. Había que ir paso a paso. Y el primer paso… era volver a casa.

—¿Preparada? —preguntó Zac.

Camille respiró hondo y asintió.

Y entonces oyeron la voz que los llamaba. Camille pensó…

Miró a Zac.

—¿Ése es…?

—Es Davy. Ha debido seguirnos al interior de la mina.

—¡Oh, Dios mío! —Camille miró a su alrededor—. Los túneles se están derrumbando. Quedará atrapado aquí.

Tropezó con algo en el suelo y perdió el equilibrio.

Davy volvió a llamarlos, esa vez con pánico en la voz.

Zac tiro de Camille y la incorporó.

—¡Vete!

—¡No! ¡No me iré sin ti!

—¡Vete a buscar a Adam! —gritó él—. Y sin más, la empujó al túnel del tiempo y el último ruido que oyó Camille fue el rugido de rocas y tierra al caer.

Capítulo catorce

CAMILLE despertó y se encontró con unos rostros desconocidos que la miraban. Intentó sentarse pero unas manos la empujaron con gentileza sobre la almohada.

—Tranquila. Se pondrá bien.

Ella parpadeó confusa.

—¿Dónde estoy?

—En el Hospital Memorial, en Knoxville. Unos turistas la encontraron inconsciente cerca de una mina abandonada en las afueras de Oak Ridge y la trajeron a Urgencias. ¿Recuerda lo que ocurrió?

Camille se llevó una mano a la cabeza. Todo estaba muy confuso. ¿Oak Ridge? ¿Una mina abandonada?

—Llevaba encima unos papeles muy raros —comentó el doctor—. Estaban fechados en 1943 y asumimos que trabajaba usted en un documental que están haciendo cerca de allí. ¿Eso le recuerda algo?

Camille negó con la cabeza.

—¿Y el nombre de Nicholas Kessler? ¿Lo conoce?

Camille dio un respingo. Sus recuerdos

volvían con rapidez. Oak Ridge. La mina. Zac.

Intentó sentarse de nuevo, pero el doctor no se lo permitió.

—Tranquila —le aconsejó—. Es evidente que ha pasado por algo traumático.

—¿Zac? —preguntó ella, nerviosa—. ¿Y Zac? ¿Ha llegado también?

El doctor y la enfermera intercambiaron una mirada.

—Por lo que sabemos, estaba usted sola. El doctor Kessler... dice que es su abuelo.

Camille se dejó caer sobre la almohada.

—¿Dónde está? Tengo que verlo.

—Está en camino desde California. Llegará en unas horas.

—¿Ha dicho...? —Camille tragó saliva—. ¿Ha dicho algo de Adam?

—No. ¿Quién es Adam?

Ella apretó los ojos y una pena profunda invadió su corazón.

Cuando abrió los ojos, él estaba sentado en el borde de la cama. Al principio pensó que era un sueño, pero la imagen parecía tan real como si aquel día en el parque no hubiera existido nunca.

Camille se vio asaltada por los recuerdos... recuerdos del año anterior... recuerdos de

Adam y ella en un partido de béisbol... en un picnic... volviendo a casa de la escuela...

Recuerdos... como si él no se hubiera ido nunca...

Camille extendió la mano para tocarlo.

—¿Adam? —susurró maravillada—. ¿De verdad eres tú?

—¿Y quién te crees que soy? ¿El ratoncito Pérez? —se echó a reír y Camille pensó que nunca había oído nada tan maravilloso.

Se rió también y lo abrazó con tanta fuerza que él tuvo que luchar por soltarse.

—¡Mamá, basta!

Pero ella no podía parar. No podía soltarlo. Lo abrazó con tal fiereza que él terminó por ceder y le devolvió el abrazo. Y para Camille fue la sensación más maravillosa del mundo.

Era como si el día en el parque no hubiera existo nunca, porque no había existido.

—¡Vamos, mamá! Lo has prometido —dijo Adam.

—Lo sé, pero... —Camille miró a su alrededor. El parque todavía la aterrorizaba. Aquel lejano día no era más que un sueño, pero no podía evitar la sensación de terror que sentía cuando iban allí a jugar.

Adam le tomó la mano y se la apretó.

—Mamá, ¿quién es ese hombre de allí? ¿Y

por qué nos mira?

—¿Qué hombre?

Camille levantó la vista y el corazón le latió con fuerza cuando lo vio. La sombra le oscurecía el rostro, pero ella sabía que los observaba.

—¿Zac? —susurró.

Él los observó un rato más y después se volvió y se alejó.

—Entre, señor Riley. El doctor Von Meter lo está esperando.

—¿Sí?

—Sí, por supuesto. ¿Me permite su chaquetón?

—No, creo que me lo dejaré puesto, si no le importa.

Zac pensó que nunca se sabía cuándo habría que salir corriendo. Levantó la vista. Ese día no había nieve en la claraboya. El sol entraba a través del cristal.

La doncella lo llevó por un pasillo largo y sombrío hasta unas puertas de madera tallada que abrió sin llamar.

—Doctor Von Meter. El señor Riley quiere verlo.

El viejo estaba de pie al lado de la ventana y miraba al jardín. No habló hasta que se cerraron las puertas detrás de la doncella.

—Te estaba esperando —dijo entonces, sin volverse.

—¿En serio? —Zac se acercó despacio a él.

El viejo se volvió. Al ver la expresión de Zac, algo parecido al miedo brilló en sus ojos.

—Basta —dijo—. No te acerques más.

Zac siguió andando.

—Tenemos una cuenta pendiente, viejo.

—No sé a qué te refieres.

—Sabe muy bien a lo que me refiero. Si usted o alguien asociado con el Proyecto Fénix vuelve a acercarse a Camille o a mi hijo, lo mataré. ¿Comprende?

Von Meter levantó la barbilla.

—¿Cómo te atreves a hablarme así? Yo te creé. Yo te controlo…

Zac levantó una mano y la cerró en torno a la garganta de Von Meter.

—Tengo noticias para ti, viejo. Tú no eres Dios. Y ya es hora de que dejes de fingir que lo eres.

Esa vez Camille fue la primera en verlo. Estaba de pie en la sombra, observándolos. Salió a la luz, sus miradas se encontraron y ella se quedó inmóvil.

Adam se acercó corriendo y tiró de su brazo.

—¿Quién es ése, mamá? Yo lo he visto antes.

—¿Lo has visto? ¿Dónde?

El niño movió la cabeza confuso.

—No lo sé.

Zac se acercó a ellos y ella susurró su nombre.

—Von Meter está muerto —dijo.

Camille contuvo el aliento.

—¿Tú lo...?

Él negó con la cabeza y miró a Adam.

—Hola.

—Hola.

Zac se arrodilló y miró a su hijo con el corazón en los ojos.

—Te he visto jugar. Lanzas muy bien.

Adam sonrió.

—¿Quieres jugar conmigo?

—Claro. El béisbol es mi deporte favorito. Es decir... —miró a Camille—. Si a tu madre no le importa.

—No me importa —musitó ella.

Se sentó en un banco cercano y, mientras los observaba a través de un velo de lágrimas, el tiempo pareció detenerse. Su mirada se encontró con la de Zac y él sonrió. Oyó reír a su hijo y atrapó aquel momento en su corazón. Después el mundo volvió a girar de nuevo. El tiempo avanzaba una vez más.

Acerca de la autora

Amanda Stevens es autora de éxito de unas treinta novelas románticas de suspense. Finalista del Premio de las Escritoras Románticas de América, ha recibido también varios importantes galardones de la revista *Romantic Times*. Actualmente reside en Texas con su marido y sus hijos.

Going Home

GOING HOME
Nicholasa Mohr

Dial Books for Young Readers

New York

Published by Dial Books for Young Readers
2 Park Avenue
New York, New York 10016

Published simultaneously in Canada by
Fitzhenry & Whiteside Limited, Toronto
Copyright © 1986 by Nicholasa Mohr
All rights reserved
Printed in the U.S.A.
Typography by Jane Byers Bierhorst
First Edition
W
1 2 3 4 5 6 7 8 9 10

Library of Congress Cataloging-in-Publication Data

Mohr, Nicholasa.
Going home
Summary: Feeling like an outsider when she
visits her relatives in Puerto Rico for the first time,
eleven-year-old Felita finds herself having to come to
terms with the heritage she always took for granted.
[1. Puerto Ricans—New York (N.Y.)—Fiction.
2. Puerto Rico—Fiction. 3. Family life—Fiction].
I. Title.
PZ7.M72760Go 1986 [Fic] 85-20621
ISBN 0-8037-0269-8
ISBN 0-8037-0338-4 (lib. bdg.)

To Noelle Maldonado,
a third generation of Felitas
with love

I want to thank the corporation of Yaddo for allowing me the time to work on this book at their colony.

N. M.

Going Home

1

When my parents asked me and my brothers to come into the living room to discuss something important, I tried not to act too nervous. But, you see, ever since morning I had sensed that something strange was going on in my house by the way my parents and granduncle, Tio Jorge, kept acting. They were all whispering to each other and then when me, Johnny, or Tito came near them, they would all shut up real quick, smile, and look the other way. What was happening here anyway? I couldn't think of anything I'd done that was bad. Maybe one of my brothers had gotten into trouble. Most likely it was Tito again. I'll bet he was

skipping school and got caught. Now me and Johnny would have to listen to a whole speech about it. I looked over at Tito to see if he looked guilty, but neither he or Johnny acted like they even suspected what was happening. As I sat on the couch, facing Papi, Mami, and Tio Jorge, my heart was pounding and I just hoped we weren't going to be hearing some awful news.

Papi spoke first. "Kids, we want to tell you all something—something that should make you all feel happy. You know how we've always talked about taking a trip to Puerto Rico? The whole family going there together? Well, now we are going to do it! That's right. This summer we are all gonna spend two weeks in Puerto Rico."

"That's fantastic, Papi!" said Tito. Not only was I relieved, I felt just as happy as Tito.

"When are we going?" asked Johnny.

"Right after school is over, at the beginning of July."

"I'm psyched, man!" Tito jumped up and waved his arms. "Going to P.R., far out!"

"Okay, now wait"—Papi paused—"there's something more. You know how we told you kids that Tio Jorge is retiring and has plans to live permanently in Puerto Rico? Well, the time has come; Tio will be staying in Puerto Rico and he's going to build a house in our village in the countryside. So—"

"That's right!" Tio Jorge interrupted Papi. "A

house big enough for all of you to spend time with me."

"Correct," said Papi, "and since Tio Jorge is staying, we have decided that"—Papi turned toward me —"you, Felita, will stay the whole summer in Puerto Rico and keep Tio Jorge company." When I heard those words, I could hardly believe my own ears!

"Papi, you mean I'm going away for the whole summer? Wow!" I hugged Papi, Mami, and Tio Jorge. "Thank you, everybody!"

"The most important thing," Mami said, "is that you children will finally get to meet all of your family. You have your grandfather, Abuelo Juan; your Aunt Julia and Uncle Tomás; and many cousins that you have never met. God knows"—Mami's eyes filled with tears—"I haven't seen them myself for so many years."

"Come on, Rosa"—Papi put his arm around Mami's shoulders—"this is a time for rejoicing, not for crying."

"Yeah, Mami"—Johnny reached out and squeezed Mami's hand—"we are all real happy. Right?" He looked at me and Tito.

"Sure," I agreed. I had nothing to complain about.

"Well, I'm happy too, except for one thing. How come me and Johnny only get to stay in Puerto Rico for just two weeks, and Felita gets to stay there for the whole summer? I don't think that's fair!"

"Tito, you just heard what your father said about

Tio Jorge retiring," Mami said, "and it was his wish to have Felita with him for the summer."

"Why her instead of me or Johnny? I'll tell you why, it's because she's a girl. Felita's always getting special treatment"—Tito clasped his hands over his chest and blinked, looking upward—"just because she's a girl. Big deal!"

"Cut that out!" Papi looked annoyed. "Felita is a girl, that's right! And you, you're supposed to be un macho, a young man, so stop complaining and whining like you're two years old. You sound like a sissy, you know that? You don't see your brother making any fuss. You should be happy to be going on a vacation at all!"

"Just a minute." Tio Jorge turned to Tito. "I think, and your parents agree, that it's important for Felita to spend some time in Puerto Rico. At her age it's important that she gets to learn some of the Island customs instead of just what you have here in this country and in this city. You're a young man and can take care of yourself with no problems. But with a girl it's different. Besides, you don't have to get upset, because I'm going to build my house and you can come and stay with me later on for as long as you like."

"Oh, sure, thanks a lot!" Tito snapped. "I'll probably be too old to care by then!"

"Basta!" Now Papi was real angry. "You talk to your Tio Jorge with respect, or you might find that

you don't go to Puerto Rico at all. Apologize and do it right now!" Tito sat sulking. I could see he was fuming mad, but at the same time he knew that when Papi gave an order like that, he was no one to fool with.

"I'm sorry," Tito whispered.

"I'm sorry to who?" Papi asked. "And make it loud and clear!"

"I'm sorry, Tio Jorge."

"Okay. Now I don't wanna hear any more complaints coming from your mouth. Understand?" Tito nodded at Papi.

"Come on, everybody, let's stop this fighting." Mami went over to Tito and hugged him. "We are all going to enjoy ourselves so much. We are a very lucky family."

"All right, Mami." Tito smiled. Everybody knew that Tito was her favorite. If it was up to her, Tito could get away with murder and she would say he was doing a good deed.

"Listen, children," Papi said, "you are going to eat the most delicious fruits. Mangos right off the trees —so sweet and juicy. You'll see lots of flowers and green everywhere. And the weather is great. Even in the summer you always have a breeze. And of course it's never cold like here where you freeze in the winter and the humidity makes your bones ache."

They started to talk about all the fun we were gonna have. But I wasn't going to join in. Boy, was

I mad at that Tito! Right away he had to get jealous and start something about my staying in P.R. longer than him. He was always doing that. When I looked over at him, Tito gave me a dirty look. I could see he was still angry at me. Well, I wasn't gonna hang around and look at big mouth anymore. Besides, I'd already heard about how great things are in Puerto Rico. Sometimes that was all the grown-ups ever talked about. I had better things to do, like telling my friends the good news.

The first thing I did was head for the phone and call my best friend, Gigi, but there was no answer. Maybe my second best friend, Consuela, would be hanging out. Anyway, I wanted to check out my block so I could share the good news with somebody. I asked Mami if I could go out to play.

"It's cold out, Felita. What kind of games are you going to play? And besides, there's probably nobody outside now."

"Come on, Mami, you know we can play tag, hide-and-go-seek, lots of games. Or I can just hang out and talk to my friends." She always gives me a hard time about going out alone just to hang out. "Mami, please, I'd like to tell my friends about our trip. Look, if there's nobody outside, I'll come back up. I promise. Please say yes!"

"All right, but you are not to leave this block. Understand? Play on our street. No rough tomboy games. You don't hang out with boys playing boy

games." Mami checked her wristwatch. "It's now two thirty. You can stay out until four, then you have to be up before it gets dark and in time for Sunday dinner. Remember, four and no later."

Actually I was relieved that Mami had given me permission to go out at all. She can be real strict sometimes and just gives me a flat no, which means I'm stuck indoors for the whole day.

There are times when I'd really like to talk to Mami and tell her how I feel, but I know she wouldn't understand my side of things. I've never been able to confide in my mother, not the way I used to with Abuelita, my grandmother. We used to talk about anything and everything. I could tell her about all the deepest secrets in my heart. Abuelita would always listen and help me solve my problems. I still missed her very much, even though it would be two years since she had died. Two years! Sometimes it felt like I'd been with her just yesterday, but at other times it seemed like she had been dead for a long time.

I put on my warm jacket, hat, and gloves so that I wouldn't freeze when I went outdoors. My street was pretty empty. Except for a passerby now and then, no one was about. Thick dark clouds covered the sky, making everything look gray and gloomy. It wasn't very windy, but it felt cold and humid. I sat down on my stoop and exhaled, watching my hot breath turn into white puffs of smoke as it hit the

cold air, and I thought about Puerto Rico. All that bright sunshine every day. I shivered, feeling the cold of the stone steps going right through me, and I wondered what it must be like to live in a place where it didn't ever snow and the leaves never left the trees. I stood up, leaning against the railing, and checked my street, hoping to see somebody I could talk to about my trip.

"Hello, Felita." I turned and saw old Mrs. Sanchez coming out of our building. "It looks like snow." She smiled. "I'm off to the drugstore, the big one on the boulevard that's open on Sundays. I've got to get a prescription for Mr. Sanchez. His asthma is acting up again. You must be cold out here. I'll bet you're waiting for your friends to play with."

"Yes," I answered.

"Well, you children have a good time. Bye."

"Bye," I said, wishing someone I could talk to would hurry up and come by. And then I saw Consuela and her little sister, Joanie, coming up the block. I waved at them, calling them over. "Have I got great news to tell you!"

"What's up?" asked Joanie. She has to be the nosiest little girl in the whole world. I was really speaking to Consuela, her older sister. One of these days I hoped Consuela wouldn't have to mind Joanie so we could have our conversations in private.

"Remember I told you my Tio Jorge was gonna retire and live in Puerto Rico? And that we all might

get to go too? Well, it's true! But wait, here's the best part. Johnny and Tito are coming back with my parents after two weeks there, but I'll be spending the whole summer in P.R. I'm going to live with my tio in his village."

"Wow," Consuela said. I could see Consuela and Joanie were impressed. That made me very happy.

"When are you going?" asked Joanie.

"Oh, not till the end of school. Around the beginning of July."

"Man, that's a long long way off," Joanie said, sounding disappointed. "I thought you was going right away."

"Don't be so stupid." That Joanie could get on your nerves. "I have to wait until school finishes." I turned to Consuela, ignoring Joanie. "I wanted to let my good friends know."

"Does Gigi know yet?" asked Consuela.

"I tried to telephone her, but no one was home. I'll try again later. If she's not in, I'll tell her tomorrow in person."

"Hey, Felita!" I turned and saw the twins, Dan and Duane Gonzalez. They are in my same grade in school. They look so much alike that the only way you can tell them apart is that Duane has darker skin than Dan. I waved for them to come over, and told them about my trip.

"Boy, are you lucky, girl," said Dan. "I'd sure like to go."

"Me too," Duane said. "Our parents are always talking about Puerto Rico. We got a mess of relatives down there, according to them. But neither me or Dan have ever been there."

"I was born there, you know," Consuela said proudly, "but I came here when I was real little."

"Do you remember anything from there?" asked Dan.

"No, I was just a baby when we moved here. I don't remember nothing. But I heard a lot of stories about life there."

We were all having a real good time talking about P.R., when all of a sudden I see my brother Tito coming out of our building. Without even a greeting to anybody, he blurts out, "Get upstairs, Felita. Mami wants you now!"

"How come now? She said I could stay out till four and I know it can't be four o'clock yet."

"It's three thirty, but so what?" he said. "Mami sent me to get a few things for her at the bodega and she told me to tell you to get home. Right now."

"I bet she did not," I responded. "I bet she only told you to remind me to get upstairs on time."

"Listen." Tito stood very close to me. "You better do like I say. Soon it'll be time to eat. Put on some speed, girl. You know I'm supposed to look after you, so that makes me in charge. Now get your butt upstairs!" Butt? I couldn't believe it! Who did that Tito think he was anyway?

"I will not!" I stared right back at him. "I got till four and I'll go up then. You get Mami to tell me to go up, dumbo!"

Tito put his face real close to mine, then he clenched his fists and began to shout at me, "You want me to make you?" He had a way of sticking his chin way out and looking real mean and ugly. I knew that he might just take a swipe at me so he could look tough in front of everybody. Tito was so gross! I shook my head, looking real disgusted at him, and decided I better leave before things got nasty.

"I gotta go up anyway," I told everyone. "But not because dumbo here says so. It's almost time to eat, and I gotta do a few personal things." I walked away real slow, trying not to act like I was following Tito's orders. But I was really so embarrassed. Lately he's been doing too much of that. He's only thirteen . . . two measly years older than me. Yet he's always bossing me every chance he gets. I was really beginning to hate him.

When I got upstairs, I went straight to Mami and asked her if she had really sent Tito to get me. Right away she goes into one of her speeches defending Tito and making everything my fault.

"Mira, Felita, you are no longer a baby, you are a young lady who is not supposed to be out playing like a tomboy. There are all kinds of títeres out there in the street—no-good hoodlums that can harm you. Your brothers are looking out for your own protec-

tion. They have to be responsible and check on you when you are out of the house."

"But you said I could stay out till four. So who's Tito to tell me to come up at three thirty? What makes him so—"

"Stop it, Felita! Your brothers are older and they are boys. Honestly, I don't understand you kids here today. I mean, back home in Puerto Rico boys respect girls, and girls know their place. What would people say if I let you run loose like one of those girls no one respects, eh? You know that you are allowed to play with girls, or in a mixed group of boys and girls. And consider yourself very, very lucky that I let you go out by yourself at all!"

I wanted to ask her what that had to do with Tito coming and bossing me around in front of my friends. But I knew that all Mami would do was repeat this same speech, always finding new ways of saying the some old things, and it was always for "my own good." But she couldn't convince me that having two bullies for brothers was going to make it any safer or better for me.

Actually ever since my eleventh birthday last November, things had been getting worse between us. That's when Mami told me that I would soon be getting my period and I would become a woman. Actually I already knew all about it. Mrs. Rose in Hygiene had explained to the whole class about the menstrual cycle. It was a good thing too, because

what Mami had told me would have made me think that if a boy ever touched me in my private parts, I could get pregnant. She had sat me down, saying I had to hear about the facts of life so I could protect myself. She told me I must be very careful, and had to guard myself from then on. I could not act like before, and grab my brothers and jump all over them, or sit on everybody's lap like I was still a little girl. That all had to stop. That's why my brothers would have to watch out for me and make sure I was safe.

From that time on Mami started keeping strict tabs on me. I couldn't play outdoors as much as I used to, and she also wanted to know where I was practically every single minute. If I wasn't where I was supposed to be all the time, it became my fault. It seemed like everything I did was wrong and that I was always to blame. Now sometimes even when I play in a mixed group of boys and girls, I feel I'm doing something bad. What was the use? When it came to my feelings and my personal thoughts, Mami was definitely no person to talk to.

Without another word I walked away and went to my own room. It's so small you can hardly turn around in it. But one nice thing is that out of my window I can see part of the park and a nice chunk of sky. It was beginning to snow. The flakes were very tiny and wet, and they melted as soon as they touched the ground. I stood close to the window, leaning as far to the left as possible so I could see past

the park entrance over to the playground and the baseball field where some of us kids play when there are no other games going on. It was empty and deserted now. I looked down at the street, three stories below. There was hardly anybody out except for some people who hurried along, trying to avoid the cold. I thought about telling Papi what Tito had just done to me, bossing me around in front of my friends. Maybe after dinner I'd talk to him. Even though most of the time my father isn't much more help than Mami, at least he hears me out.

"Felita, Felita! It's dinnertime." I heard Mami calling me and went out into the kitchen. Johnny, Tito, and Tio Jorge were already seated, but not Papi.

"Where's Papi?" I asked.

"He's working today at the plant," said Mami. "They asked him to fill in on the evening shift for somebody who couldn't make it today."

"I hate it when he works so much overtime and can't be with us," I said.

"None of us like it either, Felita, but we can use the extra money now that we're going to Puerto Rico. We're all going to have to save and understand that this vacation is going to be a big expense for the family." Mami finished serving the food and sat down.

"Ma," Tito said, "can I take my food into the living room? There's a sports special on that I really have to see."

"Tito, you know your father doesn't like that. He wants us all to eat together at the dinner table."

"Yeah, but he ain't here now. So please can I watch T.V.?"

"Tito, I don't like it myself. I prefer that you eat with us."

"Oh, man." Tito pushed his plate away. "I'm not hungry. Can I be excused? I'd rather go to my room."

"Tito, no te pongas tonto. Stop being silly and eat your food."

"Mami, come on. What's the difference if I'm here? This is a very important program. They got my favorite teams playing. Look, I promise that I'll wash my plate so clean that when you pick it up, you'll say, 'Oh, my! Look, I can see my own beautiful reflection'—just like on the T.V. commercials. I swear!" Mami began to laugh. "Please, Ma," Tito persisted. "Pretty please."

"All right." Mami gave in. "Go on. But don't be making a habit of it. You know Sunday dinner is for all of us to eat together." Tito jumped up, kissed Mami, then grabbed his plate and rushed out.

"He always gets his way. Why do you let him do what he wants?" I was really angry. "If I ask for something, you never—"

"Don't start." Mami cut me off. "Just eat your food."

"If Papi were here, Tito wouldn't get away with eating and watching T.V. I'll bet that Papi would—"

"Basta! Enough!" Mami looked annoyed. "Do me a favor, Felita, change the subject. Not another word about it. Do you hear?" I looked at my oldest brother, who shrugged and smiled sympathetically. Even though Johnny can be a pest at times . . . I still like him. He's not mean to me like Tito. In fact since he's sixteen and bigger than Tito, he comes to my defense when he sees Tito bullying me. But that Tito is sneaky and he usually waits till there's no one around to pick on me.

Everyone at the table was eating in silence. Finally Mami spoke to Johnny. "How's the science report coming along?"

"All right. I have to do more work at the library, reading and researching, but I'll get it in on time." Johnny is a very good student, which makes my parents very happy. Tito, on the other hand, is a very poor student, which worries my parents all the time.

"Tio Jorge, have some more chicken," Mami was saying. "There's plenty left."

"No, thank you, Rosa." Tio isn't much for talking. He's very shy. Papi said Tio Jorge has always been that way. Sometimes I wonder if he even hears what goes on. Tio Jorge's theory is that he doesn't believe in hablando de tonterias—talking about nonsense— which to him means talking about anything except his nature collection. He's real proud of that collection. It took him years to assemble, probably all his

life. He has tons of pictures, cards, slides, and books all about trees, flowers, birds, and butterflies. Sometimes I think that that's all he ever cares about.

Papi says that ever since Abuelita died, Tio has become even more shy. Like he's always in his own private little world. Abuelita was Tio's older sister and he lived with her for all of his life, until she passed away, of course. Then he moved in with us. At the beginning he used to complain about a lot of things to Mami and talk about how Abuelita used to do his white shirts herself instead of sending them out to a laundry. Or how Abuelita used real cream instead of milk when she cooked the hot cereals.

Mami used to get so upset until Papi told her that Tio was just old and set in his ways and she should ignore him and go about her business as usual. In time Tio stopped complaining.

No one at the dinner table was in a talkative mood. Mami kept trying to start a conversation, but all she got from us was a no or a yes. I finished eating and asked to be excused.

"Do you want more dessert, Felita? There's more bread pudding left. I know how much you like it." Now she was being nice to me, but if I complained to her about Tito, she'd come right to his defense.

"No," I answered.

"Are you sure?" Mami reached out to refill my plate.

"May I please be excused?" I stood up.

"Felita, if there is something the matter, tell me what it is."

"Nothing is the matter. I just want to leave and go to my room!"

Mami looked at me and shook her head. "Go on, then."

I took my dishes to the sink and left. Weekdays I'm the one who helps Mami with the dishes. Saturday and Sunday, Johnny and Tito take turns helping her. I was glad today was Sunday because it meant I didn't have to stay and be forced to talk to her.

Back in my room I thought of Papi and wished he didn't have to work so much overtime. It's always better when he's at home. Somehow with him here the family feels more complete. Plus then Tito can't get away with as much. But lately I was getting pretty fed up with Papi too. Like just last week when I complained to him about my brothers, he began to sound just like Mami. He told me I would soon be a señorita, and said that Johnny and Tito want to make sure that no boys will take advantage of me.

When I told Papi that nobody I knew of was taking advantage of me except for my brothers themselves, and especially Tito, it didn't seem to change his mind one bit. "Girls do not have the same freedom as boys," Papi said. "That's the law of nature."

"What law of nature is that?" I protested. "I'm every bit as good as them, even better. And I can

take care of myself. I don't need them for nothing!"

At this Papi got real angry and cut short the conversation. "Basta! I don't want to hear that kind of talk. It's a fact that you cannot take care of yourself, even if you think you can. Understand? Now, that's all there is to it."

I had felt so angry and humiliated that when Papi reached out to make up, I had stepped away from him and left the room. Remembering all of this, I realized I just had to learn to handle things by myself.

My one and only ally, when he came out of his own world, was Tio Jorge. Last Thursday, for example, when I was watching T.V., Tito walked into the living room and switched the channel without even saying one word. When I tried to turn the dial back to my program, Tito started a fight. Right away he shoved me, but I shoved him right back. Luckily Tio was there and came to my rescue. "Get out!" he told Tito. "I don't want you in this room. Don't you dare touch your sister."

Tito had looked mean, like he was going to give Tio Jorge a hard time, but he thought better of it. He knew that if he misbehaved with Tio Jorge he'd have to account to Papi. I was real pleased when he shut his mouth and left the room. But usually that's not what happens. Usually Tito gets his way.

I looked over at my clock radio, a present my parents had given me last Christmas. It was already six o'clock. I was feeling bored, and even though I

had decided to wait till tomorrow to tell Gigi about my trip, I was really tempted to telephone her right away. But then I heard a knock on my door. "Come in," I said.

The door opened slightly. "It's me, Tio. May I come in?"

"Sure." I was surprised. Tio Jorge hardly ever came into my room. He shut the door and sat next to me.

"Felita, are you happy to be going to Puerto Rico?"

"Oh, yes, very happy, Tio."

"Good. I'm glad because I want to be able to teach you about nature. I can't teach you about those things here. You will learn about all kinds of trees, flowers, and birds. You'll also see life in a different way in our village."

I knew Tio had come in to cheer me up. But he seemed sad, even unhappy. "Tio, aren't you happy to be going?"

"Sí, of course I am happy." He smiled. "I'm going home, Felita, that's where I want to be—home in the countryside where I belong, in my village of Barrio Antulio, where I will be close to nature. That's where I was born and grew up, where I'll spend the rest of my days, meet my maker. I'm not at home here in this country, and I never was. Now, Abuelita, your grandmother, that one liked it here. She enjoyed the city. That's how come we stayed as long as we did.

Now I'm going back. . . ." But he still sounded sad to me.

"Well, Tio, I can't wait to go and I'm real happy that I can stay with you for the whole summer." I put my arms around him and gave him a hug.

"Good." He got up slowly and left.

I looked out the window and saw that the snow was coming down heavily. Sometimes the flakes fell in bunches, separating in midair like white powder. The lampposts, stoops, cars, and sidewalks, just about everything, were covered with snow. Long dark silver shadows stretched out over the whiteness. Usually I prayed for a storm so that school would be shut down and we could all play outdoors—have snowball fights, build tunnels, and just hang out, not having to worry about classes or taking tests. But this evening I wanted the snow to stop so that tomorrow I could tell all my friends about my trip to Puerto Rico.

The next day I met Consuela and Joanie down near the corner of the large intersection. As usual we all walked to school together. It was routine that we met every morning, because too many tough kids can pick on you if you walk by yourself. There was safety in numbers. I was so happy to see my wish had come true: the sun was shining and melting the snow away. Some kids were busy hollering, sliding, and jumping all over the place, trying to have snowball fights. But the snow was so powdery that most of the balls fell apart even before they got thrown.

This morning I had gotten permission to go over

to Gigi's house after school. Gigi's mother is the most easygoing mother I know. I am welcome to visit them anytime, just as long as I get Mami's okay. Gigi's mother even takes me shopping with them and buys me treats and lunch. I call her by her first name and so does Gigi. Before I used to call her Mrs. Mercado, but last year she insisted I call her Doris. When I had told Mami that, she said she thought it was disrespectful, and that Mrs. Mercado must think she was Gigi's sister instead of her mother. But I don't care how Mami feels. I love being with Doris and Gigi because I can be myself. I can say whatever pops into my head and not have to worry about getting an argument back.

When we got to class, I sat next to Gigi and whispered the good news about my trip. Then I added, "Can I come over to your house after school? I got permission."

"Great." She nodded.

I could hardly keep my mind on my schoolwork, and when lunchtime came around, I was practically jumping out of my skin. We have our tight little group in school. There is Gigi, Consuela, Elba Thomas, Lydia Cortez, and Vivian Montañez. Today we all sat together like always. I waited for just the right moment, after everyone was settled and munching away.

"Guess what, everybody? I'm going to Puerto Rico for the whole summer!" I announced.

"Wow!" said Elba.

"Really? That's great!" Vivian said. Right away everybody became interested.

"When are you going exactly?" asked Lydia.

"Not until school is over. We're all leaving early in July. My parents and brothers are only staying two weeks, but I'm going to—"

"Oh, man, look! There he is. There's Vinny!" Vivian interrupted me, and everyone turned away to look at Vinny Davila as he walked by and waved at us.

"He's so cute," Vivian went on. "I just love his eyes." She kept on waving at him longer than anybody else with a smile stuck on her face and her teeth hanging out. I tried to get back their attention so I could talk about my trip, but now there was no way they would listen. Everyone was more interested in Vinny, the new boy from Colombia, South America. He had registered at our school only at the beginning of last month. His real name was Vicente Davila, but he had asked everyone to call him Vinny, which he pronounced "Veenie." Naturally we all knew he meant Vinny, but that Joey Ramos and his dumb gang of friends took advantage of him and made fun of him. They imitated his accent and called him "Beenie." That really made me mad.

Vinny's English was so bad that they put him back. That's why even though he's a year older than our group, he's in our grade. I heard he's the oldest of five kids. He lives right on my block so I usually

see him walking to and from school, but so far I've never seen him hanging out. He has jet black hair and fair skin with freckles. All the girls think he's real cute. And even though I never said it, I gotta admit he's a very handsome boy. But I'm glad he's not in my class. You see, I really can't stand it when all my girlfriends act so silly over boys.

Like right now, for instance, here I am trying to say something important about my trip, and they all don't even care.

"Like I was saying," I went on. "My brothers are leaving early, which makes me happy. My Tio Jorge says we'll be going for hikes and to the beach and—"

"Oh, look, here he comes again. Look!" Vivian cut me off a second time and began to giggle. "He's coming our way. Oh, I can't stand it!" She kept right on grinning at him.

"I think you're the one he's looking at, Vivian," said Elba.

"I sure hope so." Vivian sighed. "Like who cares if his English stinks. I could teach him how to talk better real quick." All the girls began to laugh and were now grinning at Vinny like fools. All except Gigi. She just looked at me and rolled back her eyes. By now I was pretty furious. It was like what I had to say was not the least bit important because Vinny came around. All right, I thought, just wait until they all have something important they want me to hear. I'll show them.

"I guess you all are not interested in my trip or care about what I was saying." I looked directly at Vivian.

"Felita, you ain't even going until the summer," she said, "and we all got plenty of time to hear about your trip."

I was so annoyed at her. "Hey, I'm not twisting any arms, so you all don't have to listen. I only figured as my very best friends you'd like to hear about my good news. That's all!"

"We are interested, Felita," said Elba, "go on and tell us." I remained silent until they all had to ask me again.

"We're all ears," said Lydia.

"All right, then." I was too happy thinking about my trip to stay angry. But there wasn't much time left before lunch was over and we had to get back to class.

After school Gigi and I went over to her house. Last year her parents had bought a big apartment in a development that was a twenty-minute walk from school. It was drizzling out and the leftover snow was turning into rivers of brown mush and disappearing into the drain holes and sewers. The dampness and cold made us shiver. Gigi and I linked our arms and huddled together to keep warm. We walked so fast that we were practically running.

"Imagine, living in a place where it never gets cold," I said.

"I can't imagine," Gigi said. "Not on a day like today."

When we got to Gi's house, Doris gave us hot chocolate and cookies. The three of us sat in the kitchen, where it was warm and cozy.

"Bueno," Doris said, "what a lucky girl you are to be going on such a long vacation to Puerto Rico."

"I know." I sure was feeling pleased. "I already heard so many stories about P.R., ever since I was little. My abuelita told me that everything is so beautiful—the flowers, mountains . . ."

"It's beautiful all right, but it's also changed a lot since your grandmother's time," said Doris. "I know because when I went there for a visit eight years ago, I found things were a whole lot different than when I was young."

"Oh, but you see, my Tio Jorge says that we'll be living in his village and that not much has changed there."

"What's the difference? I know you'll have a great time anyway, Felita."

"I wish I could go with Felita," said Gigi.

"Someday we're all going, but we just bought this apartment and you know your father and I can't afford any trips now. But we will have a family reunion in Puerto Rico one day, and you'll meet all your relatives there, Gigi. I promise."

"Great, Doris." Gigi kissed her mother. "When is Daddy coming home?"

"Thursday of next week. He wrote that he's bringing us something special." Gigi's father is a merchant seaman who is away for many weeks at a time. But when he comes home from a trip, it's so much fun, almost like having a celebration. He brings all kinds of pretty things for their home and gifts for Gigi and Doris. Sometimes he gives me something too. Last time I got a bottle of toilet water that smelled like roses.

After we finished eating, Gigi and I went to her room. She has such a big room. It's at least three times the size of my cubbyhole. They even have two bathrooms in their apartment. Would I love to have two bathrooms in my house! Everybody is always fighting to get to the toilet first, or waiting to get in. I can never sit down in peace without somebody banging on the door. In her room Gigi has her own portable color T.V., and last month her father got her a new cassette player.

"You are so lucky, Gigi. I wish I had some of the things you have. Especially my own T.V. Do you know what a pain it is to watch programs everybody else likes except you? When my brothers take over with their sports programs, it's like nothing else matters."

"But it must be so nice to have two older brothers. It gets lonely being an only child, you know. Nobody to talk to or play with."

"Are you kidding? Who talks to my brothers? Or plays with them? All they do is boss me around and tell me what to do. Mostly we fight." I looked around her room. "I wish I was an only child so I could have all these great things for my very own private use."

"I don't know, but sometimes I would trade in all of this for a brother or sister. When I was little, I always used to ask my parents for a baby sister or brother. First they used to tell me that in the future God would bring me one, but as I got older and kept on asking, they finally told me the truth. There was not gonna be any more kids in this family, they told me. Like I was it. They said that this way they could afford to give me the best of everything, and that they just couldn't afford no more kids."

"That sounds like a good idea to me. I could do without Tito, even Johnny sometimes, and in that order."

"Well"—Gigi shook her head—"I still wish I had a sister."

"But you and I are sisters. Don't you remember the pact we made in first grade? We agreed then that we would always be sisters, and so we are."

"True." Gigi looked real sad. "I'm gonna miss you so much, Felita. I wish I could go with you." Now we both became quiet and sad, thinking about being separated.

"Wait a minute. I'm only going for the summer

and I'm not even leaving till July, and it's only March. So why are we feeling so sad?"

"Right!" Gigi laughed, and we hugged.

Gigi walked me part of the way home. I had to get back before five. It still got dark out early and Mami always worried and became nervous if I wasn't home on time. But I also don't like walking home by myself, especially when it's dark out. Sometimes a smelly bum all dirty and drunk comes over to ask for money or some tough kids try to start an argument.

Gigi and I said good-bye by the large boulevard, and I rushed across the street, putting on some speed.

"Felita! Mira, Felita, espera . . . espera un momento!" I heard my name and someone calling out to me in Spanish to wait up. Turning around, I saw Vinny Davila. He was waving as he hurried over. "Hello, are you going home?" he asked me in Spanish. I nodded. "Can I walk along with you, please?"

"Sure." I shrugged. I wasn't expecting to see Vinny. It felt strange walking with Vinny because I hardly knew him or had ever really had a conversation with him. The rain had stopped and the sharp wind sent a chill right through my coat. Neither of us said anything. I kept waiting for him to say something, but he just walked silently alongside me. Finally I decided to break the ice by speaking first, in Spanish. "How do you like it in this country so far?"

"I like it." He smiled. "I'm learning and seeing new things every day." We continued to speak in Spanish.

"That's very good. Do you like school here?"

"Yes, except for my English, which is pretty lousy. I wanna work on it so that I can speak it fluently just like all the other kids."

"It must be hard to come here from another country and have to learn to speak a different language right away. You know, my grandmother lived here for something like forty years and she never learned to speak English fluently."

"Well, I sure hope I do better than your grandmother!" We both burst out laughing. "How does she manage to get along without speaking English?"

"Oh, she passed away. She's been dead for two years. She was very intelligent and could solve people's problems. My grandmother was the most wonderful person I ever met. We spoke in Spanish all the time, just like you and me are doing right now. Abuelita used to even read to me in Spanish."

"You speak Spanish very well, Felita."

"Not as well as I used to. I know I make mistakes, but I like speaking it."

"You are Puerto Rican, right?"

"Right, born here. My parents are from the Island. I guess you can tell from my accent in Spanish." My accent in Spanish was different from his. Vinny spoke

slowly and pronounced his words carefully, while us Puerto Ricans speak much faster.

"I noticed that most of the kids in school are Puerto Rican too, yet many don't speak Spanish as well as you do. Did you ever live in Puerto Rico, Felita?"

"No, I've never been there. But it's funny that you asked me that because guess what? I'm going to be spending the whole summer there. It will be my first visit. I can't wait!"

"That's wonderful! I wish I could speak English the way you speak Spanish, Felita. You know I really want to learn. And, frankly, that's why I came looking for you, to see if you could help me out. Can you help me, Felita? To speak English I mean?"

"What?" I couldn't believe he was asking me to help him.

"Look," he went on, "I'll be honest with you. I've been watching you and I see the way you work. You are a good student. You're always in the library, studying. And the way you draw is terrific. Those pictures that you have on display are great. See, I've been trying to talk to somebody, like one of the other students, but I just didn't know who to ask. Then I noticed you and watched you and thought, all right, she's the one! Felita is really smart and speaks Spanish, so I can talk to her."

Vinny stopped and looked at me with a hurt expression. "Some of the other students make fun of

me and call me names. I want to speak correctly. I don't want to stay speaking English the way I do now. Will you help me, Felita?"

"Me—but how?" I couldn't imagine what I could do to help.

"Teach me to speak English just like you and the other kids do."

"You know, Vinny, they got extra classes in school where foreign people learn English. I know because some of my parents' friends from Puerto Rico went there. Let me ask for you. Maybe they might even give you special instructions because you are a kid. Tomorrow I'll ask Mr. Richards—"

"No"—he cut me off—"I'm not interested in learning any more grammar or English out of books. I can do that myself. What I need is to talk like any other kid. Not out of books, but just regular conversation. Will you help me, please?"

"I still don't know what I can do." I was getting pretty confused.

"It's very simple. We can meet after school, not each day, but perhaps two times a week. We can just talk about anything. This way I can begin to sound like everybody else."

"I really don't know about that." Vinny stopped and stood before me, his pale green eyes staring sadly at me.

"Please. Look, Felita, you say that you are going to Puerto Rico this summer. And that your Spanish

isn't all that good, right? Well, what if I help you out with Spanish? Wouldn't you like to speak it better and learn to read and write it? In this way we can help each other out."

I thought about his offer and felt a rush of excitement going right through me. Imagine, out of all the kids in our school, it was going to be me teaching English to Vinny Davila, who all my girlfriends like and act silly around and drool over. The more I thought about it, the more it seemed almost too good to be true. And then I remembered my parents, especially Mami. How could I ever convince her I should have lessons with a boy? And worse yet, a stranger she'd never even met!

"Don't you think it's a good idea, Felita?"

"Sure I do. In fact I miss not being able to speak to my grandmother in Spanish, and I am going to Puerto Rico, so I would like to speak it as good as possible."

"So, do we have a deal?" I didn't know how to answer Vinny. I mean tackling Mami was a heavy order, and yet I didn't want to say no to this opportunity of having lessons with Vinny Davila.

"Let me talk to my mother and see what I can do." I could hardly believe what I'd just heard myself say.

"Wonderful! Thank you so much!" Vinny got so excited he spun around and clapped a few times.

"Hey, wait a minute, Vinny. I'm telling you right

now I can't make any promises. I still have to figure out a few things and get permission."

"All right, but you will let me know soon?"

"I'll let you know when I know what's happening. We can talk in school in a free period or you can come to the library when I'm there, okay?"

"That's really great. Thank you so much." He paused and glanced at me, looking a little embarrassed. "There's just one more thing. I don't want the other kids in school to know about our lessons—at least not in the beginning. I'd like to wait until I'm speaking better in English. Can we keep this to ourselves?"

"Sure," I said. This was even better than I thought. The fact that Vinny Davila and me shared a secret made me feel special.

"I have to run or I'll be late." I turned and ran up the steps. "See you!" I called out to him in English.

"See you!" I heard his voice echoing me in English.

Boy, what just happened, anyway? Here I had just agreed to have lessons with Vinny Davila. I couldn't believe it and inside my stomach it felt like butterflies were doing flip-flops. I couldn't get over the fact that he needed my help. At home I looked at myself in the mirror. I know he thinks I'm smart, but maybe he thinks I'm pretty too. I wished my eyes were bigger like Vivian's and that my nose was nice and straight like Consuela's instead of looking like a button on my face. Oh, well, I was glad Vinny liked my drawings. I had done two big drawings to celebrate Lincoln's and Washington's birthdays. I had copied the scenes from a magazine,

but naturally I had added my own special touches so that they wouldn't be plain old copies. When I thought of the girls at school, especially Vivian, I got a case of the giggles. Wait till she hears that Vinny Davila, who she moans and groans over, has asked me to help him! Too much!

The more I thought about this whole business, the more anxious I got wondering how to work it out with Mami. I had to think very carefully now and plan things so that they would turn out just right. I had one lucky break—Papi was home. With him here I could at least argue my case. Getting my parents to listen without my brothers hearing us was next to impossible. In our small apartment there was always somebody in the living room or kitchen and everyone could hear what you said. I decided to bring it out in the open, and the best time would be tonight when everybody would be in a good mood because Papi was home.

At supper Mami and Papi were talking about the trip. I listened, waiting for the right moment.

"I already wrote to my sister Julia," Mami said, "and to my father. God, to think we have three children growing up without knowing their own family. Julia's boys are almost Tito and Johnny's ages, and my brother Tomás's boy and girl are a little younger than Felita. Imagine how happy my father is going to be. He keeps on saying in his letters that all he wants before he dies is to see his grandchildren."

"Rosa, that man is as healthy as an ox," said Papi. "Not many men outlive two wives and then get married for a third time at age seventy. He'll live a long time yet."

"I know. My father is something else all right! But it's going to be so good for all of us. This family reunion has been long overdue."

"I can't wait to meet my cousins," I said, thinking it was a good time to start, "but I wonder if they know how to speak English?"

"Felita"—Mami looked surprised—"you know that in Puerto Rico people speak Spanish. That's the language there."

"Well, Felita has a point," said Papi, "because they teach English in school. And anyway, what with all the traveling back and forth from the Island to here, I'm sure by now most people know some English."

"I sure hope so." I sighed.

"Felita, but you understand Spanish," said Tio Jorge, "and you also speak it pretty good. All them years talking to your grandmother must have taught you something."

"Yeah, but Abuelita's been dead for two years and I don't hardly speak it anymore."

"Your brothers are in the same situation, and they don't look worried to me. Do you, boys?" Papi looked at Johnny and Tito.

"I haven't even thought about it, Papi," said

Johnny. "Besides, I understand almost everything, and I'm taking it in school. Remember?"

"I'm doing real good in Spanish. It's one of my best subjects," Tito said. "I'll make myself understood in P.R. No sweat."

"Felita, are you really worried?" Tio asked. I nodded. "Well, then we can speak in Spanish from now on. That should help you."

It's now or never, I thought. Go for it! "Something even better came up." Everybody stopped eating and looked at me. "You see, there's this new kid in our school. He just registered last month. He comes from Colombia in South America, you know." I told them about Vinny and his problem with learning English and how the kids make fun of him. "He got this idea that I could help him with his English and in exchange he could help me with my Spanish. Sort of a trade-off, you know." I paused and waited, but no one said anything. "I really think it's a great idea, especially since I'm going to Puerto Rico and it will help me when I have to talk Spanish there." My mother was speechless, then she looked at my father, who smiled and shrugged.

"Is that the boy that lives right here on our block?" Johnny asked me.

"Yeah, that's him. His name is Vinny Davila. He lives down the block, near the other corner from us, but across the street."

"Do you know him?" Papi asked Johnny.

"I've just seen him around, that's all. But he seems like a good kid. He always says hello when he sees me."

"I seen him too," said Tito. "You remember, Ma. We both seen the whole family. That time when we came from shopping last week, and you said they seem like nice people?"

"Oh, that's right." My mother nodded. "I remember now. But why can't this boy get extra help in English from the schools where there are teachers trained for that? Why do you have to give him lessons, Felita? Since when have you become an English teacher!"

"Because, Mami, he wants to learn conversation—how to talk regular English like the rest of us kids. He doesn't want an English teacher. That's the whole point! Teachers ain't going to be able to teach him like another kid can. Right, Johnny?"

"Maybe so." Johnny looked like he almost agreed.

"Well, I think Felita is right. There are certain things you ain't gonna get in school." When I heard Tito say this, I was almost shocked out of my chair. My jaw just about dropped to the floor. Man, I don't remember the last time Tito had been on my side for anything!

"Sure you would say that"—Papi shook his head —"our number-one student here! Since when, Tito, are you an expert on school?"

"Aw, man, Papi," Tito spoke up, "come on, admit she's got a point. The kid wants to be accepted, to be like one of us. That's all. All the other kids will keep right on teasing him until he learns our ways. That's just the way it is, and he ain't gonna learn regular expressions and how to fit in with other kids from a teacher."

"Papi, Tito is right," I said. "And it wouldn't be no trouble, honest. We could meet like twice a week after school and spend an hour or so working on conversations. Me teaching him English and him teaching me Spanish."

"But why can't he learn from another boy?" I knew Mami would ask something like that. "There are plenty of boys in that school, chica. Why you?"

"Mami, first of all most of the boys make mean fun of him, real nasty fun, and second he asked me because I do speak Spanish. This way we can communicate. Plus here's the best part. He can really help me with my Spanish, which is pretty rusty by now. He even said he'll teach me to read and write in Spanish. It would really help me when I get to P.R. Remember, I'm going to have to be there for the whole summer with people who probably don't speak English." I waited and no one said anything. I stared at Papi, silently pleading my case.

"It can't do no harm, Rosa," said Papi.

"Where are these lessons going to take place, then, young lady?" asked Mami.

"We can meet here if you like, or in his house. Anywhere you say, Mami."

"I don't know, let me think about it." I knew I couldn't let her think about it even for one second. She had to agree before we all left the table.

"Aw, come on, Mami, it'll all be for a good cause. He can learn English and I can learn Spanish." I turned to my father. "Please, Papi! Come on, what's wrong with such a great idea?" Papi smiled, and I knew right then I had to get his okay.

"Look," I said, "we can try it and if you see anything wrong, anything at all, or if you don't like Vinny, we'll stop. Honest, I swear. What's bad about that?"

"It's okay with me if it's all right with your mother."

I turned toward my mother. "Mami? Say it's okay. Please, please!"

"Bueno . . . okay." My mother heaved a big sigh. "But we just try it, that's all, and then see how it goes. There is nothing definite, you understand?"

"Terrific. Thanks, Mami! Vinny will really be happy."

"And if you want to practice Spanish with me, you just let me know," said Tio Jorge.

"Thank you, I will, Tio."

"We'll look out for her, Mami," said Johnny. That really annoyed me. Nobody had asked for his two cents. But I thought I'd better leave things alone,

since everything was going good. Tito, to my surprise, said nothing. I looked up at him, and when our eyes met, I silently thanked him.

Mami decided that Vinny and I would meet after school at four o'clock on Mondays and Thursdays and work for an hour. The lessons would be at my house. After a few weeks, if everything worked out okay between Vinny and me, we could talk about alternating one week at my house and one week at his house. But for now lessons were to be right in our living room, where Mami could watch us.

It was Thursday of the first week and we were up to our second lesson. As I was waiting for Vinny, I overheard Mami talking to Tio Jorge. "That boy has wonderful manners, Tio Jorge, and it's a pleasure talking with him. There is something about the way children are brought up in a Latino culture that is missing here. They are taught to respect their elders. Imagine, Vinny is only twelve and already he's un hombrecito. I wish our Tito acted as well. That's why I'm glad we are all going to Puerto Rico and that Felita will be staying the whole summer. Maybe my kids will learn and see things the way we used to."

"He's a good boy, Rosa," Tio Jorge agreed. "I'm going to invite him to look at my nature collection." When I heard that, I knew Tio Jorge liked Vinny, because he doesn't offer to show his collection to just anybody.

I had to admit that I was really beginning to like Vinny. And I mean a lot; like maybe more than friends. But I didn't want to become all gushy and dopey like the way my girlfriends acted with him at school. And besides, I didn't even know if he liked me—in that way, I mean. The whole idea made me so nervous that I decided I wasn't gonna think about it too much. I'd just concentrate real hard on our lessons and see what happened.

When Vinny came, he brought me two books in Spanish—a second grade reader and a book of children's stories with colorful pictures. I found that I could read and understand most of the children's stories, but with the reader there were a lot of words and phrases I didn't quite get. This weekend my brother Johnny was taking me to a bookstore where we could buy a Spanish/English dictionary. Tio Jorge had given me the money for it. He figured I should be well prepared in Spanish when I got to Puerto Rico.

When Vinny lived in Colombia, he had seen the Star Wars movies and really loved them. After I told him I had all the paperbacks—*Star Wars*, *The Empire Strikes Back*, and *Return of the Jedi*—he got real excited and asked if we could work with these books. I had dug them out and now I gave them to him. But he just nodded and looked upset.

"Hey, what's up? I thought you wanted these

books," I said. Most of the time we still spoke in Spanish.

"I do, it's not that. In fact they're really great. It's something else." He sounded real serious.

"What else?"

"Felita, you gotta help me with a word that's not in the English dictionary."

"Sure. What is it?"

"It's called 'bimbo.' "

"Where did you hear that?" I started laughing, but he got so upset that I stopped.

"Joey Ramos and some of the other boys stopped me and told me I was going to have a new nickname. From now on, they said, they were calling me 'Bimbo Vinny.' They said it means being smart. But I figured they were lying and it probably means something else, something bad. Am I right?"

"You're right, Vinny, it doesn't mean smart. It means just the opposite—stupid or dummy."

"You see? I was right! I knew it just by the expressions on their faces and the way they were all laughing."

"What did you do?"

"Don't worry, I stood up to them and spoke to them in English. I said, 'No way! You don't call me this. Please to call me by my name. Vinny, understand? That is my only name, Vinny!' "

"You told them that? You said 'no way'?"

"Was that good, what I told them, Felita?"

"You did great! Vinny, you're learning fast. It just proves how smart you are and what a bunch of 'bimbos' they all are."

"Don't worry, Felita. When I get real good at speaking English, I'll tell them a lot more. Listen, I'm real happy to be taking these lessons with you."

After our lesson Mami walked in, acting real friendly, and asked us to come into the kitchen. She had set out two tall glasses of milk and two plates of her homemade bread pudding.

"You two have been working hard. I thought that before Vinny goes home he'd like a little bit of bread pudding. It's Puerto Rican style. I make it with brown sugar. I hope you like it, Vinny."

Mami makes the best bread pudding in the world. This was a treat all right. Usually we only got to eat it on Sundays. She asked him all about school and our lessons.

"Mrs. Maldonado, Felita is a fine teacher, and I am very grateful that you allow her to help me," he said.

"Well, you two just keep up the good work," she said. Now I knew she really liked him. When I walked Vinny to the door and we said good-bye, we exchanged glances, knowing we were both relieved that Mami approved of our lessons.

Our lessons were going so good that Vinny asked that during his part of the lesson we only speak in English. Even though he still had a Spanish accent,

he hardly made any bad mistakes. But still he asked me so many questions about English that he practically made me dizzy. For example, he wanted to know the meaning of "far out," and no matter how hard I tried to explain it, he couldn't seem to get it.

"It means something good, yes, Felita? Like you win a race in the fastest time. Right?"

"Not exactly, Vinny. It just has to be something unexpected. Like, imagine if you got a new pair of real racing skates that the other kids have never even seen except on T.V. in the roller derby. My brother Tito got himself a pair and when he skates, doing all kinds of great tricks that you never see other kids do, people say, 'Far out!' Now do you understand?"

"Ah ha! Yes, Felita. Listen, for example, when I am learning and talking English so good, soon the kids in school will be telling me, 'Vinny, far out!' Is correct?"

"You got it!" I held out my hand palm up and Vinny slapped it.

"All right!" he shouted. This was something he saw the other boys do and now we practiced it all the time.

My Spanish was coming along pretty good except that Vinny's Colombian accent confused me when I was pronouncing words in Spanish. When I told him that, Vinny just laughed and began speaking Spanish more like me.

"I'm telling you, Felita, not only am I going to talk

in English like you, but when I speak Spanish, I'm going to sound exactly like a Puerto Rican!"

Vinny was real pleased with my progress. He said that now I was speaking and understanding a lot better. When I got to Puerto Rico, he was sure I would have no problems with Spanish. I wished I could be as sure. Before I started taking lessons with Vinny, I never even thought about speaking Spanish all that good. I felt the same way as my brothers, like I'd get by. But now I was beginning to worry a little. After all, I was gonna be there the whole summer; I wasn't leaving after two weeks, like them.

I had kept my promise and didn't tell any of the kids at school about our lessons, except for Gigi. I had to tell her, since we always told each other everything. But I still hadn't told her how I really felt about Vinny. Somehow I couldn't talk about these feelings . . . not even to Gigi. I mean, what if Vinny didn't like me in the same way? I'd really look stupid.

So far me and Vinny had made believe that we really didn't know each other very well when we were in school. And even though I enjoyed this special secret between the two of us, I was getting real anxious to tell my friends about it. Finally, after over a month of lessons, Vinny's English was so much better that we both agreed next week I could tell everyone about our private lessons.

4

"I don't believe you, Felita," Vivian was saying. "I'll bet you are making the whole thing up!"

"No, she's not either!" Gigi backed me up. "It's all true. Vinny and Felita have been having lessons now for over a whole month. Right?" Gi looked at me.

"Right, but you all don't have to believe me, because when Vinny gets here, I can prove it's all true. He's having lunch with us today. I asked him to come over and eat with us."

"Wow. Far out!" said Elba. "But how come you never said anything before to us?"

"Because we wanted to wait and see if the lessons worked out good. They have and so now you all know."

"How's he doing with his English?" asked Lydia.

"He's speaking much better now, but you can see for yourselves." I waved to Vinny, who was heading toward us with his lunch tray. It was great to see the expressions on everybody's faces. For once Vivian's mouth opened real wide and not a word came out.

"Here, Vinny." Gigi, who was sitting right across the way from me, slid over so that Vinny could sit down.

"Hi, how is everybody?" Vinny made sure he greeted everyone. One thing I was finding out about Vinny Davila, he sure was polite. "Did you get your mother's permission to meet at my house?" he asked me.

"Yes, she said that next week we can meet at your house and see how that works out."

"Great!" Vinny grinned, looking real pleased. "Felita has told you all how she's been helping me to speak in English, yes?"

"Oh, yeah," said Consuela, "and I think that's terrific. You sound real better already."

"You sure do," Elba added. "In fact you are sounding more like one of us."

"Thank you. I feel is an improvement too. That's because Felita is such a good teacher."

"I'll bet she is"—Vivian leaned over toward Vinny

—"but I'm sure you're very good at giving lessons too." She put a stupid smirk on her face when she spoke to me. "How's your Spanish, Felita? Improving too, I'll bet."

"Yes, it is," I said wondering what she was up to.

"Excellent." I saw Vivian wink at Lydia and Elba. "You know I never would have guessed that you two were so close." I could feel myself blushing. What was she trying to say, anyway?

Vivian smiled sweetly at Vinny and then stood up. "Well, I gotta go. I have to check up on something in the library. You coming, Lydia?" Lydia stood and followed Vivian. When they were only a short distance away, Vivian turned around and said loudly, "Good luck with your lessons, Felita and Vinny. I sure hope you both learn a whole lot of good things together!"

That Vivian always has to have the last word! I could feel myself burning up with embarrassment. But when I looked up at Vinny, he was eating calmly. I just hoped he didn't get what I thought she was trying to say.

Later that night as I lay in bed, trying to study the grammar in my Spanish reader, all I could think of was Vinny. When Vivian had made her nasty remarks that afternoon, I was embarrassed because I liked Vinny so much. Lately even my trip to Puerto Rico had seemed less important than being with him. In fact I could hardly wait for Mondays and Thurs-

days so we could have our lessons and be together. I was getting to like him as much as I liked Gigi, only it was different. When I am with Gigi, I feel secure and happy because I know I can share all my secrets with her, and she will always understand. With Vinny, I get this feeling of excitement like I wanna put my arms around him and give him a big hug. Just looking at the way he laughs or puts his head over to one side makes me feel great. We don't even have to talk! Sometimes just being in the same room with him makes me feel delirious with joy! But I'm also worried. What if he doesn't feel the same way?

How I wished my grandmother was alive so I could talk to her. I just couldn't help wondering why my getting older had to make things so complicated. When I was little, life was a lot simpler. But now my brothers were in charge of me. Mami watched me like I was the gold in Fort Knox and someone was gonna steal me! Plus I knew now that I wanted Vinny to be my boyfriend. Was this wrong?

Mami would never understand. But my abuelita would have, and she would have told me what to do. She would help me and together we could figure all this out. Why, oh, why did she have to die? Why couldn't it have been Tio Jorge instead of her? Right after I thought this, I felt guilty and I spoke out loud. "Forgive me, Abuelita, I really didn't mean it. I know how much you love Tio and I love him too, honest. It's only that right now I'm so confused and I miss

you something fierce." Tears came to my eyes because really I didn't want Tio to die. I know how
much he loves all of us. All I wanted was for Abuelita
to come back to me.

The only person I could talk to was Gigi. So I
decided to feel her out, introduce the subject and see
what she thought. Maybe she could tell me if what I
felt was right, if I had a chance with Vinny or was
way off base. No matter what, I knew I could trust
her.

That next Saturday when Gigi and me sat in her
room, listening to her cassette player, I brought up
the subject of Vinny, trying to sound real casual.

"Gi, do you think Vinny likes Vivian?"

"What? Are you crazy? He doesn't even look her
way."

"Oh, I thought maybe you had observed something about him that I didn't."

"What I observed about Vinny Davila ain't got
nothing to do with Vivian."

"You mean he might like someone else?" I asked.

"He sure does."

I turned my eyes away from Gigi. "Who do you
think she is?"

"Come on, Felita"—Gigi caught my eye and smiled
—"don't be telling me you don't know."

"I don't!" I kept on pretending I didn't know what
she meant.

"You know he likes you. Admit it, Felita. And you

like him too." That's all I wanted to hear. I couldn't keep a straight face anymore.

"Oh, Gigi, you're right. I'm really crazy about him. I just hope he likes me the same way."

"I think you will be Vinny's girl. And it's gonna happen soon."

"Wow. I hope so. If he asks me to be his girl, he's getting a loud YES!" We hugged. I could tell Gigi was real happy for me. "There's only one big problem if that happens, though, and that's Mami. If she knew how I felt about Vinny, she'd kill me and stop the lessons for sure."

"So just make sure she doesn't find out. Act real cool, and don't say a word to her."

"I guess so. You know what really burns me up? My brothers can get away with murder and nobody says anything to them. For instance, Tito can come in the house and say that some girl has fine legs, or is really built, and my parents just laugh. Like it's all so funny, right? Me, I wouldn't dare say a word about Vinny. They say I'm wrong to feel I should be treated like my brothers. Gi, do you think I'm wrong to feel like that?"

"No, you're absolutely right, Felita. You should be equal to your brothers. You're even smarter than them. They can't draw like you, right? Why should boys get more privileges than girls just because they are boys? Doris told me that if I had a brother, we'd be treated the same."

"You're so lucky, Gigi. I wish Mami could be like Doris. It's not that I don't love Mami, because I know she does care for me, but I never can talk to her. She doesn't believe I have problems. I mean it! She thinks I have this perfect life."

"I know I'm lucky because Doris doesn't treat me like most P.R. mothers treat their daughters. She's more modern."

"Even a lot of black girls have it easier too. Look at Elba Thomas. She can go out after school, and lately everybody knows she and Eddie Lopez are seeing each other. It's not some big deep secret. I think the Anglo girls got it the best. Remember when I was friendly with Lynne Coleby last year? Her parents are from here, but her grandparents are from some-place in Europe. Anyway, she can go out anytime, anytime at all, just so long as she tells her mother where she is. When I was hanging out with her, Mami didn't like it. Whenever Lynne came over to visit, Mami would start.

" 'Why doesn't she telephone first to find out if you are free to play outside?'—or—'Don't her par-ents care how long she stays visiting you?'—and—'I don't believe in them customs, I'm sorry.'

"Mami got on my case so bad, I had to stop seeing her. Mami only likes me to hang out with girls who are kept real strict. She loves me to be with Consuela. Although she does like you a lot, but that's because we've been tight for so many years."

"Don't worry, Felita. When you grow up, you can go to art college and do what you want. Your parents won't be able to tell you what to do and your brothers won't boss you. Besides, soon you're going to P.R. to spend the whole summer with your Tio Jorge. No parents or brothers, right?"

"All right!" I felt much better already.

"When are you going over to Vinny's house?" asked Gigi.

"Monday. I hope you're right about what you said." I was feeling so excited at the idea of being Vinny's girl that I could hardly sit still.

"Don't worry, Felita, I'm right. You'll see."

The following Monday I was getting ready to go over to Vinny's house when Mami spoke to me. "Felita, Johnny will be taking you over to Vinny's house."

"What?" I was furious. "Why, Mami? I don't need no baby-sitter. Vinny only lives down the block, like two minutes away!"

"Because you are too young to go alone to a stranger's house and—"

"Stranger?" I interrupted her. "What do you mean? Vinny's been coming here now for over a month! And we see each other every day in school."

"Just you listen to me, chica." When Mami folds her hands and stands in a certain way with her back arched, I just know she means serious business. "It is not proper for a girl soon to become a woman to

be going to a boy's house unescorted. The Davila family are from another country and a Latino culture so they will see this as wrong. Do you understand me?"

"Vinny comes here without an escort."

"That's right! He's un hombrecito, a young man. You are a young woman. No one will talk about him, but everyone will talk about you." I looked at my mother and wanted to say who cares? But I knew better. If I got her too angry, she might stop the lessons.

"Will Johnny have to take me there again on Thursday?"

"Yes."

"And the next time?"

"Sí señorita, very definitely."

"For God's sake, Mami. This is so embarrassing! Just how long does Johnny have to keep taking me there?"

"For as long as you keep going and I say so." I was so annoyed at Mami that I slammed down my books and sank into the armchair. "There is, of course, another solution." Mami paused. "You don't go at all."

"Thanks a lot!" I snapped.

"Don't you get sarcastic with me. Just consider yourself lucky that I'm even letting you go there." I just nodded. Like what choice did I have?

As we went over to Vinny's building, Johnny

rushed along so fast I could barely keep up with him.

"Hey, man, slow down! Where's the fire?"

"Look, Felita, I don't like doing this any more than you do. Taking you over to some people's house I don't even know is not my idea of a great afternoon."

"So why don't you say no for once to Mami, and do us both a favor?"

"Sure, right away. You know I can't."

"You can't or you won't?"

"I can't and you know it too. Now get off my back!" I sulked, practically running to keep up with him. But I had to admit that Johnny was right. If he said no to Mami, she'd tell my father. Then Johnny might be grounded for days or punished in some other way.

"You don't have to stick around during the lesson . . . I hope, do you?" I asked nervously.

"No, thank God. But I gotta come back later on and pick you up."

"Hey, look, I'm sorry, Johnny." I really did feel sorry for him. He was nice to me most of the time and very rarely raised his voice. "Truce?" I smiled up at him.

"Sure," he said, putting his arm around my shoulder. "I know it's not your fault either." I felt better knowing we weren't still angry at each other.

After climbing four long flights, we finally caught our breath in front of a door with the nameplate

Davila. Vinny welcomed us with a big smile. Speaking in Spanish, he introduced us to his mother and a bunch of little kids who were laughing and running around in the narrow foyer. "And this is Maritza, my sister, my brothers Julio and David, and the terror of our house, baby Iris." They all had the same coloring and freckles as Vinny.

"Hello, everybody!" baby Iris said in English, surprising everyone. She was real cute and only around three years old.

"Iris is a big showoff." Mrs. Davila laughed and led us into the living room. Their apartment was smaller than ours. There were different flower patterns everywhere: on the linoleum, on the curtains, even on the upholstery. The walls were filled with framed colorful embroideries and small rugs. Next to a large color T.V. there was a tiny altar set up with plastic flowers, religious pictures, and a lighted red candle.

Mrs. Davila handed my brother a big plastic bowl and spoke to him in Spanish. "This is for your mother. It's a dessert we call arequipe. It's the most famous dessert in my country. Tell her it's a milk and sugar pudding."

After Johnny left, Vinny and I followed Mrs. Davila into the kitchen. "I've cleared a place on the table here where you two can work. Have a good and productive lesson."

There were two little yellow-and-brown songbirds

in a bright green cage. "Oh, how sweet," I said. "My grandmother used to have a parakeet. His name was Pepito. After she died, he only lived for a short time. I think what happened was that Pepito missed her. Actually, this whole apartment reminds me of my abuelita's house."

"My parents like to have things around that remind them of home, like all those rugs and embroideries."

"Why did your family come here, Vinny?"

"Well . . ." I could see that Vinny looked uncomfortable and I wished I hadn't asked him that question.

"Look, I'm sorry. You don't have to answer me."

"That's all right, Felita. It's just that back home even though there are a lot of good things, it's also hard to live. Like to find work is hard. My father says back home there are too many people and not enough jobs. Most of my friends there never finish school. They have to quit and go to work. My parents wanted something better for us."

"I'm sorry, Vinny."

"It's all right, Felita. Sometimes I do think about home and I miss a lot of things there—the great weather, my friends, all my relatives. Felita, for you, it's different, you were born here. But for me, it's not the same."

"I think I know what you mean because my grandmother missed her home too, even though she lived

here for many, many years. She used to talk to me about Puerto Rico all the time."

We worked on my Spanish for most of the lesson. But what made me feel really good was that even though Vinny hadn't said anything about being his girl yet, I knew we were becoming better friends. I figured sooner or later he would ask me. I only hoped it would be sooner.

Things started to look even better the following week when Vinny began to wait for me after school. We walked home with Consuela and Joanie. It was nice and warm out these days, and it stayed light longer. Yes, spring was definitely here.

Ever since Vinny and I started having lessons, my brothers seemed to be less on my back. Johnny was never a real bad problem, but Tito really surprised me. Although he wasn't my bosom pal, he had stopped being so nasty and hardly ever teased me. In fact he was actually nice. Like earlier this afternoon when I came home from school, Vinny and me were downstairs, standing by the stoop, and Tito came along. Usually he'd say something mean and send me upstairs, but this time he stopped, said hello, and even asked Vinny how things were going. I couldn't believe my eyes or my ears as I listened.

"How are you doing, man? How's the lessons going? You learning some English?"

"Yes, thank you, Tito. I think I'm doing good.

Felita is the teacher and she says I'm passing my grade."

"Excellent! Vinny, why don't you come on down to the playground sometimes, like after school or on the weekend, and play some ball? There's a bunch of guys there about your age. I'll introduce you around."

"That's great! Thank you a lot, Tito."

"No sweat. See you guys."

And then he left without saying another word. Now I was waiting for Tito to get home so I could thank him. I heard him come in and waited a few minutes, then I went over to his room and knocked on the door.

"Come in."

"Hi, Tito. Where's Johnny?"

"I don't know, still out, I guess. What's up?"

"Well, I just wanted to thank you for being so nice to Vinny."

"Oh, sure," said Tito. "Well, he's a nice kid and I figured he's shy on account of his problems with English, so I'd show him around. No sweat."

"Vinny was real pleased. He's so nice, Tito."

"You like him, don't you?" Tito smiled.

"Of course I like him"—I was trying not to blush —"he's my friend."

"Hey, Felita, it's okay if you two like each other." I looked at Tito, surprised that he knew how I felt. "I know you like him, Felita."

"You do?" I sat down on his bunk bed.

"Sure."

"Are you going to tell Mami?"

"Why should I tell Mami?"

"Because she's always sending you out to check up on me or to watch over me. You know what I'm saying, Tito."

"Look, Felita, what you do is your business as far as I'm concerned. In fact, if you wanna know the truth, it is a pain in my butt to have to be in charge of you. And always to be listening to Mami and Papi telling me how good you are, what a great student you are, and how special you are because you happen to be a girl. Making me out like some stupid slob that can't do nothing right. And you wanna know something else? Until you started seeing Vinny and I saw that you liked him and was trying to keep it from Mami, I thought you could never do anything except what our parents wanted you to do. Like little Miss Perfect, you know? Now I admire you for doing what you want, whether Mami likes it or not. I mean, as long as you don't do nothing bad, what's the difference?"

I was really surprised at what Tito was saying. I mean he's usually so smug and sure of himself. "I didn't know you felt like that. I don't think you're stupid. You're so great at skating and sports, and you always make such great jokes and make every-

body laugh. And anyway, I sure ain't perfect. I always thought you just didn't like me."

"I like you, Felita. It's just that it pisses me off sometimes when you get all kinds of privileges, like your own room, and now going to P.R. for the whole summer. Johnny and me don't get none of that. And sometimes I have to come home early in the middle of a game just to be looking out for you."

"Oh, yeah? Well, at least you get to go out anytime you want, Tito. Nobody keeps tabs on you. I can't go nowhere or see anybody unless Mami lets me. Sometimes I feel like I'm in jail. It's really a drag, you know? That's what being a girl means in this house. You wanna trade places? You wouldn't like it and you know it too!"

"I guess I wouldn't." We looked at each other and both of us smiled. "Look, Felita, your secret is safe with me."

"Thanks, Tito." I wanted to tell him that I didn't even know if Vinny liked me and that there might not be any secret to keep. But I also liked the idea that Tito thought that Vinny was my boyfriend. I was feeling happy and close to my brother and I didn't want to change things by saying anything more. I stood up. "I'm glad we talked, Tito. Listen, anytime you need a favor, you know who to come to."

"Sure. Thanks, Felita."

When I got back to my room, I realized that this

was the first time I had really seen my brother as a kid with problems too, and someone I was beginning to like.

The next Thursday, after lunch, we were all allowed to spend some time out in the school yard. Kids were playing different games—basketball, hopscotch, jump rope—or just hanging out. We all picked a spot by the school fence where it was warm and sunny. We were busy talking when I heard someone calling me and whistling.

"Felita . . . hey! Yoo hoo, Felita!" It was Joey, Eddie, the twins Dan and Duane, and Paquito. They walked over to us.

"Buenos dias, Señorita Felita . . ." Joey bowed real low. "Would you all like me, José Ramos, to teech you Spaneesh privately, my deeer?" I knew he was putting on a Spanish accent, trying to imitate Vinny. "And you can teech me Eeenglish!" That fool was shouting so loud that some other kids came over and began to laugh. I couldn't believe that Joey could be so evil.

"Get out of here, you idiot!" I went right over to him, ready to smack him right in his ugly grinning face.

"Just cut it out, you guys!" Gigi was yelling at them. I walked up to Joey, but he just backed away like a coward.

"Hey, man, what's the matter with you, Felita?"

That Joey just wouldn't stop. "Ain't you happy to be Señor Beenie's señorita?" Then all Joey's dumbo friends started making kissing sounds at me while they kept on following him like a bunch of fools, laughing at every silly thing he said.

"Look, stupid Joey Ramos, I ain't nobody's señorita, so why don't you quit sitting on your brains! Moron!" Finally they all turned around and took off.

"Gross," said Consuela. "Don't you pay them no mind, Felita."

"They are just too dumb." Gigi put her arm around me.

"Well," Lydia said, "you gotta admit that you and Vinny spend a lot of time together."

"Yeah, and it looks to everyone like he's your boyfriend." Naturally Vivian had to put in her two cents.

"No, Vivian, not to everyone. Only to the imbeciles. Vinny happens to be my good friend, and besides, it ain't nobody's business, you know."

"Excuse me." Vivian turned and began to walk off.

"You are excused all right!" I made sure she heard me. Of course Lydia took off after her.

"I think we should change the subject," said Elba.

"Since I don't care what anybody thinks, I think you are right." Before I could say another word, the school bell rang and we all went back to class.

After school Vinny, Consuela, and Joanie and me were walking home when we saw Joey and the other

boys across the street. They began calling out to us.

"Hey, Felita and Vinny! Love is such a wonderful thing!" Then they begin to make all kinds of smacking and kissing noises, waving their arms and jumping around like a bunch of monkeys. I became so embarrassed that I could feel myself burning up with anger. In fact I was so self-conscious, I couldn't say one word.

"Just don't pay attention, Felita," said Vinny. "Soon they will get tired and stop. They only want to make us angry because they are jealous." We just kept going, ignoring them, until finally they headed in another direction. We walked along not saying much until we reached the big intersection where Consuela and Joanie leave us.

"Felita, I'll see you next week during Easter vacation," Consuela said. "You're coming out to play, right?"

"Sure, especially now that the weather's so great. Hope you can come over to my house."

"I'll ask my mother, but you know who's gotta come with me." She pointed to Joanie. "I can't get rid of her."

"That's cause she loves her little sister so much," said Joanie, sticking out her tongue and crossing her eyes. That Joanie could be real cute sometimes.

Vinny and I went on walking down the block. We weren't going to have a lesson today, or any lessons during Easter vacation either. Mami had decided

there was too much shopping to do for Easter Sunday, and too much work to do at home during Easter week. When I told Vinny, I could see he was disappointed.

"I'm gonna miss our lessons," he said.

"Me too. But we'll be getting right back to work after vacation."

"That's right! I hope to see you outdoors, Felita."

"That would be great. I know I'll be coming out, probably every day." We stopped in front of my building.

"Have a nice Easter, Felita."

"Maybe I'll see you in church on Easter Sunday, Vinny. Are you all coming to the Spanish Mass?"

"Yes, we'll be there."

"See you!"

"See you soon, Felita." As Vinny waved and walked toward his building, I felt that Sunday couldn't get here fast enough for me!

On Easter Sunday me and my whole family got dressed up in our new Easter outfits. We were heading toward St. Joseph's Church to attend the twelve o'clock Mass because it was going to be read in Spanish. Most of the Catholics in our neighborhood go to St. Joseph's. That's where my brothers and I made our communion and confirmation. The streets were filled with people on their way to church in their brand-new clothes. Even Doña Josefina, who usually opens up her bodega for half a day on Sundays, had closed her store. She was all sharped up, wearing a big lavender hat with green and white flowers all over it. Just about all the shops

on my street were closed, including the candy-and-stationery store where people buy their Sunday papers.

I was praying that Vinny would be at church. I wanted him to see how good I looked. This year I had grown so much that we had to shop in the Junior Miss section. Mami had let me choose my own clothes without too much of a fuss, and this morning she'd even let me put on some pink lipstick and a little bit of eye shadow. I was wearing a real pretty off-white suit with a bright blue turtleneck blouse. I'd looked at myself in the mirror before we'd left and I liked what I saw .

When we got to church, it was real crowded. I saw Consuela and her family, Gigi and Doris, Lydia, Vivian, and a whole bunch of other kids, but not Vinny. Papi led us toward the far side of the church, over to an empty pew. As we sat down I heard some little kids giggling. When I turned around, I saw Maritza, Julio, David, and baby Iris all waving at me. Vinny was sitting next to his parents and gave me a big smile.

"Hey, there's Vinny," Tito whispered.

"I know." My heart was beating so loud I could hardly hear what the priest was saying. After Mass I spoke to my parents. "Did you see the Davila family? Why don't we go and say hello." I was looking for any excuse to talk to Vinny.

When we walked over to them, Mrs. Davila was all smiles in Johnny's direction. "I know this young man very well. He's a good and responsible brother who takes good care of his sister." I wished she hadn't said that, because right away Mami takes off on one of her speeches.

"Indeed, Mrs. Davila. I want you to understand that our Felita is not allowed to run around wildly, as is the custom in this country." I couldn't wait for Mami to shut up. I felt so embarrassed that I wanted to fall right through the cracks in the sidewalk. But even though I felt like I was burning up inside, I tried to act real calm. When I looked at Vinny, he smiled so sweetly at me that I knew he was on my side. It made me feel a whole lot better.

Later my parents took us all to a movie and then we had dinner out. That was a real treat because my folks had been saving every cent for our trip to Puerto Rico, and nowadays we never ate out.

The rest of our Easter vacation turned out to be just wonderful. Gigi came over to my house almost every day. It didn't rain once and the weather was nice and warm, so that everyone played outdoors. Even Vinny's brothers and sisters began playing outdoors with some other little kids. Vinny played a lot of softball with the other boys in the park. We'd go there and watch the boys, or just hang out and play

our games. Mostly us girls jumped rope, or played hopscotch and jacks. When we played tag with the boys, everyone noticed how Vinny was always catching me.

"Hey, man, Vinny," yelled Eddie Lopez, "why don't you catch somebody else for a change? There's other people in this game, you know!"

I didn't even mind the teasing just as long as I could be with Vinny every day. Once when we were all playing hide-and-go-seek on our block, it was Vinny's turn to be it. This time instead of hiding with somebody else, I took off down the street and hid in an alleyway all by myself. When Vinny found me, he bent over and gave me a long kiss right on the mouth. Then he smiled and said, "You're it, Felita!"

I was so shocked that I stayed perfectly still. I couldn't even move. Nobody had ever kissed me like that before. I mean of course I had kissed boys before, like at Lydia's birthday party when we had to play spin the bottle. But I didn't like any of those boys and thought the whole thing was just sloppy.

"Felita, you're it!" I heard all my friends shouting. "Come out, come out, wherever you are!" I recognized Consuela's voice.

When I finally got back to the game, I felt like I was walking on air and my insides were dancing all by themselves. Even though Vinny still hadn't asked

me to be his girl, now I knew that we liked each other in a way that no one else could understand.

The month of May seemed to go by real fast. Final term tests were due just before graduation. Next year our class was going on to junior high school. Everyone was trying to study extra hard, since no one wanted to stay back. Mami decided that from now until June, Vinny and I should meet for only one lesson a week, on Wednesdays. I wasn't very happy about it and neither was Vinny. But we did have a lot of schoolwork to get through and this time we both admitted Mami was right. Besides, I was doing extra work on a project with Mrs. Feller, the librarian. We were making a large paper banner painted with our school colors—navy blue and gold. It said:

CONGRATULATIONS TO THE GRADUATES OF P.S. 47

WE ARE THE BEST

We were also making a huge autograph album to be used on stage during the ceremonies. It was five feet high and four feet wide. We used papier-mâché and paint to make it look like it was real leather. On the album cover I made a drawing of our school building and underneath I painted the words PLEASE SIGN ME. On the inside cover I painted: NAMES OF GRADUATES. Kids could sign their names underneath. I worked almost every day on this project so that we

could have it ready for graduation. I had two other kids as helpers, but Mrs. Feller and I did most of the work.

When I wasn't staying after school to work on the album, Vinny walked me home. I also got to see him on Wednesdays for our lesson. Mami was frantic with her shopping and preparing for our trip. I was glad too, because that way she had too much to do to be keeping tabs on me. Vinny and I had already had our last lesson two days ago. Today we decided that we would walk the long way home from school so that we could say good-bye by ourselves without Mami being around.

We decided to stop at a small park that was far enough from school and our block so that we wouldn't bump into anyone we knew. Except for some older people feeding the pigeons, no one was around. We sat on a bench all by ourselves.

"July Second is when we all go to P.R., Vinny. That's not very far away."

"I know. But think, Felita, you're going to have a wonderful time there."

"I guess," I said. But I was almost wishing I didn't have to leave; things were going so good here. "I wish both you and Gigi could come with us. You two are my very best friends."

"I'm gonna miss you so much, Felita."

"You are?" I was so pleased to hear him say that.

"Yes, and I hope you don't forget me."

"Forget you, Vinny? You gotta be crazy!"

"Then promise that you'll write to me."

"I promise," I said. "Will you write back?"

"I promise, if you promise me one thing. . . ."

"Anything," I told him.

Vinny put his arm around my shoulders, then leaned toward me and kissed me right on the mouth. This time it wasn't such a surprise, and when he finished, I kissed him right back. "Will you still be my girlfriend when you get back from Puerto Rico?" he asked.

My heart seemed to jump right into my throat. Up until that moment Vinny had never actually said I was his girl. "Yes, you know I will," I told him.

I managed to get pretty good marks on all my tests except math. That's always been one of my worst subjects. I wish I had Consuela's brains for math. She's a whiz at it. At last graduation day came, and it was a great big success. Everybody kept admiring the decorations and the big album. I even got a special mention for my artwork and had to stand up and take a bow. Everyone clapped, and even though I was real nervous, I loved it. Mami, Tio Jorge, and Johnny were there, but Papi had to work and Tito had school.

Toward the end of the ceremonies Mrs. Feller told the whole graduating class to come up on stage and sign their names with Magic Markers in the big

album. I had already signed my name first. Then we all began to say good-bye. Some of the kids were crying. They were sad because not all of us were going to the same junior high. Most of the kids lived in our district, but some others who lived in other areas had to go to a different junior high. For instance, Gigi and I weren't going to the same school. That really upset us both because we'd never been separated since we had started school together. But Consuela and most of the other girls would be going to my school and so would Vinny, so I couldn't stay too sad. When I said good-bye to Vinny again, he squeezed my hand and whispered to me not to forget to write.

That evening Mami cooked a delicious celebration dinner. Papi was home and all of us were real excited about our trip. Tio bought me a vanilla cake with pineapple icing that had been decorated with the words

BUENA SUERTE

GOOD LUCK

FELITA!

Except for my parents, none of us had ever been up on an airplane before. Tio Jorge was the most nervous. "Birds are supposed to fly, not people. I don't like it," he grumbled the morning we were leaving.

"Por Dios, Tio," Mami said, "it's nothing. You're gonna feel like you are standing still. When I first came here from Puerto Rico twenty years ago, it was nothing; imagine today when things are so modern. Tell him please, Alberto."

"Rosa is right, Tio Jorge, you have nothing to worry about. I guarantee it," said Papi. "You will feel like you are sitting in the living room and not

up in the sky." Papi had been a mechanic in the air force before he married Mami, so everyone knew he was telling the truth.

"It's not natural . . . I don't like it," Tio kept on complaining.

"I can't wait to go, man," said Tito. "You should've seen my buddies, man, green with envy."

Mami went around the apartment double-checking to make sure the windows were locked and all the appliances were unplugged. "We are not coming back for two weeks," she said, "so everyone make sure they got all their things packed away."

The buzzer sounded from downstairs and we all filed out of our apartment. Chuco, my father's friend from work, was driving us to the airport in his car.

When we got to the airport, I felt so excited, because even though I've been there before, it's always been to greet somebody coming in or say good-bye to somebody going out. Now it was my turn to travel.

On the plane I got a window seat next to my parents. Tio sat next to Tito and Johnny in another window seat. They sat directly in front of us. When the engines started and the plane took off, I got so scared I held on to Mami's arm with both hands.

"It's gonna be all right, Felita. In a moment we will be high up and you won't even feel like you are moving." She was right. After a while all the buildings and water down below disappeared and all I could see outside was a white fog. The plane felt like

it was standing still. When the drink cart came around, I ordered a ginger ale and the flight attendant put a cherry in it for me. Later we had lunch. The food looked a whole lot better than it tasted. Still, it was fun to get my very own tray. It made me feel like a grown-up. I got up and walked around, but there wasn't any place to go to. I saw that Tio Jorge was sleeping. My brothers were reading sports magazines and listening to music on the headphones. I went back to my seat, put the headphones on too, and before I knew it I fell asleep. Mami woke me to tell me that we were going to land in San Juan in a few minutes.

"Look, Felita," Mami said. "There are palm trees!" When the plane landed, all the passengers applauded. We got our luggage and went toward the exit. In the airport lots of people were waving and calling out names in Spanish. We heard somebody call out our names. From the pictures we had at home I recognized my mother's sister, Aunt Julia, and her brother, Uncle Tomás. They came running over with Mami's father, Abuelo Juan, followed by two little kids, a boy around nine and a girl around seven, as well as two older boys around my brothers' ages. I knew from the pictures at home that they were my cousins: Carlito, his little sister Lina, and José and his brother Tony. Mami and Aunt Julia began to cry, but it was Abuelo Juan who was crying the loudest.

"At last!" he said, wiping his eyes and blowing

his nose, "I've seen my daughter and my grandchildren. I'm content now and ready to meet my maker anytime." Abuelo stepped back and looked carefully at me and my brothers. "Now, do you children understand your grandfather? Do you understand Spanish?" We all said yes. "Very good," he said in English and laughed. "I know a little English too, listen: 'How much it costs, please? Sorry, is too much money!' " Everyone laughed with Abuelo. Then Uncle Tomás picked Mami up and spun her around.

"Rosita, you look as beautiful as ever!" I noticed that Aunt Julia, Uncle Tomás, and Mami all had dark complexions like Abuelo Juan as well as his same smile.

We split up into two cars. It was very hot and the sun was so strong that I had to squint to see clearly. But once we got into my uncle's car, he put on the air conditioner and it got cool and comfortable. All through the ride to Abuelo Juan's, Lina kept on holding and squeezing my hand.

"Felita," said Uncle Tomás, "ever since Lina heard you were coming here, she has talked of nothing else. Every day she asked us, 'When is my cousin, Felita, coming from New York?' "

"That's right"—Lina hugged me—"you are going to be my very best friend, right?"

"Sure"—I looked over at Carlito—"and your brother's friend too."

Lina whispered in my ear, "You don't wanna be his friend, all he's interested in is sports."

"Here we are." Uncle Tomás pulled up in front of a house painted bright green with white and yellow trimming. I noticed that all the houses in the neighborhood were painted in two or three colors and had lots of flower pots on the porches. Inside Abuelo Juan's house a chubby old lady wearing a large apron came over and started hugging everybody.

"Just call me Abuela Angelina, or plain Abuela. I know I cannot take the place of your real grandmother, who is now in heaven"—Abuela Angelina made the sign of the cross—"may she rest in peace. But I am your other grandmother now, and I love you all because we are family."

"Angelina is a wonderful cook," Abuelo said proudly. And something sure did smell delicious.

Everybody sat down at a long table. In front of us were large platters filled with yellow rice, red beans, root plants with garlic and olive oil, fried fish, meat, avocado salad, all kinds of vegetables, and fresh bread.

"You can't eat like this where you people come from." Abuelo kept piling food on everybody's plate. "This here is authentic Island food. One hundred percent Puerto Rican!" Everything tasted delicious.

"Papa, I'm going to steal my sister away from you," said Uncle Tomás.

"Oh, no, no sir." Abuelo reached over and hugged

Mami. "I've waited too long to see my daughter and her family, so you will just have to wait your turn." It felt so nice being with all my new family. I knew they were not really new, but since I'd never met them before, it felt that way.

"Rosa, Alberto," Abuelo suddenly said in a serious voice, "how come your children can hardly speak Spanish? Not so much Felita, she does all right. But the way the boys speak is a disgrace! Why didn't you teach them the language of their parents and grand-parents? Why?"

Mami looked very upset. "Papa, it's hard to teach the kids Spanish because everyone back in the States speaks English. Two languages would have only con-fused them. We wanted them to concentrate on their schoolwork, not on speaking Spanish. Besides—"

"Nonsense!" Abuelo interrupted Mami. "It wouldn't have done no harm. Especially if you would have taught them in the home. I cannot understand how folks can leave here and then forget their lan-guage. It's not right! I don't like it!"

Mami sat perfectly still with her head bowed. I could see she was feeling miserable. In fact she re-minded me of myself when I got hollered at by her and Papi. I looked over at my brothers, but they kept their eyes lowered too. No one was saying a word and there was dead silence at the table.

Finally Papi said, "Listen, Don Juan, sometimes things happen that we have very little control over,

okay? But now we are doing something to remedy the situation. Johnny and Tito are studying Spanish in school and while they are in Puerto Rico, they can learn even more. As for Felita, by the time she gets back home after the summer, she'll be talking Spanish like a parrot."

"Very good!" Abuelo stopped looking angry. "I'm glad, Alberto." He looked at my brothers. "Now you two boys will begin to learn to speak Spanish properly like real Puerto Ricans and not like the gringos. Understand?"

Johnny and Tito looked like they wanted to bolt right out of there. Was I glad for my lessons with Vinny! At least I could speak a whole lot better than my brothers.

That evening I met so many relatives I never even knew I had, like all kinds of cousins, aunts, and uncles. Most of the grown-ups sat out in back talking. I could hear Mami's laugh and Papi's voice coming through all the other voices. The real little kids were inside watching T.V. Lina kept on following me around and babbling nonstop. I was beginning to feel like I was Consuela minding little Joanie.

Most of us kids were hanging out on the front porch. In fact it looked like most of the neighborhood was doing the same. Cars and trucks kept coming down the block so that the kids playing out in the street had to jump back onto the sidewalk. When an ice-cream truck came by and parked by the corner,

Abuelo bought all of us ice cream. As I sat on the steps watching the action, a strange feeling came over me: I felt like I had been here before. Then I realized that in so many ways it was just like I was back on my own street. The traffic, the grown-ups and kids hanging out, and the ice-cream truck were so much like home.

But here everyone spoke Spanish and being outside was real easy. You didn't have to go up and down the stairs or go in and out of big buildings. Also there were so many plants and trees around that it felt and smelled like I was in the park. I thought about all my friends, especially Gigi, Consuela, and Vinny. Right now I bet they were hanging out just like me. How I wished they could all be here with me and see some of this.

Some of the older kids were playing disco on a cassette player. Tito had gotten up and began explaining in his broken Spanish all about break-dancing. I couldn't believe it. He began to give a demonstration. I went over and stood by Johnny, who smiled at me and whispered, "What a show-off that Tito is!" Really, Tito didn't break-dance all that good. Back home they would have laughed him off the street, believe me. But here they didn't know the difference. There were two older girls watching Tito, one around fourteen and the other around sixteen. I could see he really wanted to impress them. When

he finished his break-dancing, he walked right up to them and went into real loud rap-talking:

"I'm from New York City where the girls are fine
but not so pretty—
uh huh huh, huh huh!
Now here in P.R. the girls are
more beautiful by far!
uh huh huh, huh huh!
Hey, you all may think I'm a gringo from the
way I'm speakin' . . .
But in point of fact I'm a Puerto Rican. . . ."

Everybody laughed and clapped for Tito. Even though we knew what was happening with our brother, Johnny and me had to admit that sometimes Tito could really be fun.

Early the next morning we all went to visit Old San Juan. We saw a large cathedral, a museum, and an old fortress. Mami and Papi kept on saying how much things had changed. "All these expensive restaurants and boutiques!" Mami was outraged. "We might as well be back in a fancy neighborhood in New York."

I didn't care what they thought, since it was all new to me and I was enjoying myself. That night, though, I realized that Tio Jorge was really upset by all the changes he saw. "I can't imagine my village will

have changed as much as the city," he said. "I'm sure everything will be just as I remember it . . . you'll see, Felita."

Tio Jorge was waiting for his belongings to arrive so he could go up to his village. He had been real anxious about his nature collection. "Everything else I can replace, but not my collection, that can never be duplicated," he said. But the next day when his boxes arrived everything was in good condition. Papi drove him up to his village. I was going up there to join Tio with my parents and brothers three days before they had to leave for home.

We spent the rest of the time sightseeing around the Island and meeting all kinds of relatives for the first time. There was only one thing that bothered me, and that was the remarks some people made about our Spanish. "Why don't your children speak Spanish, Rosa?" I was sick to death of that question, but the worst was a couple of times when some of the other kids called us Nuyoricans. One day when we were all at the beach visiting Aunt Julia and Uncle Mario, our cousins José and Tony kept on getting on my brothers' case about the way they mispronounced words in Spanish. We had spread out a blanket and put out the beach chairs. The grown-ups were busy setting up cold drinks and food. José and Tony wouldn't let up.

"So what do you think about the Chicago Cubs this year?" José asked Johnny.

"I don't think they stand a chance," Johnny said in Spanish.

"Why don't you explain what you mean, Johnny? You make a statement then you don't explain yourself," said Tony. I could see that Johnny was getting nervous on account of his having to speak in Spanish.

"Well"—Johnny switched to speaking English—"the way I see it, compared to the Pirates, they don't stand a chance. Especially with the number of games they still got to play before the season ends. You know what I mean?"

José looked at Tony and winked. "No, Johnny, I don't understand what you said. Why can't you tell us in Spanish so we know what you're talking about?"

From like nowhere Tito jumped right in between José and Johnny. "Because he can't, sucker! And *we* can't! Understand? Why don't you try us out in English? I'll bet your English sucks! Go on, say something in English, punk!"

"We are Puerto Ricans," said Tony, coming up to Tito. "That's why. Not Nuyoricans!"

Tito turned and faced Tony. "Well, we are Nuyoricans and proud of it!" he said. Then he leapt up at Tony and pushed him so hard that Tony practically went flying as he fell down on the sand. "Why don't you shove it, freak! Come on, Tony, show me how good you are with your fists instead of your girlie mouth! . . . Show me!"

Tony just lay there looking up at Tito in a state of shock. "You wanna start something, wise-ass?" yelled Tito. "Come on. Get up!" Then Johnny ran over to Tito and pushed him back. "Cut it out, Tito. We ain't supposed to be fighting. Quit it."

"What's happening here?" shouted Papi as all the grown-ups came running over. "Tito, what are you up to now? Are you starting trouble?"

Tony stood up real quick. "It's nothing, Tio Alberto," he said. "We were just playing around, trying out some karate moves, and Tito got the best of me. That's all. Honest."

"José, Tony, are you starting trouble with your cousins?" asked Uncle Mario. All the boys shook their heads. "I don't want to hear that you are fighting with your family. If I hear or see another incident that looks like a fight, it will go badly for both of you, Tony and José."

After the grown-ups left, José spoke first. "Hey you guys, let's go in for a swim. Come on."

Tony went over to my brothers. "Come on, Tito, Johnny, let's have some fun. I got a great surfboard I want you to try." They all left, acting pretty friendly. Of course, nobody invited me to come along, right? I'm only a girl. Man, I never saw such boys! They act like you don't exist. Well, I didn't care. Who wanted to be with a bunch of jerks who fought all the time?

I stood by the shore and watched the waves hit my

feet, then I plunged into the cool water, floated on my back, and looked up at the clear blue sky. In just two days I was going up into the mountains to stay with Tio Jorge. I hadn't given that much thought. Actually I had been having such a good time that I hadn't thought much about anything. But soon my parents and brothers were going home and I would be staying in a place I didn't even know with people I'd never even met. The whole idea made me feel uneasy, and part of me wished I was going home too.

That evening I decided to write to my friends. I sent Consuela a card showing the beach and lots of palm trees and Gigi a card that had four different scenes of Old San Juan. Then since I knew how much Vinny liked adventure stories, I sent him a card showing the old fortress in San Juan complete with cannons. I hoped he still liked me as much as I liked him. I wrote him that as soon as I got settled, I would give him my address. Tomorrow I was gonna mail out the cards. Actually just writing to my friends and re-membering them had made me feel better.

When it was time to leave for Jorge's village, Papi rented a car to drive us there. We stayed on a superhighway for a long time. "This highway wasn't here when I was a kid. In fact," Papi said, "it used to take us about two days instead of two hours to get to and from San Juan." After a while all the large factories and apartment buildings disappeared, and we were in the countryside.

Papi turned off the highway and started up a country road. The flamboyan trees that my abuelita had always told me about were all in full bloom. The flowers were such a brilliant red that when the sun shone on them, it looked like parts of the country-

side were on fire. Papi had to drive slowly because there were so many sharp turns and deep drops in the narrow road that it felt like a rollar coaster ride. All of us were getting a little nervous as we looked over the sides of the steep mountains into the valley far below. There were houses built right on the edge of the road, and when we least expected it, some chickens or goats would come running in front of the car. A couple of times Papi had to swerve the car so that he wouldn't crash into them.

"Now, this still reminds me of my childhood"— Papi was laughing—"all the animals running loose. Look at that rude goat—he doesn't care who gets in his way!"

"Please, Alberto, please be careful!" Mami was getting very upset. "You might hit one of those animals. Watch it!"

"So, we hit an animal, and then what, eh? Rosa, can you still remember how to cook goat stew? Or maybe we can have rice and chicken tonight." I could see that Papi was enjoying himself teasing Mami.

"Stop being so silly, Alberto! Just watch the road before you miss a turn and we all become human hamburgers." We continued to climb higher and higher into the mountains.

"You are being very quiet, Miss Felita," said Papi, "are you okay?"

"Sure." Actually I was feeling kind of sad thinking about how much I was gonna miss everybody.

"Hey, Felita, I got a great idea. Why don't we change places?" Tito asked, as if he had read my mind. "This way I'll stay here and you can go back home."

"Never mind, Tito." I wasn't all *that* sad.

"See?" Tito grinned at me. "You know a good thing when you see it, girl!"

"Felita, you are gonna have a wonderful summer," said Mami. "And it will also be good for Tio to have you here. This way he won't be so lonely without the family."

"Besides, didn't we all have a good time this trip? What do you kids say?"

"Terrific time, Papi," Johnny said.

"Great," said Tito. "In fact I'd like to stay away longer. I'm serious. I met me some nice people. Man, I never knew we had so many relatives! Only one thing that I didn't like, and that's the way some of them got on our case about speaking Spanish. I really didn't like José and Tony calling us Nuyoricans and acting like we were ignorant or something."

"Yeah," agreed Johnny, "they kept on correcting me until it got on my nerves. They only called me gringito once, though, because I really told them to shove it!"

"All right!" Tito said. "And I told them, 'Look, if I'm a Nuyorican from New York, then what happens if somebody comes from Chicago, or Boston or Phila-

delphia? Are they Chicagoricans or Bostonricans or Phillyricans, or what? Because if so, you're all nothing but a bunch of dumbricans born in P.R.' " Even Mami and Papi had to laugh this time. "Man, I can't wait for that José and Tony to visit us at home, because me and Johnny are gonna get on their case about the way they speak English. Like watch out! We'll fix em! Right, bro?"

"Right!" Johnny slapped Tito's open palm.

"You will not do any such thing," Mami said. "I won't have it."

Tito, who was sitting next to me, gave me a poke. "Oh, sure, Mami, we will treat them just like the sweet little gentlemens they are."

"Never mind your nonsense, Tito. Maybe now when you and your brother get back to school, you'll take your Spanish more seriously," said Mami.

"Do you boys think you learned how to speak Spanish a little better than before you got here?" Papi asked.

"No, I didn't learn how to speak any better because they all made me feel too self-conscious. But I know that I understand more now," said Johnny.

"I agree," said Tito. "I understand a lot more too." We went on driving through the narrow roads, passing lots of houses.

"Papi, are we going to the same village you were born in?" asked Johnny.

"That's right. But remember, I left with my mother and Tio for the States right after my father died when I was just a boy."

"How does it look to you now?" Tito asked.

"Different and yet a lot the same. I mean there are so many more people living in these here parts today. When I was a boy, you could see open country for miles. There wasn't a house in sight."

"I hope Tio will be happy here," said Mami.

"I think he will, Rosa. He has his two acres of land. Okay, there's no house yet, but he's going to build one. You should see how excited he is, talking to the contractors and the architect. Right now he's renting a small house next to my cousin Manuel."

We saw a sign saying BARRIO ANTULIO. Papi drove over a bridge. Underneath we saw a narrow river. The main part of town was just a paved road with several stores, a garage, a restaurant, and a few houses.

"We're going farther up," said Papi, "where Tio is, about less than a mile outside the village."

"Some village! There ain't even a movie or a plaza or nothing!" Tito looked disappointed.

We drove steadily uphill on a winding road and then Papi slowed down.

"Here we are, folks." He stopped the car in front of a small house that was painted pink with a blue trim. When we got out of the car, a rooster came over and stood across the road, looking at us.

"There's Tio Manuel's rooster, Yayo. Isn't he handsome?" said Papi. Yayo was handsome all right. He had a brilliant red comb and long shiny black feathers sprinkled with red tips and specks of dark green. It looked like he sparkled in the sunshine.

"Oh, Papi, he's so beautiful! Here, Yayo!" I called out to him. Yayo bobbed his head up and down, scratched his claws on the ground, and then came running toward me.

Quickly Papi jumped in front of Yayo, blocking him. "Don't—don't pet him, Felita! These roosters can be mean. He might snap at you." Papi lifted his arms and shooed Yayo away.

"Hello!" Tio rushed out, greeting us. "How wonderful to see all of you." He took us inside. "Isn't this a nice little house? It's small but it has everything we need. Rosa, Alberto, and Felita, you will be sleeping in this room. The boys will be sleeping next door with Manuel and Maria, since they got lots of room. Oh, yes, we are expected there for lunch, which is right now. So why don't we eat first and walk around later."

I was surprised to see Tio Jorge talking so much. He's not usually like that. For the first time all day I remembered that I was gonna stay here and live with him and not the rest of my family. It gave me this sinking feeling right down to my stomach.

Everything was happening so fast. Tio took us next door and introduced us to Tio Manuel and Tia

Maria. They had a big color T.V. in the living room. All the furniture had plastic covers. Shelves on the wall held religious pictures and statues. But there was one wall that was covered with old photographs. There were pictures of me and my brothers when we were real little and pictures of Papi when he was a boy. One very old picture showed a pretty girl smiling, and I knew it was my abuelita because she had her same smile even back then.

When we sat down to lunch, Tito was the first one to go for some food.

"Tito!" Tia Maria shook her finger at him. "This is a religious household. Here we don't eat unless we first thank the Lord for our food."

Tito got so embarrassed that he turned pink. We all lowered our heads as Tia Maria said grace. But Tio Manuel looked at me smiled and winked. I got the feeling he wasn't as religious as Tia Maria. After we had finished eating she took me aside. "You know, Felita," she said, "it's quiet around these here parts. The neighborhood hasn't any youngsters; there are mostly retired folks. But all the children, who are Catholic, of course, get together at our church. We have a youth center there with summer activities. After your parents and brothers leave, we'll take you over so that you can make friends.

"Also I want you to know that you will be treated here as if you were my very own child. You can come

to me for anything that you need, anything at all. Understand?"

Oh, great, I thought, now I have to go to church to have fun. Boy, was I in an exciting place! But, no matter what I thought, I knew I had to be polite, so I said, "Thank you, Tia." After hearing that speech and putting together what I had already seen of Tia Maria, she is the last person I'd want to come to for anything, anything at all!

That evening as darkness was setting in, I lay on a cot next to my parents, trying to sleep. The noises were so loud that I kept jumping up. Here the coquís, the tiny green frogs that sing all over the Island, were almost drowned out by what sounded like a parrot talking in a weird language. Every couple of seconds it would stop and then begin laughing hysterically. Crickets were blasting away like they were having an argument and wanted to outshout each other. Bullfrogs were singing duets with what sounded like crows. At first I thought I'd never get to sleep, but soon I got used to the harsh noises and after a while it sounded like an orchestra was playing me a lullaby.

But the next day when I went to take my shower, I saw this huge brown bug flying right at me. I couldn't believe my eyes! It was a cockroach with wings. When it flapped its wings it sounded like whispers, *whifft . . . whiffttt*! Ugh! It was horrible! Then I looked up and thought I would faint. Over

the shower a whole bunch of them were clinging to the ceiling. They looked absolutely disgusting. I ran out screaming with fear and told Mami there was no way I'd go into that shower.

"There's nothing to worry about." Mami tried to calm me down by telling me the bugs were completely harmless. "They don't bite or do you any harm. They only come out like that in the summer. We used to have them in the city when I was a girl, before Abuelo put screens and modern bathrooms in his house."

So now I'd have to live with these huge, ugly, disgusting flying cockroaches on top of everything else. I mean first there are no kids my own age around here to play with, then Tia Maria keeps talking about religion all the time . . . and of course Tio Jorge hardly talks at all.

At least back in San Juan there were a lot of people around and all kinds of places to visit and things to see. Here there wasn't anything I could look forward to. I was real tempted to ask Mami if I could go back home with them. But I felt too embarrassed to say I wanted to leave, so I took a deep breath, looked at Mami, and said, "Either they go or I go. I'm not staying here with those cockroaches. I mean it!"

"Don't worry, Felita, Tio Jorge will spray the bathroom today and Papi will seal up all the cracks so that they can't get in, okay?"

"I hope so."

"It will be all right. I promise you that Tio Jorge will spray every day from now on."

Late that afternoon things started looking up. Tio had invited some people over to meet us and among them were two girls around my own age.

"Felita, this is Provi and Gladys," said Tia Maria, introducing us. Me and the girls went out in back and sat down on the small patio.

"My mother says you're gonna be here all summer. Is that right?" Provi asked me.

"Right. I'm staying with my granduncle."

"Is this your first visit to Puerto Rico?" Gladys asked.

"Yes, we just finished visiting with my other relatives on my mother's side in San Juan."

"How do you like it so far?" asked Provi.

"I like it. We had such a great time . . . we went all over the Island and took in the sights."

"They told me you're from New York City," Gladys said. I nodded. "Well, this is even different from San Juan, or any other city. It's real quiet. But we like it."

"My grandmother was born here. She used to tell me all about this village and what it was like when she was a girl. Even though she lived in New York for many years, she always talked about her life here."

"Is she still alive?" Provi asked.

"No, she died two years ago. She's my Tio Jorge's sister. I mean she was."

"It would be nice if you would join our youth center over at Santa Teresa's, our church," said Provi. "It's Catholic. Are you Catholic?"

"Yes, I am. Tia Maria told me about it. I'm going with her this Friday."

"Oh, good!" Provi looked pleased. "You'll like it. We got lots of activities and play games and all. Besides, there's not much else to do here in the summer, so joining the center is a good idea."

"Felita! Felita!" I heard Tio Jorge calling me. "There are some guests who want to say good-bye to you." Finally, after I said good-bye to most of the people, I said good-bye to the girls.

"We'll see you Friday, Felita, at the church. It'll be nice."

At last I had something to look forward to.

That evening Mami made a long list of all the things she thought Tio Jorge and me would need.

"Rosa, we don't need half of these things." Tio was annoyed at her. "What are we supposed to do with more juice containers or dish towels? Or any of this junk? We got all we need and we'll be taking most of our meals over at Maria's. I don't see why you like to waste money!"

"Tio, please, don't argue. I know what I'm doing!" Mami was determined. "I'm not leaving you two

here without the necessary things to make you comfortable." When Tio Jorge tried to argue back, Mami put up her hands. "It's settled." Tio walked away. When Mami got stubborn, he knew there was no way anyone else could win.

Even though I had brought some drawing materials with me from home, I put more stuff down on Mami's list. I asked for more oil crayons, colored pencils, and drawing pads, as well as a set of watercolors. To my surprise she agreed to get everything for me. Usually she fusses over what we spend. I was sure glad she was in a buying mood.

The next morning, after we had shopped in a large town called Rio Grande for the stuff on Mami's list, we all drove to Luquillo beach. It was beautiful there with rows of palm trees giving lots of shade. We went swimming in a bayside area where the water was shallow. The sand was almost white and the water such a clear green that you could see way down to your toes.

My brothers were going out of their way to be real nice to me. They carried me on their backs, let me win in tag, and made sure I always caught the ball. It was a wonderful afternoon and I kept on wishing it would never end. But soon Papi told us all it was time to leave. Tomorrow they had to get up early to catch the plane home.

Early the next day, as we were saying our goodbyes, Mami took Tia Maria and me aside.

"Felita, you mind Tia Maria, you hear? I want to hear nothing but good reports about you, understand?"

"Don't worry, Rosa," said Tia Maria. "I am a God-fearing woman and I'll take care of Felita like she was my own little girl. But if she does anything wrong, I'll make sure to let her know."

"My Felita is a good girl and I know she won't be a problem," said Mami. "But in case she is, please tell Tio Jorge and he'll let us know about it."

Even though I was annoyed at Mami for asking for good reports on me, I was also pleased that she'd said I was good. Mami reached over and hugged me. "I'm going to miss my baby so much. Don't forget to write, Felita. I want to hear from you at least once a week, you hear?"

Papi came over, lifted me up, and gave me a big hug and kiss.

"You are going to have a wonderful experience here, Felita. Now, I want you to listen to Tio Jorge and be a good girl, okay?"

"So long, Chinita . . ." Johnny hadn't called me that in ages. It used to be his nickname for me when I was little. "I'll miss not having to baby-sit for you."

"You show these people what us Puerto Ricans in the Big Apple are all about, Felita," Tito whispered to me, "and don't be coming back no hick. Educate them, you hear?" I had to laugh at Tito, and he made me feel less sad.

"Remember how much we all love you." Mami gave me a final hug.

"She'll do just fine here!" Tia Maria stood close to me as we watched them all drive off. "Now, Felita, this is not the city. You are in the country now and there isn't all the excitement you're used to. But there are other things you can do—read, sew, and of course go to church. And remember, you can come to me to talk, anytime."

"Thank you, Tia." I walked away fast, not wanting her to see how homesick I felt already.

8

My parents and brothers had been gone for almost a week. Every day since they'd left, Tio and I had followed the same boring routine. We got woken up at about five o'clock by the roosters just as the sun came up. They kept on crowing and making a terrible racket for at least a couple of more hours. At about seven Tio would check the shower for those flying roaches and spray before I went in to wash up.

I still hated those awful bugs. But there were a lot of other kinds besides—black spiders that were really dangerous and centipedes that bit. This was one place I knew I couldn't walk around in with bare

feet, that was for sure. And, even though we had screens on all the windows and doors, the bugs always managed to get in somehow. We were always spraying or having to swat at them with our trusty flyswatters, which had turned out to be one of the more useful items on Mami's list.

Then we ate breakfast in our own cottage and got ready for the walk that Tio Jorge had planned the night before. He always promised to show me a lovely view or a farm where he was sure the owners would let me pet the animals and maybe even ride a horse. But so far we hadn't seen anything like he promised.

One morning after walking for a long time and not finding the place Tio Jorge was looking for, two mean guard dogs tried to attack us. It was a good thing they were behind a barbed wire fence, or else they would have attacked us. As if that wasn't bad enough, Tio started in with one of his speeches about how things have changed. "It's a disgrace the way people put up fences and have guard dogs! There's no place where people can walk freely anymore." And he went on like that nonstop.

I really liked my Tio Jorge much better the way he used to be back home when he hardly ever talked. He never gave me a hard time there, but now he was always grumbling and complaining like Tia Maria. He was definitely getting on my nerves.

To try and make things better after one of these

walks, Tio Jorge always took me to his property and told me where everything was going to be built— the house, the dog kennel, the vegetable garden, the chicken coop—everything! By the second day I already knew this by heart and was sick of hearing it again. But what really made me furious was Tio's stupid quiz game, where he asked me the name of flowers and birds in Spanish and English. When I was little this used to be fun, but not anymore. For example, he'd say, "Felita, tell me what is the name in Spanish of the spider plant?" I'd just act like I didn't hear him. You'd think he'd shut up, right? But he'd keep on going. "You know it's called mal padre. I'm surprised you forgot such an easy one."

After an hour or so of this, I'd just walk away and head down the road toward the cottage. No way was I gonna play his stupid game! When I got home, Tio was usually right behind me. By now he wasn't saying anything to me. I guess he took a hint to leave me alone.

By then it was time for the main meal of the day, which we all ate from about twelve thirty to one o'clock over at Tia Maria's. One thing I have to admit is that she was a real good cook and the food was always delicious. After eating, everyone took a nap. Once I got up I'd be all refreshed and ready to do something that was fun, but there was never anything to do. Tio Jorge didn't even have a T.V. He said he was going to buy one when he finished his

house. At first I used to watch T.V. at Tia Maria's, but she was always watching her boring soap operas or reruns of old series like *Bonanza* or *Mission: Impossible*, where everyone was speaking Spanish.

The things I liked to do best in Barrio Antulio were to play out in the backyard with the animals and do my drawings. Today was no different. I went out to play with the guinea hens. They had bushy gray feathers speckled with white that went down around their feet. They looked like they were wearing woolen socks. One hen in particular was very talkative and kept following me around. I named her Lina, after my little cousin. There were also four rabbits. Three of them were all white and the fourth had black markings. I named him Vinny because he was different from the others. I also had learned how to handle Yayo the rooster. He could be mean all right. Every chance he got he'd sneak up on you and try to take a nip out of your leg. But with me he'd learned to take care, because whenever he came too close, I'd swat him with a branch.

Late in the afternoon I took out my sketching materials and sat out on the back patio. I'd been thinking a lot about my friends, especially Vinny. I missed him and Gigi the most of all. I felt like writing and telling them how lonely I was and how much I wanted to go home, but I knew I could never do such a thing. It would be too embarrassing. After all, everybody back home thought I was on this great

vacation just having a wonderful time in P.R. How could I write and tell them that nothing was happening at all? I was happy at least I'd sent them the picture postcards so that they knew I had done some good things.

Right now they were probably all outside, playing like crazy and having fun. The more I thought about home, the worse I felt. Things had been going so good just before I left between me and Vinny, I just hoped and prayed he didn't find some other girl this summer that he liked more than me. Sooner or later I had to write to him and Gigi, but at this moment, I preferred later.

The one thing I had to look forward to was Friday when Tia Maria was taking me to the youth center at her church. I knew I would see Provi and Gladys again and get to meet some other kids and hang out. Then maybe I would have something good to write to my friends about.

I looked out at the wide view before me, ready to do some drawing. I had to admit that even if there wasn't much to do here, it sure was pretty. From where I sat I could see the surrounding mountains and all the houses, mules, horses, and square patches of earth where different vegetables were growing. Fruit trees stood next to tall palm trees that swayed in the breeze. The narrow country roads had cars and trucks going back and forth on them. There were a lot of things happening out there, but it was a quiet

kind of busyness, not really noisy or disturbing like in the city.

I took a deep breath, inhaling the sweet and spicy smells of the flowers and vegetables all mixed up together. It felt really good to breathe this air. Then I picked up my pad and a large charcoal pencil. Maybe I'd start by drawing the sky. Today the cloud formations were so gigantic that I could make out animal forms and whole kingdoms in them. When the sun ducked behind the clouds, all the colors on the earth darkened and there were long shadows. When it reappeared, everything got bright again, dazzling my eyes. I began to sketch in all the outlines.

"It's just beautiful," I said aloud. And then I began putting the colors in my picture.

Today was Friday and Tia Maria was getting ready to take me to the youth center and church. She told me I also had to go to confession.

I absolutely refused. "I have my own priest at home, I'll go to confession when I get back," I told her. I mean church is all right, but confession is something I can live without.

Tia kept on insisting. "That's wrong, Felita. It's not proper that you be here almost two months without receiving the holy sacrament."

"Well, I'm not going."

"We'll see about that, young lady. I'm the one in charge of you."

"No, you're not! Tio Jorge is in charge of me. He's my real granduncle. Let's ask him."

"It's very rude of you to speak to me like that." Tia Maria clicked her tongue and shook her head. She had a habit of doing this every time she disapproved of anything. "I'll go to speak to Jorge right now!" she said and stormed over to Tio Jorge's. I waited a few minutes and then I went to see what was happening. Inside I could hear them arguing.

"I'm sure Rosa would certainly disapprove, Jorge. It's not proper for a girl her age to—"

"Listen, Maria, you are of course entitled to your opinion, and I appreciate that you're looking out for Felita. But she is my grandniece and I am the one who is responsible for her. If she doesn't want to go to confession, then she doesn't have to."

"Well, if that's the way you see it, Jorge, then there is little I can do to make sure Felita continues to live like a good Christian. I only hope you will answer to her mother for this and that I will not be blamed!"

"Yes, Maria, I will! I'll take full responsibility for this with both Rosa and Alberto. Satisfied? Now, I'm not gonna argue with you anymore, so that's that."

Boy, was I ever relieved to hear Tio's words! I kind of knew he'd back me up, since at home Tio never goes to church. He says that God is in nature and not in a building with ceremonies and statues.

I was real grateful to Tio, and felt sorry that lately I'd been so angry at him.

As we drove to the youth center Tia Maria sat next to Tio Manuel, sulking. I sat quietly looking out at the scenery. We passed lots of small churches along the way, like Pentecostal, Seventh Day Adventists, and different kinds of Baptists.

"Look"—Tio Manuel pointed to a small wooden cabin—"that looks like it's been converted to a church. Didn't that used to be a vegetable market?"

"Heaven help us all. It seems that nowadays anybody can convert a shack by putting up a sign and calling it a house of God." There Tia Maria went, clicking her tongue and shaking her head again.

"It's still better than having people hanging out in cafés and bars. Besides, Maria, they aren't harming anyone."

"Maybe so, Manuel, but I still say it's sacrilegious. But then who listens to me anyway? It seems all I'm good for is to cook and clean." I knew that remark was meant for me because of our argument about confession. I glanced over at Tio Manuel, who raised his eyes and kept silent.

When we got to Santa Teresa's, there were lots of cars there already. People were standing by the large old church, talking. I searched around until I spotted Provi and Gladys. I waved and they waved back. Tia introduced me to some of the parishioners and then to Father Gabriel, a short man with a friendly smile.

"This is Father Gabriel, our parish priest. My niece Felita, from the United States. She will be spending the summer with us."

"You are most welcome to our church, daughter," said Father Gabriel, smiling. I excused myself and went over to Provi and Gladys. They were now with a larger group of girls. Provi looked real happy to see me and introduced me to some of the other kids. "There's a large recreation room," she said, "and we have Ping-Pong and games. Come on, I'll show you around." We went into a very large airy room with high ceilings and enormous windows. There were two Ping-Pong tables, chairs, a couple of couches, and game tables. Two women dressed in brown suits and white blouses spoke to us. "Come in, young ladies. I see a new girl," the younger one said.

"This is Felita Maldonado, Sister Tomasina," said Provi. "She's visiting here for the summer from New York City."

"How nice," Sister Tomasina said.

"Do you understand us?" the older woman asked me. "Do you speak Spanish?"

"Yes, I do."

"Very good. This is Sister Tomasina and I am Sister Pilar. I'm glad you know Spanish. So many children who visit us from the United States don't know Spanish." She turned to the other kids. "Listen, listen, everyone here! This is Felita, a new girl. You

are all to make her feel comfortable and welcomed!"
Then Sister Pilar looked at me again. "What do you
like to do most, Felita?"

I wasn't prepared for that question, so I didn't
know what to answer. "Do you have something you
particularly like to do?" This time she spoke to me
like she was losing her patience.

"I like drawing best."

"All right. I think we have some crayons and pencils around here somewhere. Let me get them for
you."

"Oh, no," I said quickly. The last thing I wanted
to do today was draw. I did enough of that at Tio
Jorge's. "I'd just as soon do something else here. But
thank you, Sister."

"Very good"—Sister Pilar patted me on the arm—
"you'll find something to keep you busy, I'm sure."
I saw that there were mostly girls and only a very
few boys.

"Sister Pilar is really nice," Provi whispered to
me. "Don't let her way of talking put you off. Sometimes we call her 'the sergeant,' but she's buena
gente—really good people. Why don't we all go outside and bring a rope, in case we want to play?"

Gladys and four other girls, Anita, Marta, Judy,
and Saida, followed us out into a very large courtyard. Now I saw where most of the boys were. They
were busy playing basketball way over at the far end
of the yard.

"The boys around here are heavy into sports," Provi said. "That's Brother Osvaldo. He's the coach and he's also in charge of a lot of the summer activities." She pointed out a younger man wearing a gray jogging suit and blowing a whistle. "He's nice, we all like him."

We decided to jump rope. But since I didn't know the games in Spanish, Provi picked a simple one and explained it. "It's real easy, Felita. When it's your turn to jump, we'll all ask you, 'What are you going to be when you grow up? Single? Engaged? Widowed? Or married?' You have to answer, 'Married.' Only if you say married can you jump, since the next question we ask you is, 'How many kids will you have?' That's when you jump and we keep on counting with you, because the number of times you skip rope is as many kids as you're gonna have. You can keep on skipping until you miss or get too tired."

It was wonderful to be playing with kids my own age for a change. We were all good jumpers so most of the time we stopped because we got too tired to go on. One time I was going to have two hundred children! All of us laughed so hard we could hardly move. After a while we got bored with the game and sat under a large shady tree.

"What shall we do now?" asked Anita.

"Let's do rhymes," said Marta.

"Great idea"—Anita motioned to us—"let's form a circle and we'll go all around."

"But I don't know that game," I told them.

"It's easy, Felita. We'll teach you," said Anita. "You see, we all just repeat a rhyme and each girl tries to go faster than the last girl, until someone makes a mistake. Then she's out. We keep going until the last girl who says the rhyme fastest and correctly wins."

I was beginning to feel uneasy about my Spanish. "I don't know. I don't think I should play."

"Come on, Felita, at least try," said Marta.

"Say yes, so we can get on with the game," Anita said. "Come, let's go!"

I really didn't want to play this game, but I also didn't want to be left out, so I agreed.

"Okay, now listen to this rhyme," Anita said. "Pay attention, everybody.

> "Estaba la pájara pinta
> sentadita en su verde limón
> con el pico recoje la hoja,
> con la hoja recoje la flor.
> ay, mi amor, ay, mi amor."

It was a real tongue twister, about a little speckled bird who sat on a green lemon and with her beak picks up a leaf, and the leaf picks up a flower. It ended with "oh, my love, oh, my love." I didn't think I could handle it, but everyone was watching me, so I began repeating each sentence after Anita.

"Good, Felita," she said. "You go last. This way

you'll have more time to practice, right?" I really wanted to say forget it, since that meant I'd have to go faster than anyone else. But I also didn't want to chicken out. They started: Anita went, then Marta, Gladys, Saida, Judy, Provi, and finally it was my turn. I managed to get through the rhyme all right, but I was speaking so slowly, it was almost a joke. I could hear giggles coming from Anita and Marta. "Listen, Felita, you went too slow," said Anita, "but since this is your first time, you can stay in the game. But next time you better go faster."

They began again, going even faster than before, so fast that I could hardly understand the words anymore. When my turn came, I took a deep breath and tried to keep up, but the words came out even slower than before and I made some awful mistakes.

"You're out!" Anita yelled, then she and Marta laughed louder than anyone else. Provi smiled uncomfortably at me and I could see she was feeling bad too. They went right on with the game, going faster and faster until everyone missed except Anita. "I'm the winner!" she said. "Let's do another game." She said a rhyme that was even harder than the last one, and then she had the nerve to ask me to play again.

"Not me," I said. "I'm not playing."

"Come on, don't be so sensitive, Yankee!" When Anita said this, I couldn't believe my ears. I just

stared at her. "Listen, gringita, all you have to do is try. Come on, now—"

"Hey!" I cut her right off. "My name is not Yankee or gringita, my name is Felita! Don't you call me by those names! You understand?" My Spanish became loud and clear.

"Stop being silly, everybody," said Provi. "Let's all do something else."

"Oh, sure," said Anita. "Let's do something different to please Ms. Nuyorican here from the big city, who is too good to play with us."

I walked right up to Anita, and I could feel everyone getting nervous. "I told you my name is Felita. And you better remember it if you're talking to me. Or are your ears stuck up your backside, stupid!" Anita backed off, looking surprised.

"Felita"—Provi stepped in between me and Anita —"she was only kidding around."

"Anita didn't mean anything bad," said Gladys. "You don't have to take it all so hard."

"Oh, yeah? I don't think it's funny to be called names. If you all came to New York and didn't know English so good, you'd make mistakes too, you know."

"That's true!" Anita said, smirking at me. "We'd make mistakes because we are Puerto Ricans. Since you are not Puerto Rican, what can we expect from you?"

Not Puerto Rican? Of course I am Puerto Rican. What was she talking about? "I am Puerto Rican." I could hear my own voice shaking.

"You can't be because you weren't born here. You're from over there." No one had ever said such a thing to me! I just stood there in front of Anita, speechless.

"Come on, that's enough of this. Let's go inside, Felita." Provi put her arm around my shoulder and took me inside. As soon as I walked in I bumped into Sister Pilar.

"Well, Felita, are you joining our church social club?" I nodded weakly at her. Actually I wasn't sure anymore about anything. "Good, very good. The age range is from nine to about fourteen so you will fit right in. We will be having some supper soon. Please help yourself." She walked off.

"Felita"—Provi held my hand—"don't you mind Anita and some of the others. They just like to tease and act smart when anyone from the States comes here. Especially if the person is from New York. It's sort of a game they play, that's all."

"Too bad, Provi, because I don't like playing that game; not at all. They can't tell me what I am. I know what I am."

"It was great the way you stood up to them, Felita, because a lot of the girls are scared to mess with them. Especially that Anita—she can be mean. Actually those two love giving everybody a hard time,

even if you are from here. But listen, the others aren't bad, honest. Give them another chance, okay?"

"Okay." I started to feel a little better.

"Now let's eat." I followed Provi into another large room where tables were loaded with food, juice, and soft drinks. Everyone was helping themselves. The adults were seated in one area, talking. Little kids were running around, laughing and playing. Most of the boys sat apart from the girls. I realized that here the boys and girls seemed to mix much less than at home.

After we'd finished eating, and had helped clean up, Provi said, "How about coming over to my house tomorrow and eating with us?"

"Great!" I was happy that she asked me. "I have to get my aunt's permission first."

"Good, I'll go find my parents and tell them." When Provi returned with her parents, I was very surprised because they looked old enough to be her grandparents.

"It's okay for tomorrow, Felita. I'll come over early and pick you up."

On the way home Tia said, "I'm delighted that you and Provi like each other so much. Her parents, the Romeros, are friends of the family, so I know that they are decent religious people; definitely the type you should mingle with." I was glad to see that I had done one thing that made Tia Maria happy.

But later that night I just couldn't put what Anita

had said to me out of my mind. All my life I've been Puerto Rican, now I'm told I'm not, that I'm a gringa. Two years ago I got beaten up by a bunch of mean girls when we had moved into an all-white neighborhood. I hadn't done anything to them, nothing. They just hated me because I was Puerto Rican. My whole family had fought back in that neighborhood until we finally moved out. How could she say those things to me? Even today, back home when anybody tries to make us ashamed of being Puerto Rican, we all stand up to them. What was Anita talking about? It made no sense. At home I get called a "spick" and here I'm a Nuyorican.

I wanted to go home! The tears started coming and I couldn't hold them back. I was feeling pretty miserable, helpless, and like I was trapped—exactly like I felt two years ago. Back then, Abuelita had told me to love myself instead of hating those girls; that I should be proud of what I was, a Puerto Rican. What advice would she give me now, here today, when in her wonderful, precious Puerto Rico, I get told I don't belong either? I wished I could write to Mami and tell her I wanted to go home, that I hated it here! But I knew I couldn't do that. Everyone would be so disappointed in me; my folks who had saved and sacrificed so I could be here, Tio Jorge, and even Vinny, who had given me all those Spanish lessons.

After a while I stopped crying and took a deep breath. I knew I was stuck here and that was all there

was to it. One thing was for sure, I wasn't telling Tio Jorge about what had happened. That was all he'd need to hear, right? Then he'd really say I should be hanging out with him, keeping him company instead of going over to the youth center, where they gave me a hard time.

Suddenly I remembered that tomorrow I was going over to Provi's. I really liked her. She reminded me of Gigi—understanding and kind. I yawned and closed my eyes. At least there was one person here I liked.

9

Provi's house was about a twenty-minute walk from Tio Jorge's. She had come to pick me up and we walked past the main road until we came to an area where there were a whole bunch of houses that looked almost exactly alike. When we got to her house, Mrs. Romero greeted me. "I hope you are good and hungry, Felita, because I made lots of food for you growing girls."

After we ate, we went to Provi's room for our siesta. She had a big double bed and we spread out. It felt almost like I was back home with Gigi on her bed and in her room. I told Provi all about Gigi.

"You miss her, don't you?"

"Sure, Gi's my best friend."

"Well, if you like, Felita, I'll be your best friend in Puerto Rico."

"I'd like that a lot. You know, Provi, I tell Gigi just about everything. So I'm gonna tell you about my boyfriend."

"You got a boyfriend?"

"Yes, at home. His name is Vinny and he's from Colombia in South America and he's real handsome." I told Provi about Vinny and how he first asked me about taking lessons together.

She loved that story. "Did he write to you yet?"

"No. But that's only because I haven't written to him. Now that you're my friend and we'll be going to the youth center together, I'll have some good news for him."

"Will you show me his letters?"

"Absolutely!"

"That would be great!" She gave me a little hug before we took our nap.

Provi and me began seeing each other every day now. She told me that she had a very large family—four older brothers and four older sisters. They were all married and lived or worked in another part of the Island, except for her sister Diana, who lived nearby. "She has a boy, Gino. He's my favorite nephew and so cute," said Provi. "I'm always baby-sitting for them. Maybe sometimes you can baby-sit with me.

You'll like them. Right now they are away in Maya-güez, visiting Raymond's parents. He's her husband. We'll go there as soon as they get back, okay?" Provi told me that everyone in her family was way older than her. "I have nieces and nephews who are even older than me. Mami says that because I came to her late in life, I'm almost like an only child." I loved being with Provi. We would take walks, listen to music, and just hang out mostly in her house. But since I began spending so much time with Provi, Tio Jorge started grumbling and complaining.

"Going out again? I suppose that means you're not coming for our walk today."

Mostly I ignored him, but after a while I told him how I felt about Provi. "Tio, she happens to be my best friend here, and practically my only friend."

On Friday, Provi and I went to Santa Teresa's together, but I was still worried that Anita and Marta might start up with me again. Provi, Saida, Judy, Gladys, and me went to play outside. We jumped rope for a while and then hung out. Some of the boys came by and asked if we wanted to play with them. "Basketball practice is canceled. You wanna start a game or something?" Two boys named Ismael and Danny asked us. We agreed. "Good, let me get some more kids," Ismael said. When he returned, he brought Anita, Marta, and a couple of other girls.

"Now's a good time to all be friends," said Provi.

"I didn't start it"—I shrugged—"but I'm willing

if they are." I caught Marta's eye and smiled. She nodded quickly and turned away. Anita ignored me, so I ignored her too. While everyone was figuring out what to play, I came up with an idea. "Hey, everybody, I know this great game we play back home. It's called Simon says, it's so much fun. We pick a leader, who tells everybody what to do, and then you have to follow the exact instructions—"

"Big deal!" Anita cut me off. "That's just like playing follow-the-leader. What's the big—"

"No, it ain't," I said interrupting her right back, "because the leader has to say 'Simon says do this.' If they only say 'Do this' and you follow orders, you're out. It's very tricky."

"It sounds like a stupid game!" said Anita.

"Why?" I asked her. "Are you afraid to play it?" Some of the kids began giggling and I could see she was annoyed, so I didn't let up. "Maybe you're scared you can't keep up with a New York City game."

"I'm not the least bit scared to play," she said. "It's just that I think it sounds like a silly game."

"Well, you won't know till you try it, right?" I looked at the other kids. "Anybody else here afraid to play this game? I know one thing, back home we don't back out."

"I'll play," said Saida.

"Me too." Judy stood next to me.

"Hey, why not!" Ismael agreed. And then everybody else said they were in the game too.

"Well?" I looked at Anita and Marta. "You still chicken?" Anita looked real angry, but she said that she'd play. Naturally Marta did what Anita wanted, just like she was Anita's little slave.

"Since you're the one that knows the game," Provi said, "why don't you be the leader the first time." That was just what I wanted to hear! Today, Anita was getting hers, and right in front of everybody too.

I started out real simple, saying, "Simon says" put your hands on your head, touch your toes, scratch your ears, cross your eyes, stuff like that. But after a while I began going real fast, and when I didn't say "Simon says," some of the kids didn't catch it and they were out. Soon there were only five of us left in the game: Ismael, Danny, Saida, Marta, and Anita.

"What's the big deal about this great New York City game?" said Anita scornfully. "So far it reminds me of the games I played in kindergarten."

Great, I thought, Big Mouth is walking right into my plans.

"All right, Anita," I said. "Since you think this is too easy, I'll make it a little harder." I stepped back and gave myself some space. "Simon says do exactly what I do!" I went forward and did a cartwheel, something I was pretty good at. I could see that everyone was surprised. Ismael, Danny, Saida, and Anita did cartwheels too, but Marta couldn't make it and she fell. Then I did two quick cartwheels and

waited. This time Saida couldn't make it and she dropped out. All the kids were watching to see who could hold out the longest. I wasn't even really playing Simon says anymore, I was just gonna make sure Anita got what she gave me and then some.

"Hey, Anita, like I know this is still real easy for you . . . kindergarten stuff, right? Now, let's see if you can do a little better!"

Anita gave me a real sarcastic smile. "Just keep on going and don't you worry about me!" she said.

Wonderful, I thought, and stepped back, giving myself a whole lot of room, then I shouted, "Simon says do this!" I bent backward making an arch with my back and touching my heels, then I leapt forward and did three quick cartwheels! I could see that all the kids were impressed. I stopped smiling and waited, staring at Anita. Ismael went first and missed. Then Danny went. He was a little slow, but he got through. Now everyone was looking at Anita. She was real nervous and cleared a large space for herself. When she bent backward, she hardly touched her heels and then she managed one cartwheel and on the second one she tripped and fell. Everyone started laughing because she looked so funny scrambling all over the grass, trying to get up.

"Too bad, Anita, but you're out!" I yelled. "Danny is the leader now! Maybe you should go back to kindergarten, Anita." I was laughing louder than anyone.

"I think this is a game for morons!" Anita shouted back at me. She was still dusting herself off from the fall. Marta and Gladys were busy trying to help her. "I'd rather play a game of tag than this stupid game!"

"Why? What's the matter, Anita? New York City games are too hard for you?" I was feeling good now because I had really shown her up. Anita walked away, followed by Marta, Gladys, and Ismael. Just as Danny was trying to set up another game of Simon says, I heard Anita shouting real loud in jeringonza, which is like Spanish pig latin. I couldn't make it out exactly, but I knew how it went, because Provi was teaching me. I could make out, "Felita gringita go home," and some kids were laughing and looking at me. I got so furious at Anita that I walked right over to her. "Listen, Anita, you got something to say to me?" I made sure everyone heard me too. "Say it to my face!"

Anita sure wasn't expecting me to confront her. "I wasn't talking to you," she said and tried to walk away, but I stepped right in front of her.

"No, not to me. About me! I understand when you say my name and also the nasty thing you were say-ing about me." All the kids started to gather around us. Anita stood perfectly still. "Well?" I said. I wasn't gonna let her walk away, we were gonna settle this here and now!

"All right, then!" She looked around at the crowd

of kids. "You don't belong here. Why don't you go back to your Yankee country!"

"Don't you tell me what to do, you stupid hick! I can be here all I want, you don't own this place!"

"Show-off! Braggart!" she yelled back.

"Moron! You have as much brains as a brick!" I screamed. When Anita leaned toward me, I clenched my fists and took a stance, ready to punch her one. "Come on, I dare you. Come on! Try something, do me a favor! Just call me one more name and you'll eat it for lunch!" Boy, I really wanted to wallop her one right on her smug face!

"Oh-oh," said a boy named Julian, "the girls are gonna have a fight!"

"Cut it out," said Provi. She and Saida tried to step in between us, but I blocked them, moving closer to Anita. Anita stepped back and I went toward her, waiting.

"One more word, Anita." She must have really heard my warning because she shrugged and slowly began to back off.

"Come on," said Saida. "Let's quit this and all be friends."

Anita turned away and stood right in the middle of the crowd of kids. Then she pointed to me. "I'm not being friends with that one! Anybody who's her friend can forget about being friends with me!" With that she turned and walked away. Marta went with

her and I was sad to see Gladys go too.

"Why does she keep calling me names?" I asked as I walked away with Provi, Saida, and Judy.

"Anita's always been a troublemaker," said Saida. "Remember when she got on Maria's case?"

"That's right," Judy said. "Maria was a girl who was here last summer and she had a lisp when she talked. Right away, Anita starts talking behind her back and making fun of her. She's just nasty, and so is her sidekick Marta."

"You were great standing up to her," said Provi.

"Really, Felita, it was good to see." Saida laughed.

"Absolutely," said Judy. "I loved Anita's face when she had to back off."

As we walked into the game room everyone became quiet and looked up at me. I guess the word had gotten around about my run-in with Anita. I saw Anita and Marta sitting with some of the kids on one of the couches. We went and sat at the other end of the room.

"Tell us something about where you live, Felita," said Judy. I told them about my friends, my block, and my school.

"It sounds like you and your friends do such exciting things," said Saida. "Tell us about some of the things you all do there."

"All right, let's see. Did you ever hear about a place called Chinatown?"

"We got a Chinese take-out food place up on

Highway Number Three, near Rio Grande," Judy said.

"Felita's talking about a whole town, right?" said Provi.

"Almost. It's actually a big section right in New York City that's called Chinatown. Lots and lots of Chinese people live there. They got shops selling clothes, toys—all kinds of Chinese things. Of course, the food tastes fantastic! They even have Chinese movies there."

"Did you ever see one?" asked Judy.

"No, I wouldn't understand one word if I did. Also, we have the Museum of Natural History, and there's a skeleton of a real dinosaur that's bigger than this whole church. It's enormous! And they have mummies and all kinds of nature displays. I love going there."

"Now," Provi said, "please tell us about snow, Felita."

"Oh, yeah, tell us," said Saida. "I would love to see snow."

"Okay. When the snow first falls, it's just great. It looks like magic when it comes from the sky. The snow can get so deep that you can hardly walk. You sink right to your knees, and traffic can't even move. Everything gets very still and quiet. But the best part is that school is shut down. The grown-ups hate it, but we love it because we can build forts and tunnels and we have snowball fights!"

"Did you ever taste snow?" asked Provi. "What does it taste like?"

"It tastes just like frozen ices but without any flavor." They kept on asking questions and I went on talking. I was enjoying telling about home and seeing how they were all impressed. From the corner of my eye I saw Anita, Marta, and her group leave the game room.

Provi and me were becoming better friends, and getting real tight. One day she took me to visit her sister Diana. We walked up a back road until we reached a big house built on two levels with terraces all around. A boy about four years old ran toward us. "Provi, Provi," he called out.

A woman who was very pregnant followed him. "You have to be Felita," she said. "I've heard so much about you from Provi. I'm Diana and that's Gino." She touched Gino's head gently. The house was real spacious. Inside there were lots of colorful framed posters and artwork on the walls. And so many bookcases filled with books! I had never seen so many books except for in the library. Diana gave us fresh pineapple juice with lots of crushed ice and we sat out on the top terrace. I told Diana all about my family, my neighborhood, school, and even about Abuelita and Tio. It was very easy to talk to her because she listened and was real interested. Gino was sitting on Provi's lap and kept on hugging her.

"Gino"—Diana tugged at his arm—"you are going to strangle your Aunt Provi. Felita, you have to understand that those two have a love affair going on, but that's also because she spoils him."

"I'm gonna marry Provi when I grow up," Gino said. "We already made plans." Provi winked at me.

"Where are you gonna live when you get married?" I teased him.

"Right here, in my room. I'm gonna get a bigger bed." That Gino was such a character.

"When are you having your baby?" I asked Diana.

"In about six weeks."

"If it's a girl, she'll name it after me, Providencia, right?"

"We'll see." Diana smiled. "I thought Maria-Elena would be a good name."

"Get out." Provi made a face. "That's so ordinary. Providencia is more unusual."

"Will you still love me the best if it's a girl?" Gino asked Provi.

"I'll always love you the best, silly." Provi hugged him.

That afternoon we had so much fun. I especially loved their library. They had all kinds of books in English and Spanish. When Diana paid me a compliment on my Spanish, I told her about what happened at the youth center.

"What? That's terrible!" Diana said. "But it does happen a lot here. Listen, when Raymond first got

here after living in Philadelphia for about thirteen years, they teased him too. They do it, I think, because they feel that the Puerto Ricans who leave and then come back want to be accepted without having made any contributions to Puerto Rico. What they forget is that the reason most Puerto Ricans had to leave in the first place was on account of poor conditions here at home. Felita, it's wrong, but then, people aren't always smart or fair either."

I'd been looking at two art books and before we left, Diana told me I could borrow them. "Don't rush, keep them awhile and enjoy yourself before you return them."

That evening I looked at the books again. One had pictures showing the work of an artist named Francisco Goya, who lived in Spain a very long time ago. He painted kings, queens, palaces, war scenes, and even the countryside. I was amazed at all the different things he could paint. The other book showed the work of a Mexican artist, Diego Rivera. It had pictures of the Indians and the Spanish conquistadors and the Mexican revolution. It was like each picture was telling a story. I decided one way I could improve my drawings would be by studying the books. Someday I wanted to draw as good as these artists. Before I left this Island, I decided I was gonna do some good drawings, that was for sure.

It had been nearly a week since I'd spent time with Tio. But the morning after my visit to Diana he started in on me.

"Felita, when are you coming out to see the property with me? They are going to start digging the well soon."

"I don't know, Tio." I really wasn't in the mood to go out there and listen to his lectures, take a quiz, and then watch a bunch of men working. It was too boring.

"I thought we might walk over this morning, and you could see all the work that's being done."

"Tio, I'm supposed to see Provi, so I can't."

"Are you planning to have lunch there too?" He looked real annoyed.

"They did invite me, Tio, and I did say yes."

"Well, now I'm inviting you to spend some time with your own family. Even Tia Maria is complaining that you hardly eat here anymore."

"Tia Maria is always complaining about something!" I really wished he'd stop. "Look, Tio, I'll have lunch with everybody here tomorrow, I promise."

"Will you come out to the property too?"

"Do I have to?"

"No, you don't have to." Now I could see that he was hurt. "I just thought you might like to, that you would be interested. After all, I'm not just doing this for me. I want what I'm doing to be for all of us."

"Tio, I have so many other things to do."

"Suit yourself, Felita," he said.

"All right, Tio." I felt sorry to see him looking like that, so sad and all. "I'll go tomorrow with you."

"Very good, Felita, and you will see all the changes that have taken place on the property. Also, this way you can continue to learn about nature. I'll bet you have already forgotten all the things I taught you."

"No, I haven't."

"You want to prove it to me? Tell me now, what is the name of the white flower that is about four inches in circumference that blooms only at night and has a sweet fragrance?" I couldn't believe my own ears. Here he was quizzing me and I hadn't even finished eating breakfast. It was just too much!

There was no way I was gonna answer any of his dopey questions. "I don't remember, Tio," I said.

"See? I told you. I knew you would forget. But try to remember, come on. I'll give you a hint. It has a sweet fragrance much like—"

"I can't guess!" I cut him right off.

"What? I don't believe it. You're just not trying, come on."

"Stop it!" I yelled. "I don't wanna guess, all right? Can't you stop treating me like I'm six years old? Can't you have a normal conversation like a person, instead of acting like I'm a quiz kid? You make me sick and tired with all your stupid lectures and dumb questions. Leave me alone, you hear? Leave me alone!" I was so angry at Tio I felt myself shaking.

I got up and ran out to the patio because at that moment I couldn't stand being in the same room with him, I just couldn't! I stayed out back until I heard Tio Jorge leaving to go to his property. I felt relieved that he was gone and I almost wished he would stay away forever. Who needed him and all his boring information anyway? I decided to hang out and read until it was time to meet Provi.

The next day at breakfast Tio and me ate and hardly said one word. I knew I had been disrespectful toward Tio, and if my parents knew, I'd probably get the punishment of my life. After all, I was supposed to be spending the summer with him—that's why my parents had sent me here in the first place.

I looked over at Tio Jorge as he ate his breakfast, and kept hoping he'd ask me out to see his property today, but he never said a word to me. I guess he was waiting for me to apologize, and I knew I should, since I was the one who blew up and lost my temper. Still, I couldn't. When he left without me, I didn't say anything. I figured that sooner or later I'd make it up to him somehow. Besides, today I was having lunch with him at Tia Maria's. As far as I was concerned, that was a big enough sacrifice.

When I got over to Tia Maria's for lunch, she opened up her mouth against me. "My, look who's here. Felita, I see you are gracing us with your presence today. I was beginning to wonder if Provi's

family shouldn't get paid for your meals instead of me from now on." She shook her head and clicked her tongue at least three times in my direction. I turned away and decided to ignore her. I didn't want to start any more trouble. But as soon as we sat down and started eating, she began complaining again— not about me, but about everything!

"Did you see what they are doing over by the old Rivera property? Putting up more houses. They don't stop coming up here—all that riffraff from the city. They are the ones responsible for so many bars and cafés opening up, I'm sure of it. Bad people bring bad habits."

"You're right," said Tio Jorge. "They are killing the countryside. Pretty soon there isn't going to be any countryside left." If the two of them didn't stop this conversation, I knew I was going to lose my appetite. I was sick of hearing each and every time about how wonderful the olden days were.

"We always had a finer quality of people then, not like today," said Tia Maria, clicking her tongue. It was just once too much! All I could do was push my plate away and ask to be excused. Everyone stopped eating and stared at me. "You haven't touched a thing, Felita. What's the matter with you?" asked Tia Maria.

"I'm not hungry."

"What's wrong with you—are you sick?" She just wouldn't let up on me.

"Yes, and I'd like to be excused. May I go, please?"

"Not until you tell us what's wrong with you!" Tia's voice sounded real impatient. "First you never eat here and now you aren't hungry. I'd like to hear an explanation." I was feeling so rotten, I felt like running out of there. "I'm waiting for an answer, young lady. Don't think you are—"

"Go on, Felita." Tio Jorge cut her off. "Go next door and lie down. I'll be in to see you in a few minutes." As soon as Tio Jorge said that, I bolted. I could hear him and Tia Maria arguing. I went straight to my room and sat down on my bed. I hated it here so much. If I had to stay in P.R., I wished I could live with Provi and Diana instead of with a bunch of complaining old people!

"Felita!" I heard Tio come into my room. "Felita, something is wrong and you must tell me what it is." He sat down next to me. "I don't want you to be unhappy. That was not the purpose of your visit here." He reached over and stroked my hair. "Do you miss home?" That was all he had to ask me. Suddenly I felt this heavy feeling coming over me. It was a sadness that went right to my chest and then to my throat. When I opened up my mouth to speak, I began to cry instead. Tio leaned over and held me, and right then I let loose a fountain of tears. "That's all right, Felita, go on, it's good to cry. That's right, let yourself go and cry all you want." After a while I couldn't cry anymore, and the tears stopped. Tio gave me a

tissue and I blew my nose and wiped my face. "Feeling better?" he asked.

I nodded. "Tio, I'm sorry I yelled at you yesterday. I didn't mean what I said about you making me sick, honest."

"I know that." Tio squeezed my hand.

"It's just that I get tired of you saying the same old things to me over and over again, and I'd like to do something else besides looking at and talking about flowers and birds. And I'm sick of Tia Maria and Tio Manuel and all of you telling me how wonderful things used to be in the good old days. I wasn't here in the 'old days' and I don't care, okay? I like it now, right now! In this world today where I was born it suits me just fine. I don't wanna hear about what I'm missing for not being around when you were a kid. I'm a kid today and I'm content with the world, so just quit it! Okay?"

"Okay. Now I see, Felita. I just didn't understand that it must be hard for you to be here with three old people like us. You must be bored a lot, right?" I just looked at Tio and said nothing. "Listen, Felita, I'm going to ask you something that's very important and I want you to answer me truthfully. Promise?"

"I promise."

"Do you want to go back home?" I sure wasn't expecting him to ask me that question. I didn't know what to say. "If you do, it's all right. I understand,

and I will write to Rosa and Alberto and explain. They will understand too, so you needn't worry."

"I don't know, Tio. Honest." It was the truth. Part of me wanted to leave, but there was another part that wanted to stay.

"Well, I want you to think about it and let me know. I'll be honest too, Felita. I want you to stay with me very much, but only if you are happy. And I now see that you should spend as much time with your friend Provi as you like. This is your vacation and you are supposed to be having a good time. Maybe we could start over and not expect so much from each other. Neither one of us can take the place of the family or expect things to be like they were back home—and in my case like they were when I was a young man here. We'll both accept things as they really are. What do you say; will you think it over?"

"All right, Tio."

"Good, Felita. And remember you can always go back home, no one will force you to stay here." Tio got up to leave.

"Tio, one more thing. Please don't tell Tia Maria."

"Not a word, this is strictly between us." Tio put a finger over his mouth. "Now, I'm gonna finish my meal. If you like, I'll bring some food back for you."

"Thanks, Tio, I'd like that." I took a deep breath and lay down, feeling tired and relieved.

Life with Tio Jorge had become more relaxed now that we understood each other. He stopped pressuring me about having to hang out with him and didn't complain about my seeing too much of Provi. Also, I had gotten real used to things around here. Like just a couple of days ago, Tio Jorge pointed out to me that I had stopped screaming at the flying roaches. Instead I ignored them or swatted them out of my way. I'd also begun to sweep the spiders and centipedes out of the back door with a broom when I saw them.

"You are becoming a jíbara, a real country girl." Tio looked real pleased. "Your abuelita would be proud of you if she could see you. I know I am."

In fact things were going so good that this evening after I wrote my usual weekly letter to my parents, I decided to finally write Gigi and Vinny.

I wrote Gigi about the youth center and the nice kids there and all about Provi. I saved Vinny's letter for last. Lately I had been thinking about him a lot and wishing I could see him. I hadn't met one boy at the center that I liked even a little teeny bit, compared to how much I liked Vinny. I couldn't help worrying and wondering if he still liked me. Maybe he had found some girl he liked better than me. Just the thought of such a thing upset me. I wrote him a very long letter with my return address nice and clear. I told him too about all the good things that were happening. I wrote that I was still his girlfriend

and still wanted him to be my boyfriend. Then I signed the letter with a heart and I drew little palm trees and kisses. Before I sealed it, I prayed that he would like it and write back soon.

In none of the letters did I ever mention Anita, Marta, and their little clique. I didn't want to write about those girls or think about them. In fact I wanted to make believe they didn't even exist.

Friday at Santa Teresa's, Father Gabriel announced that we were putting on a big carnival to raise money for the church. There was one theme, he said, that was going to guide the event. Its theme was to be the history of the Tainos, who were the original inhabitants of Puerto Rico. We were going to run a raffle and set up stands with food, arts and crafts, books, and other things for sale. But the best part was that the youth center was going to put on a historical play and charge admission. The play was gonna have costumes, sets, and music. It was scheduled for August 16th.

"All right, now," Father told us, "Sister Tomasina,

Sister Pilar, and Brother Osvaldo will take charge of the youth center. You kids work with them." They took us aside and Sister Pilar spoke to us.

"When the Spaniards came here looking for gold, contrary to what some historians have said, the Taino Indians who lived here did not give in easily; they fought back bravely. Now, I'm sure most of you know all this. However, I'm reminding you again to get you into the spirit of things. Sister Tomasina has written a script with the help of Don Antonio Diaz-Royo, who is one of our musicians." As Sister spoke I realized that I didn't know anything about the Tainos. Nobody back home had taught me this history.

When they began to call for volunteers, kids who wanted to audition or help in different ways, I raised my hand to work on the sets. I explained about the experience I had at school back home.

"She's great!" said Provi. "I've seen her drawings, Sister."

"So is Danny!" Ismael called out. "He's the best artist here."

"Danny, what do you say?" Brother Osvaldo asked. "Do you want to work on the sets?"

"Sure." Danny stood up.

"Good," Brother said. "You and Felita can work together."

We spent most of that afternoon and evening making plans. The two sisters and Brother Osvaldo

were busying figuring out just who was going to do what. Before we left, everyone was assigned a job and given a copy of the script.

On my way to the car I had to pass Anita and Marta. I wasn't gonna look in their direction, since I sure didn't want to start nothing. But right when I was walking by them, I heard Anita's fat mouth.

"It sure is boring without any snow falling here like magic from the sky. Don't you think so? I hope it snows soon so we can all play at making little snowmen and having little snowball fights. Just like little babies!" Right away Marta and Gladys began laughing real loud to make sure I heard. I wanted to turn around and ask Anita if she would like a little smack up side her head. But instead I kept on walking and acted like I didn't hear a word.

When I told Provi what happened, she said I did the right thing to ignore them, because all they wanted was to make trouble. Even though I was annoyed, I was too excited about the scenery I was going to work on to really worry about Anita and Marta. I was gonna make the best sets possible and show them all around here what a person from New York City could do.

As soon as I got home I read the script. I learned that the Tainos were great fishermen and farmers. But when the Spaniards came, they used them for slaves and killed them for their gold. Some of the important leaders were women chiefs called caciques;

they were very famous and strong. I liked that.

On Sunday afternoon when I was at Diana's, her husband Raymond gave me a book with illustrations on Taino history. "Read this, Felita," he said, "and you'll learn even more about the Tainos." Raymond was so nice. In fact his soft way of speaking reminded me of my brother Johnny.

From now until the carnival we were supposed to be at Santa Teresa's early every Monday, Wednesday, and Friday for work and rehearsals.

"Some of you might have to be here even more often," said Brother Osvaldo, "so you better know that before you take on a job. I don't want any excuses later."

That sure didn't bother me any. In fact I was glad because it meant I didn't have to worry about spending time with Tio and his boring property, or being with Tia Maria and hearing all her complaining. I could at least be having fun with kids my own age, working on sets, and painting and drawing, which I love to do. As far as I was concerned, I'd be happy to spend the rest of my vacation at Santa Teresa's.

On Monday, Provi's father dropped us off and we got to work right away. The stage was being set up in the courtyard area where the boys played basketball. Brother Osvaldo and another man, a carpenter who everyone called Jackie, were finishing the platform for the stage as well as a large wooden back-

drop that folded into several panels. So far Danny and me were the only artists. The sisters were trying to get us some helpers.

"Now," Brother told us, "you two have to study what a Taino village looked like and paint it to look as real as possible on this backdrop. I suggest you two get together and do some sketches. Use this book." He gave us the same book that Raymond had given me. "I've marked out some illustrations, see? These are good examples of scenes to work on. Now let's see what you two can do."

Danny and me struggled, trying to work from the book, and we kept getting in each other's way.

"Look, I have the same book at home," I said. "Why don't you take this one to your house and work on the sketches there. Meanwhile I'll work on my sketches too. Next time we can compare our work and figure out who should do what on the scenery."

"That's a great idea," said Danny. "What are you better at, people or landscapes?"

"I like to do everything. How about you, Danny?"

"Me too."

"All right, then let's each do one whole scene and see who does what things best."

At home as I worked on my scene, I could see the improvement in my drawing ever since I'd been copying the pictures in the art books Diana had lent me.

On Wednesday when we came in with our

sketches, Brother was real pleased. "Felita, this is beautiful work, you can really draw."

"I think you are better with people and animals than me," said Danny. "In fact you are better at mostly everything you did."

Brother Osvaldo decided that I would do all the figures and fine detail and Danny would concentrate on the buildings and background areas. We were also helping to make large cardboard cutouts of rocks, trees, and plants. Brother got us two helpers, Saida and Ismael. They were good at art, but not as good as me and Danny. Right away Ismael started getting bossy with me and Saida, ordering us around, saying things like, "Pick that up, Saida, and bring it here." Or to me, "Why don't you work on this side instead of where you are?" I mostly ignored him and told Saida to do the same. But when he started trying to change the way he was supposed to paint, I had to stop him.

"Ismael, I told you to make that background this here color." I pointed to the color I had mixed for him.

"No, Felita, I think it's better a dark brown."

"No, it's not! You won't be able to see that color from far off."

Ismael refused to listen to me, so I had to get Danny, who was working at the other end of the stage. Danny and Ismael are both about twelve, but I could see that Danny was tougher. "All right,

Ismael, Felita and me are in charge here. Just do it like she says." Danny stood facing Ismael with his hands folded. "I'm waiting, so don't be giving us a hard time."

Ismael smiled then bowed to me. "Anything you say, Miss Nuyorican!"

"My name is Felita!" I wasn't going to let that fool start in on me. "Don't you call me anything else except my name, you understand?" Ismael just grinned at me and went to work without saying a word. I looked at Saida and Danny, furious and fed up with being called names. Saida stuck her tongue out at Ismael. Danny walked back to where he was working. I just threw up my hands. There was too much to do to keep fighting.

Everyone was working like mad at Santa Teresa's, trying to get everything finished by August 16th. It was really looking good too. Colorful booths, tables, and posts were being completed. The stage sets looked better each time we worked on them. Some of the kids came by just to look at the way we did them. "Nice job, Felita. You guys are doing a great job." When they said those things, it made me feel good. I was really beginning to feel like I fit in at Santa Teresa's just like anybody else.

Anita and Marta had parts as Taino women. Anita had to say about two words and Marta didn't have any lines. Gladys was working on the costumes. She

usually acted like I wasn't even around, but Anita and Marta were nasty. They would pass by where I was working, point to some of the sets I had done, and burst out laughing. I just kept on ignoring them like they were two morons. But one day it got to be just too much. I saw all three of them coming close to the sets, then I heard Anita's fat mouth.

"What is that?" She pointed to what I was working on. "I don't see no tall buildings, no Chinatown, and no snow, do you? How boring! What are we all gonna do?" She said this real loud, so everybody could hear.

Then her stooge Marta answered, "I guess we better go back to the big city, where everything is so exciting!" They all began to laugh, Gladys louder than anybody else. Right then I took a large brush I was holding, dipped it into a can of green paint, and got ready to paint their faces. But Saida stepped in front of me.

"Don't start nothing, Felita. Can't you see that's what they want? To make trouble so that we can't go on working and you can't finish the sets?" Mad as I was, I knew she was right. So I stopped, turned right around, and went back to work. I heard all three of them laughing as they walked away. I felt like yelling back at them, but I didn't. I glanced over at Danny and Ismael, and they were working too, just as if nothing had happened.

When I told Provi, she said she was surprised at Gladys. "She used to be my good friend right up to this year."

"I'm sorry," I said. "I know you like her."

"Not anymore. She can hang out with them if she likes," said Provi. "It's her loss."

Things were quiet for several days. Then late one evening, when I was finishing my work, I realized I needed more rags to clean my brushes and wipe up. So I headed toward the church to find Sister Tomasina. Around the back I bumped into Anita, Marta, and Gladys. They looked very startled, and turned away from me, acting real nervous. Then as I went inside I heard them giggling. There was something weird about their being together like that so secretively. It gave me the creeps. I found Sister, who gave me some rags, and rushed back, thinking maybe I could do a little more work before I left. But I looked inside the paint cans and couldn't believe it! There was no paint left. I looked inside every single can, six cans in all, and each one was empty. I looked around. Saida was nowhere in sight, Danny was working with Ismael on a large cardboard cutout, and the kids who had been rehearsing near the main building were gone. I just stood there not believing what I'd seen. Finally I ran over to the boys. "Danny, Ismael, the paint's gone! Come quick. There's no more paint in the cans. Look!"

They both followed me back. "Hey, look!" said Danny. "You're right. What happened?"

"That's what I'd like to know. Did you two see anything?" I asked. They both shook their heads, and when Saida came back, she also said she'd seen nothing.

"We'd better go inside and tell the sisters what's happened," said Danny.

"I bet I know what happened," I said. "I just saw Anita, Marta, and Gladys out back and they were acting real strange."

"Do you think they took the paint, Felita?" asked Saida.

"Definitely."

"Wait a minute." Ismael cut me off. "How do you know it was them that took it? Did you see them? Did anybody here see them? No, right?" It was true none of us had seen them nearby. Still, I was sure it had been them.

"Maybe we didn't see them," I said, "but they've been bugging me and trying to make trouble. I don't know anybody else who would do this. I just think they're out to mess things up."

"Just because you're fighting with them and can't get along with people here, don't mean that they did it," said Ismael. "You better be careful what you say, Felita. You can't be accusing people unless you got some proof. After all, they've been coming to the youth center a lot longer than you."

"I'm not the one that started it and I'm not the one fighting with them. You've all seen how they're always coming around trying to bother me and calling me names."

"You just better have proof, Felita, that's all I'm saying. I was here and I didn't see Anita, Marta, or Gladys anywhere around. And neither did anybody else." When I saw the smirk on Ismael's face, I didn't trust him either. But I also didn't feel so sure anymore about accusing Anita and Marta without proof. I didn't like it; in fact I was pretty angry, but I kept quiet and we all followed Ismael inside to tell the adults what had happened.

A few minutes later Father Gabriel, Sister Pilar, Sister Tomasina, Brother Osvaldo, and the rest of us searched all over the place to see if the paint had been spilled somewhere. But we didn't find any paint, not a single drop! I kept explaining that I hadn't used up the paints and Saida and Danny backed me up.

"This is terrible, just terrible!" said Sister Pilar. "We are so short of money. Those cans were a donation from the Fernandez hardware store. Now we have to get more." She looked at me and Danny. "How much more work do we have left?"

"We're a little less than halfway done," I said.

"And it's looking so nice too," Sister Tomasina said.

"Why would anyone want to spill out or take the paints? Are you sure those cans were not empty

before?" Father asked again, looking directly at me.

"Of course I'm sure!" Now I was really getting angry. I was real tempted to say what I saw and what I thought was the truth, and I kept hoping that Danny and Saida might back me up. I looked at them, but they didn't say anything. Ismael was acting real calm and cool. He was the first one to speak out.

"I was right here working all the time and I didn't see anybody."

"I did go to the bathroom," Danny said, "but I came right back."

"I didn't see anyone either. I just went to wash up after I finished my work," said Saida.

"That's it for today, kids," Father Gabriel said. "We'll hope to have the paint for you by the time you come back to work. In the meantime we'll ask around, search some more, and try to get to the bottom of this. Six cans half full of paint do not evaporate by themselves!"

At home that evening I told Tio what happened and he listened quietly as he always did.

"Tio, I know it's them. When I saw Anita and Marta laughing and all secretive, I had this creepy feeling that something was wrong."

"But if they took the paint, they would be hurting their own church and the play, in fact the whole carnival! And that's very stupid. Don't you think so?"

"I know. That shows how much they hate me. I mean I was willing to forget all that happened and be friends, but no, not them. They just have a grudge against me."

"Listen"—Tio Jorge paused—"I don't think they hate you. They just resent you, Felita, because you are an outsider. In that way this place has not changed much. People around here don't like or trust strangers, especially city people. Another thing, you just joined the center and already you are making stage sets and are practically in charge of the scenery. They must resent that too."

"Well, I'd still like to tell Father about what I saw and what I think."

"Never mind, Felita, I think you were right not to say anything, because like Ismael said, you have no proof. If you accused them, it would just be your word against theirs. There are three of them and only one of you, and they have been here longer than you. Besides, they're getting more paint, and you will be able to finish the sets. You'll see, I'm sure they won't bother you again. Forget about it, Felita, just make some great sets and then these girls will turn ugly and green with envy."

That night I couldn't sleep. It had been a while since I had felt this bad. The idea that someone might want to hurt me so badly that they would try to mess

up the sets sent a sharp ache right through my insides. Why wouldn't those girls get off my back? I was tired of defending myself here, just like I was tired of defending myself back home when I was in a white neighborhood and they called me names too. It all felt wrong. It wasn't fair. As I lay in my bed suddenly I had this feeling that I was in the middle of nowhere.

I thought of home. If I were there now, I'd be going to Jones Beach, Coney Island, or maybe to the Bronx Zoo. I'd be hanging out a lot. I'd go to street fairs, block parties, and to the free concerts in the park. There were all kinds of great things to do. I know Mami would let me stay overnight at Gigi's more often now that I was older. And when I thought of Vinny, I got this great warm feeling all over my body. I remembered the last time he kissed me when we were sitting in that little park after school and my heart started pounding away. I prayed he'd answer my letter real soon. All of a sudden I missed everybody so much—the kids on my block, even little Joanie. I wanted to go home, where I belonged. I didn't fit in here.

My abuelita had always said how wonderful Puerto Rico was and how I should be proud of being Puerto Rican. Tonight for the first time I had the feeling it was nothing but a pack of lies. Why didn't she tell me how I was gonna be made to feel like an

outsider in her own village? If it weren't for Provi, I'd really be miserable.

"Abuelita, this is not the Puerto Rico you promised me! What have you got to say to me now?"

When me and Provi dis-
cussed what happened, she agreed that Anita and
her gang had taken the paint. "I'm sure it was them,"
said Provi. "They're in back of this whole business."

"Right, but we can't prove it!"

"That Gladys," she said. "What a fink! I can't
believe we used to be so tight. But I think Ismael
might be mixed up in this too."

"You do?"

"Yes. When Gladys and me were friends and"—
Provi blushed and looked away—"she got her period,
her mother became real strict with her. She had to
know where Gladys was every minute. Now here's

the thing—Ismael was Gladys's boyfriend, and when they wanted to be together, she kept asking me to lie for her. You know, to say she was with me when she was really meeting him. I said no, no way was I gonna be caught and punished for lying. Gladys called me a baby and said I wasn't her good friend anymore."

"Wow! Is Gladys still going with him?"

"No, not anymore. Listen to what happened. Anita took Ismael away from Gladys and he became her boyfriend. When that happened, Gladys came back trying to be my friend again. We made up, but we never became good friends like before. Then Gladys starts hanging around with Anita to be near Ismael because she still likes him and everybody knows it."

"Is Ismael still Anita's boyfriend?"

"I'm sure of it. But you see, Felita, around here the girls are real secretive about having boyfriends because if your parents find out, you never, ever get to see the boy you like. Plus you are watched every minute! It's almost like being in jail."

"What a mess! But, you know something, that's a lot like what happens to us girls back home." I told Provi about how my mother used to guard me and about all Mami's speeches.

"Well, nothing that you've said so far, Felita, makes it sound as strict as it is here. In fact your mother seems to me like she's way more lenient than the mothers here."

"I guess that's true." All of a sudden I felt lucky compared to Provi. For the first time I realized that maybe Mami wasn't so bad after all.

"You know what I'm thinking, Felita? If Ismael is still Anita's boyfriend, which I'm sure is the case, that's why he defended them and is on their side."

"Well, like Tio Jorge said, we are getting more paint and I'm gonna finish my sets, so they went through all that trouble for nothing."

When we all got back to work the next day, we saw there were five quarts of paint, the same colors as before, as well as a gallon of white.

"We couldn't get as much paint," Brother Osvaldo said, "so stretch it as best as you can. And there's something else—one of you four kids is to be here at all times. If one of you has to leave and no one is around, come inside and we'll get someone out here right away. We have to guard this place. I'm sorry to say we haven't found out much. But until we do, we are going to be very careful and watchful. Understand?"

By this time there was only one week left before the carnival. We had a lot to do and everyone was getting excited. I was assigned a part in the play as a Taino woman. I didn't have any of my own lines. At the end I was supposed to recite some lines with the whole group on stage. I wasn't really nervous because I figured there was a bunch of us speaking

together and so if I forgot my lines, it wouldn't matter much.

Tio Jorge called our relatives in San Juan and invited them to come to the play. Now that I knew my whole family in Puerto Rico would be there, I was fussier than ever about the sets.

Danny and Saida were good about doing what I told them to do, but Ismael was still giving me a hard time. We had it out when I asked him to paint a dark green outline on the palm leaves, so they would look more real. Ismael refused.

"I got more important work to do for Danny." I went over to check with Danny, who said that Ismael could work with me.

I asked Ismael again. "Get lost!" he said. That's all I had to hear! It was bad enough Ismael had probably helped Anita and them take our paint, but there was no way he was going to get away with not doing his work!

I stood right in front of him with a brush and a bucket. "Now, you stop it, Ismael, and help me right now!" I was shouting so loud, I figured the whole courtyard could hear me. Ismael jumped back. "What's more important to you anyway? Giving me a hard time, or getting this scenery done right? I'm in charge here, Danny and Saida know it, and you damn well know it too!"

Ismael just stared at me like he couldn't believe what I was doing or saying. "Now, I can't do this

job all by myself, so here!" I handed him the brush and bucket. "Take it!" For a moment he didn't move, but then he reached over, took what I gave him, and went right to work. Now that everybody was working at full speed, I was sure our sets were gonna turn out perfect.

Two days before the big event, we worked on the last details of the set. It all looked very wonderful. There was now a whole Taino village on stage, with farm animals, and yucca and corn growing in the fields. In the background Tainos were playing an ancient ballgame and behind them was the shoreline and the sea beyond it. We had used every last drop of paint.

"It looks so real—the Taino people and the village," Mrs. Quintero, the woman in charge of the costumes, called out. She even got up on stage to examine the paintings. "Wonderful!"

"Great job you all did!" Judy and Irene waved to us as they walked by with a bunch of other kids.

That evening everyone was in a wonderful mood. Father Gabriel spoke to all the kids at the center. "We should be pleased and very proud of what we have accomplished. I want to compliment and congratulate all the people who worked on the scenery. Felita, who just came to us this summer, has worked very hard and done a great job and so have all the others who helped." Danny, Saida, Ismael, and me

looked at each other, feeling like close buddies, knowing how we had all finally cooperated.

I looked around at the smiling faces and suddenly saw Anita, Marta, and Gladys. They looked real quiet and angry. Tough, I thought. I couldn't help feeling good seeing them all so miserable, because in spite of what they'd done, we got through on time.

When I got home, I found two letters waiting for me from Vinny and Gigi. I called Provi and she persuaded her father to drive her over so I could share them with her.

First I read her Vinny's letter. It was real long and said that he'd done a lot of sightseeing with his family, and that he hung out on our block. But the best part, which we read three times, was when he said he missed me and couldn't wait to see me and that most definitely he was still my boyfriend.

Then I read her Gigi's letter, which said she'd gone to the movies a lot, to Central Park, and to the beach. She also said I should say hello to my new friend Provi and ask her to come to New York City to visit.

Suddenly Provi looked real sad. "I'm going to miss you so much," she said.

"Me too. Listen, why *don't* you come to New York and stay with me? My room isn't as big as yours, but we can still fit in. I can show you around, and you can meet all my friends."

"Wow. New York City!" Provi's eyes opened wide. "After all you told us, I'm dying to see it and

meet your friends. Tell me again what Vinny looks like and the part about how you met and about the first time he kissed you. Please, I love that story." I repeated all the parts she wanted to hear. "I feel like I know him, Gigi, and all the kids on your block," said Provi when I was done.

"Right," I said, "so will you come visit me?"

"Let's see. Will you take me to the Museum of Natural History?"

"Yes!"

"Central Park?"

"Sure."

"Will you show me some snow?"

"Absolutely!"

"Then I swear I will, cross my heart!"

All this made me feel closer to Provi than ever before.

The next day Provi's father drove us down to Santa Teresa's for the final dress rehearsal. When we arrived, I saw a large crowd gathering around the stage and heard loud voices. I sensed something was wrong.

"Let me by." I began pushing past the crowd. "Let me pass." When I got through, what I saw sent a chill down to the pit of my stomach. Someone had taken black paint and printed the words GRINGITA GO HOME across the ball-playing scene that I had worked on so hard and long. I couldn't speak for a long while;

I was frozen still. Tears began to pour down my face.

Brother Osvaldo came over. "Felita, this is a terrible thing that's happened. I don't know who could have done this and why."

"It was because of me!" All of a sudden I was screaming. "They spoiled everything because they hate me! How could they do this?" I began to cry. By now I was out of control and so angry that I ran over to Ismael, who was standing with Danny and Saida. "Where are they? You know they did it. You know it!"

"What is Felita saying?" asked Sister Pilar. "Who did it?"

"He knows!" I began looking around for Anita, Marta, and Gladys. I was screaming and crying, running around pushing people out of the way. I could hear everybody asking questions and talking at once. I ran back to Ismael, who looked very scared. "They aren't here, are they? Where are they? Where?" I screamed.

Brother Osvaldo grabbed me.

"Felita, stop, stop it! Now, who are you talking about?" Brother asked. "Tell me right now!"

"Anita! That's who! Anita, Marta, and Gladys. And him!" I pointed to Ismael. I really wanted to smack him. "You too, Ismael. You were supposed to be my friend working on our sets. I know you were in with them—you—" I couldn't talk anymore because I was too angry and I kept on crying too much.

Ismael just stood and stared at me. Sister Tomasina came over and held me.

"Ismael, is this true?" Brother Osvaldo asked. "What is Felita saying, eh? That you, Anita, Marta, and Gladys did this?"

"Yes." I swallowed and took a deep breath. "They took the paint. I saw them standing in the back of the building that night. I wanted to say something, but he wouldn't let me. Go on, Ismael, just say it's not true, I dare you!"

"Calm yourself, daughter, calm yourself." Father Gabriel came over and stood with Sister Tomasina and me. "I think we all better go inside, come on. The rest of you, wait here till we're done." Danny, Saida, Ismael, and me followed the grown-ups into Father's office.

Father sat at his desk, then told us all to sit down too. "Now what is going on here?" He looked at Danny. "I want you to tell me what you know."

"Father, that night the paint was missing, Felita said she saw something funny." Danny went on to tell them what I suspected. "But then nobody had proof and—"

Even though I couldn't stop crying and Sister Tomasina kept on rubbing my back, I had to say something. "Sure, but if you all remember, the only person alone by the sets that night was Ismael." Everyone looked at Ismael, who was quiet and staring wide-eyed.

"All right, now what's going here, Ismael?" Brother Osvaldo asked in an angry voice. We all waited. Ismael looked very scared.

"I—I didn't mean to go this far. I didn't think they would do it—" Ismael began to cry.

"All right, Ismael, come on inside to my office," Brother Osvaldo said. "I want to talk to you alone."

When they were gone, Father looked at me. "Now you, Felita, calm yourself. You hear? I want you to tell us all that you know about this. But first no more crying and no more hysterics. Take a deep breath and when you are ready, start."

I did what Father said. Sister Tomasina gave me a tissue. Then I blew my nose, calmed down, and told them everything that had happened.

"Well, since Anita, Marta, and Gladys are not here today, I'm calling up their parents right now," said Father. "Everybody sit and relax. Just take it easy till I finish." He made the phone calls and all the parents said their children were sick with an upset stomach. Father Gabriel told the parents something very serious had happened and that their children were involved. He said he expected to talk to them as soon as possible.

After a while Brother Osvaldo came back with Ismael, whose eyes were real red and swollen from crying. Brother looked so mad, I thought he was gonna slap Ismael. "He told me the whole thing. I can't believe it, but those kids took the paint from

the cans. And then last night they came and wrote those disgraceful words on the panel. And do you know why? All because Anita was having a feud with Felita and they were angry at her. I can't believe it!" Brother turned around and whacked Ismael across the back of his head. Ismael closed his eyes and put his hands over his head. "I'm taking him to his parents right now and then I'm paying the others a visit." He took Ismael by the elbow. "You march right into my office and stay there. Don't move until I come to get you, understand? Now go!" Ismael left quickly and quietly.

"I just spoke to the parents," Brother Osvaldo told Father Gabriel, "and all three girls are home with upset stomachs. All too convenient."

"All right," Sister Pilar said. "I think it's time to figure out what to do about the damaged sets and let everyone know what's happened."

In the recreation room people sat on couches, tables and even on the floor; the room was filled. By now I had stopped crying. But Sister Tomasina still sat with me and every once in a while she'd rub my back. Father Gabriel told everyone who had been responsible, and then Brother Osvaldo spoke.

"The damage that was done is not going to affect the carnival in any serious way. What we could do is just remove the damaged panel, but that would make the sets look uneven. Now, as the director of scenery, I know that the set can be repaired. But it's

going to take hard work. What do you say, Felita?"
I didn't know what to answer because I hadn't even
thought about fixing the panel.

"Maybe, I don't know." I was hoarse from so
much crying.

"Good." Brother put his arm around my shoulders.
"Felita, everyone knows that you have done most of
the drawing and painting and we can't repair the
damage without your help. But Danny and Saida will
pitch in all they can, right?" They said yes. "And
I'll do what I can to help too. We'll get more materials—whatever is needed. All of us right here will
scrape up the money."

"That's right," people said. "We sure will." It
seemed that everyone was in favor of Brother's idea.

"What do you say, Felita, will you help too?" I
looked around at Father, Brother, the sisters, and at
all the people that I had worked with and gotten to
know these past few weeks. And I saw that they
all looked as upset as me. For the first time since I'd
come to Santa Teresa's, I felt like I belonged and
that I was with friends instead of strangers.

"I'll do the very best I can," I promised.

After we collected some money and got all the
necessary materials, Danny, Saida, Brother Osvaldo,
and me worked as hard as we could patching up the
damaged panel. I was never more grateful for quick-
drying paint. We all worked late into the night until
we felt we had done all we could. In the end the panel

looked okay, even though it would never be as good as the original.

"It looks beautiful!" Sister Tomasina breathed a sigh of relief along with the rest of us.

By the time I got home I was too tired to think. I told Tio what happened, but wasn't able to answer too many of his questions very clearly. All I wanted was to get some sleep.

The next day I overslept and Tio Manuel had to drive fast to get me to church on time. When I arrived, the final run-through of the play was starting. I rushed to put on my Taino costume and joined the others on stage. It was all getting pretty hectic. As soon as we finished rehearsing, we heard the first cars driving in. Every time I looked at the patched-up scenery, my heart sank a little. It was noticeable because all the other panels were so much smoother and brighter. But I couldn't worry about that now.

"Everybody ready!" said Sister Tomasina. "We will go straight to the back of the stage. No looking around for friends or relatives. No calling out or waving to anybody. Get ready—*go!*"

We stood in the shade at the back of the stage. I was so nervous I could feel the sweat soaking into my costume. We could hear people talking, babies crying, a couple of dogs barking, and the musicians tuning up. Finally we heard them play the first number. After the applause, Father made his speech. He told them our purpose for the carnival and the theme.

"We have a proud ancestry on this Island. We are descendants not only of the Spaniards, or the Africans who were brought here by force, but of indigenous Island people as well. Today we present a historical dramatization titled *Taino Culture from 1490 Through 1517.*"

That was our cue. I went on stage with the other actors and actresses, taking my place in the back. I was supposed to be grinding flour to make bread. Then the main characters came out and the play was on. When I was feeling less nervous, I looked at the audience and almost fainted. There was Abuelo Juan, Abuela Angelina, Aunt Iraida, Uncle Tomás, and Lina, all smiling and waving at me. I turned away and went on with making make-believe bread, listening carefully for my cues so I'd know when to move. We were now at the end of the first act, after the Spaniards leave, planning to come back to kill the Tainos and take their gold. I waited for Julian, who played Aguebaya, a great chief, to say the last lines.

"These white men may be sacred spirits sent to us by the great god of the sea Huracan. When they return, we will have presents of gold to please them." There was a drumroll and we quickly left the stage.

Sister Tomasina led us back again to the main building. "This is intermission, we have fifteen minutes, so rest and enjoy your break. You were all wonderful, now let's do even better in the last act."

I looked out the window to find out who else in

my family had come. I saw Tio Jorge seated with Tia Maria and Tio Manuel. Sister Tomasina took us to the back of the stage where we waited for the musicians to finish their song. Then on cue we went on the stage. As I played my part I knew the audience was enjoying the play because everyone was paying close attention. In the next scene the Tainos hold a Spanish soldier underwater to see if he lived or drowned. When he died, they knew that the Spaniards were not gods but mortals like them. Chief Aguebaya shouted, "Now we will fight for our liberty or perish in the battle." The Tainos preferred suicide to a life of slavery. In the play I was one of the people who drank poison and then fell dead on the stage. After this there was a battle. The Spaniards finally won and all the Tainos who didn't kill themselves were captured. When that happened the rest of us rose from the dead and chanted together,

"Tainos won the right to the honor roll of history:
The way they fell was not the way of cowards."

The musicians played a loud drumroll and the play was over.

The audience kept on applauding and some people shouted, "Bravo!"

"Wonderful! Beautiful!" We all took lots of bows, and then quickly left the stage and hurried back inside to put on our regular clothes. We were delirious with joy because everything had gone so

good. After us girls got our clothes on, we all started hugging and kissing. Then the boys came over and we began to hug with them and shake hands. Everybody was congratulating everybody else. When Danny came over, he held me real tight for a long time and gave me a quick kiss on the mouth. "I like you a whole lot, Felita."

I looked at Danny, surprised. I guess we had all been working so hard, I never noticed he liked me. I looked at him now feeling so self-conscious that I knew I must be blushing. Danny is not as handsome as Vinny; he's shorter and wears glasses. But he has lots of curly brown hair and a great smile. "See you later, Felita, maybe we can get together later during the carnival today," he said.

"Sure." Wait till I tell Provi! I thought.

Outside I found my folks waiting for me. Uncle Tomás had a camera and began taking pictures of all of us. Lina was jumping up and down like she was on a trampoline or something. "Felita, I love you. You were so good."

"Felita," said Aunt Julia, "Uncle Mario and the boys couldn't make it. They had tickets for a big ball game and they took Carlito with them. But I'm here; it was just fabulous! Wait till I write your mother and tell her. She will be so proud of you."

"What does my granddaughter want?" Abuelo Juan asked. "Just say the word. I'm so proud. Wasn't

she something? And she painted all of that by herself."

"Abuelo, I did have some help, you know," I said.
He was getting me so embarrassed, I was glad none
of my friends were around.

"They seem to like you so much here, Felita," said
Aunt Julia. I wasn't going to mention the paint, or
anything else that had happened. I was just happy
our play was a big success and that we were all here
together. I went off to find Provi and took Lina with
me. Provi was with her parents, Diana, Raymond,
Gino, and a whole bunch of other relatives. They
introduced me around, but there were so many of
them, I couldn't remember who was who. In fact the
whole courtyard was so crowded with people that
you could hardly move. They were eating and really
enjoying themselves. The band played fast music
and couples were dancing. Provi, Lina, Gino, and me
took off to spend the money we had gotten from the
grown-ups.

"Guess what?" I said, and then I told Provi about
what had happened earlier with Danny.

"Wow. Did he really kiss you, Felita?"

"Right on the mouth."

"Do you like him?"

"He is cute, but Vinny's my boyfriend. Vinny,
remember?"

"Sure, but he's not here," Provi said. "Let's see if

we can find Danny and the others." We searched around until we found Saida, Judy, Danny, and Julian. Then we hung out with them and bought all kinds of snacks and played games. Danny mostly stayed close to me. When he won the game where you knock over the wooden bottles, he gave me his prize. It was a small furry monkey.

"Here's something for you to remember me by, Felita," he said.

Suddenly we heard Sister Pilar's voice over the loudspeaker, announcing that the carnival was over and it was time to clean up.

Before Danny went off, he spoke to me. "Will you write to me from New York?"

"All right."

"Promise me you won't forget, Felita."

When I promised, he reached over and put a piece of paper with his address in my hand, holding on for a long time.

"This here is for sure a huge mess," Provi complained as we worked putting tons of garbage into big plastic bags. After a while things started looking orderly and clean again. Provi and me were just about the last ones left. Everyone had already said their good-byes. Now we were waiting for Provi's father to take us home. I looked up at the repaired panel and thought of all that had happened. "Provi, what do you think they'll do to Anita and the others?" I asked.

"Oh, listen, my mother is good friends with Gladys's mother, and I heard that they are all going to be punished by their parents. But the worst part is that they won't be able to be members of the youth center anymore. You see, Felita, there's nothing else to do around this area. I'm sure you know that by now."

"True," I agreed. "But I am kind of sorry for Ismael because he was nice at the end. He worked hard and I know he was proud of what we did. I just know it."

"Yeah? You can be sorry, but remember he was in on it with them all along."

"I guess you're right about him. But I'm glad that Anita, Marta, and Gladys got theirs. For them, I don't feel at all sorry."

"Provi! Felita!" We heard Mr. Romero, Provi's father, calling us. "It's time to go. Come on!"

"Now I suppose all the sets have to come down," I said.

"Maybe they'll save them," said Provi.

"Maybe." I took a last long look at the scenery before I turned and left with Provi.

Now that the play and carnival were over at Santa Teresa's, I had more time for myself, so I went with Tio to see his property.

"You are going to be surprised at all that's been done since you last were here," said Tio. He showed me where the foundation for the house was and where the workmen were busy putting in the well. "I told my niece that we are going to have a little piece of paradise here," he said to them.

"It will be something special, Don Jorge," the foreman said. After Tio showed me every inch of what was being done, we walked over to the side of the mountain, which looked out over a wide view.

"I only wish Amanda, your abuelita, was here. She would have loved this." For a moment I thought Tio was going to cry.

"I'll bet she is here, right now in spirit. Looking at us and smiling," I said. I felt so sorry for Tio and wanted to comfort him; knowing that I was leaving him made it even worse.

"I want you to know that you and your brothers are very important to me. But I feel that you, Felita, even more than Johnny or Tito, are my very own child, and in a special way, my future." I hugged Tio and we held onto each other.

"Tio, I'd like to take a little walk, is that all right?"

"Sure, I've got to check on a few things with the foreman."

As I walked and breathed all the sweet smells of the morning air, I began to look at everything differently. Just knowing I was leaving and wouldn't be able to see these mountains every day and go for my walks with Provi made everything around me seem much more special. I knew I was going to miss my life here. For one thing I had gotten used to my peace and quiet and my privacy, none of which I had back home. Then there were my friends, especially Provi. I hated leaving her. She had been as good to me as Gigi. I also thought of Danny. Even though he wasn't as cute as Vinny, he was smart and liked me a lot. Plus he was a good artist and understood how I felt about art. I knew this by how well we worked

together. Suddenly I felt really sad about leaving here.

I found a good place to sit down on the edge of a steep ridge. The sky was bright blue all the way to the horizon. Little butterflies danced about, then settled onto a bunch of tiny purple flowers. Abuelita used to say that butterflies bring good luck. I hadn't thought about my grandmother for a long time and then I remembered how angry I had been at her during my troubles with Anita at the center. Now I wanted Abuelita to know everything was all right. I got up and began looking for wildflowers. I picked as many different kinds as I could find. Soon I had a bouquet of orange, white, purple, bright yellow, red, and pink flowers. Then I added some green and purplish leaves. When I was satisfied, I tied my bouquet with a long strip of palm leaf. I stopped in front of a large flamboyan tree bursting with brilliant red blossoms, and there at the bottom, against its trunk, I set down my bouquet.

"Do you remember Abuelita, that after you went away forever, I promised if I came to Puerto Rico, I'd pick lots of wildflowers for you? Well, here they are. I love you very much, Abuelita."

After Mass at Santa Teresa's on Sunday, I had a chance to talk with some of the kids before I said good-bye. It was definite that Anita, Marta, Gladys, and Ismael had been kicked out. Also their parents

had to pay for all the extra paint and supplies that had to be purchased on account of what they did. But no one knew for sure how they were or how they were going to get punished by their parents. Saida promised to write me as soon as she found out anything. Danny said as soon as he heard from Ismael, he'd write to me too. I could see he was feeling bad about my leaving. Father called us all over to the church steps, then Sister Pilar spoke to me. "Felita," she said in her gruff voice, "listen. I think I speak for everyone here, including Father and the young people, when I say we want you to return soon. Don't you forget your Puerto Rican family here on the Island once you return to the big city, you hear? You are one of us now and we want you back not just for the summer but for at least a year or two. After all, it's not always that we have such a talented artist amongst us." With that she gave me a hug and then everyone started to say good-bye, wishing me luck and asking me to come back soon.

I tried not to cry as I walked away and looked over at where our sets had been. All that was left of our stage was the platform. I wanted to go back and ask them what they had done with everything, but instead I waved good-bye and followed Tia Maria and Tio Manuel to the car.

When we got back, Tia Maria started grumbling.

"There's lots to do and you only have two days left. I am not sending you to your mother with dirty

clothes. I have washing and ironing, plus all your stuff to get packed. It never ends with you." I guess I was getting used to her because I wasn't even angry. Most of what she said went in one ear and out the other. She actually had been pretty nice to me. Like the whole time I was working on the sets, and when all the trouble was happening, she never once got on my case. But more than anything I was beginning to understand that unless Tia Maria had something to complain about—anything—she wouldn't be happy.

The following day Provi and me spent the afternoon together hanging out, going for our walk, and rereading the letters I had gotten from Gigi and Vinny.

"Don't forget," I told her, "you are coming to visit me real soon." We began to talk about New York City again and about all the things we were going to do together. Up until now I had been unhappy about going home, but as we talked I began getting excited.

"I can't wait to visit all those places you talked about and meet Gigi and Vinny," she said.

"You will have a great time, Provi. I can't wait to see them myself. Imagine, in just a few days I'll be home—on my block with my friends."

"I'll miss you, Felita. Please write to me."

"You know I will, Provi. I'll write to you and tell you everything that's going on with me."

"Good, and I'll write back giving you all the news

from here." We both hugged and felt much better.

That night Diana and Raymond cooked a fabulous dinner. We all had a great time, eating, listening to music, and just talking.

"What time are you leaving tomorrow?" asked Diana.

"My uncle is picking me up in the afternoon," I said. "I sure wish I could be here when your baby is born. Please write and tell me whether it's a boy or a girl, and please send pictures."

"Will you remember me when you are in New York City, Felita?" asked Gino. I felt like I was leaving my own family. There was no way I would ever forget them.

"Of course I will," I told them. "I'll remember all of you."

It was my last day in Barrio Antulio. In the afternoon, after Tia Maria had packed all of my things and served us lunch, Tio Jorge and me sat in the back patio of our cottage. We were waiting for Uncle Tomás to pick me up. Tio was quiet. I could see he was feeling sad. I was feeling sad too. I had gotten used to being with Tio Jorge. Before, when I was younger, I mostly talked to my abuelita and never got to know him. But now I realized how much I loved Tio. He had been real good to me this summer. He had backed me up against Tia Maria, and never told me where I had to be or what I had to do, espe-

cially after our agreement. In fact I felt freer with Tio Jorge than I did at home with Mami and Papi.

"Tio," I said, breaking the silence, "I hope you won't be too lonely without me."

"Lonely, me? With all the work I have ahead of me? Building a house, getting the animals, and also working on my nature collection again. I'll have plenty to do, never you mind."

"Tio, I had a great time here. I'm gonna miss my new friends, and"—I looked at him—"and I'm gonna miss you very much."

He smiled, then reached out and held my hand. "You belong here, Felita, just like I do. This is your Island and your home. You must never forget that. No matter what anyone tells you. Do you understand?"

"Yes."

"Good," said Tio Jorge. "Now I think I hear Tomás's car. Let's get ready."

As we were putting my suitcases in the car, Tia began crying and making such a fuss over me.

"We are gonna miss you," said Tio Manuel, "it's been good for Maria to have a young one here to worry about and take care of."

"Here you are," said Tia Maria, pressing a set of rosary beads into my hand. "These are very old. They belonged to an aunt of mine. Use them during Mass and they will bring you luck." I was surprised that she'd done this. I knew the beads were her favorite

ones because she always took them to Sunday Mass. I thanked her and we kissed good-bye.

"When you return with the family, we can all be together in the new house," said Tio Jorge, hugging me. "Tell them I'll be sending pictures so you can all see how the place is coming along."

I had already said good-bye to the animals out back, but as I was about to get into the car I saw Yayo the rooster standing nearby, staring at me. "Good-bye, Yayo, and behave yourself for a change, you hear?" I waved and threw him a kiss and right away he starts coming toward me. But this time I knew what he was up to, so I just picked up my hand and he took off in the other direction.

Visiting Abuelo Juan and Abuela Angelina in San Juan took away some of the sadness I felt about leaving. There were always a lot of people coming in and out of their house. Lina and Carlito came by, and Aunt Iraida took us to the big shopping malls. Then I went to Aunt Julia's and swam at the beach. Everyone kept asking me how I liked staying in Tio's village. I told them all about Provi, about making the scenery for the play, and about my new friends. But I never mentioned the trouble I had. I didn't want to talk about it because really I wished it had never happened.

"Look, in the future you must stay longer with us

right here," said Abuelo Juan. "I know that you love your Tio Jorge, but after all, I have as much of a right to see my granddaughter as anyone else! Now, tell me what you think of Puerto Rico, Felita."

"Abuelo, I love it so much and I want to come back."

"Wonderful." He was real pleased. "That makes me so happy. I can hear you are now speaking Spanish almost like a true Puerto Rican. You tell your brothers, my grandsons, that they better start learning Spanish too! You hear?"

The day I had to leave, most of my family loaded up into two cars and drove me to the airport. Aunt Julia gave me instructions on how I had to pick up three boxes for Mami when I got to the airport in New York. Everyone kept hugging and kissing me until it was time to get on the plane. Aunt Julia made sure I got a window seat and told the airline clerk that I was traveling alone and to take care of me.

The ride home was smooth and quiet. After lunch I took a nap, and when I woke up, I turned to the lady sitting next to me.

"Do you know the time?" I asked her.

"I'm sorry," she said, "but I don't speak Spanish." I hadn't even noticed that I was talking in Spanish.

"Excuse me," I said in English, "do you know the time?"

"It's three o'clock. We'll be landing in less than half an hour."

"Thanks." I yawned and stretched out.

"You speak English very well. Have you ever been to New York before?" she asked me.

"Yes, I was born there."

"Oh." I could see she was embarrassed.

"In fact," I went on, "I've been visiting Puerto Rico and staying with my uncle up in the mountains."

"Did you have a good time?"

"Yes, I had a wonderful time. I enjoyed myself a lot."

"Are you sorry, then, or happy to be going back to New York City?"

"I guess I'm sorry to be leaving but happy to be going home." As soon as that lady asked me how I felt, I realized I was having such strange feelings. One minute I was sad and then I remembered I was going to see Vinny and Gigi and all my friends and I got happy. I wondered where it was I wanted to be most. In P.R. or home in New York City? Then I remembered Vinny's letter tucked away in my suitcase. Vinny and me were going to junior high with a bunch of my other friends. Junior high school, with no little kids running around! I thought of my parents and my brothers, and all the kids on my block. I couldn't wait to tell everyone about the great summer I had—about the beaches, the sightseeing, and the play. And best of all, I could tell my family, Gigi, and Vinny about Anita, Marta, Gladys, and Ismael

and how it had finally turned out so good. All of a sudden I couldn't wait to get home!

After the plane landed and I got to the luggage claim section, I saw Papi waiting for me.

"Papi! Papi!" I went running over to him. Papi picked me up and I could feel his strong arms as he lifted me up in the air.

"Felita, mi hijita. How you have grown! You are so tall and so beautiful. Look at you! You are as brown as a coconut! Wait until your mother sees you." We got my suitcases and the boxes Aunt Julia had sent and headed straight for Mami, Johnny, and Tito. Mami came rushing over, threw her arms around me, and gave me a real tight hug and lots of kisses.

"Dios mio, my baby. Look at you!" She kept on staring at me. "I left a little girl in Puerto Rico and now I get back a young lady. Felita, I couldn't get used to being at home without you. I missed you something terrible! Now, tell me, did you have a good time? Honest? How's Tio Jorge? And Tia Maria and Tio Manuel? I know you just spent a few days with your grandfather. How's Abuelo Juan? You have to tell us everything, everything, you hear!"

"Good to have you back," Johnny said, and we kissed and hugged.

"Hey, you are looking less ugly," said Tito as he gave me a hug. "You must've done something good. Keep it up and you might get pretty. Right, Mami?"

Everyone laughed. That was my brother Tito, all right. He was a character, and that was for sure!

"So, how did you find living back in the mountains of Puerto Rico?" Papi asked. "Did you find enough things to do there? It wasn't too boring, was it, Felita?"

"It was great!" I said.

About the Author

Nicholasa Mohr began her career as a graphic artist before she decided to devote herself to writing full time. Her award-winning books include *In Nueva York* (Dial), *El Bronx Remembered*, and *Felita* (Dial), her first book about the spirited heroine of *Going Home*. *Felita*, selected as a Notable Children's Book in the Field of Social Studies, was applauded by *The Horn Book* for its "strong characters and honest, realistic view of an important aspect of contemporary American life." And in a starred review *School Library Journal* praised *In Nueva York* with: "These moving interconnected stories . . . mix humor and pathos. . . . Mohr's superb characters are warm and believable." Nicholasa Mohr was born in New York City's El Barrio and now lives in Brooklyn, New York.